MORD MIT NEBENWIRKUNGEN

Bernhard Hatterscheidt

EDITION
LEMPERTZ

Impressum

Math. Lempertz GmbH
Hauptstraße 354
53639 Königswinter
Tel.: 02223 / 90 00 36
Fax: 02223 / 90 00 38
info@edition-lempertz.de
www.edition-lempertz.de

1. Auflage – Oktober 2017

Text: Bernhard Hatterscheidt
www.kriminalistenroman.de
info@kriminalistenroman.de
Find us on Facebook
www.facebook.com/kriminalistenroman

Die kostenlose App zum KRIMINAListenROMAN im Google Play Store:
https://play.google.com/store

Umschlaggestaltung: Ralph Handmann
Lektorat: Philipp Gierenstein, Laura Liebeskind
Satz: Wolfgang Otten
Titelbild: Fotolia

Printed and bound in Germany

ISBN: 978-3-96058-984-6

Bernhard Hatterscheidt wurde 1965 in Essen geboren und ist seit 1982 Polizeibeamter. Nach Jahren im Streifendienst und der sog. Einsatzhundertschaft kam er 1996 nach der Ausbildung zum Kriminalkommissar zur Kölner Mordkommission. Anschließend war er sieben Jahre lang, bis 2010, enger Mitarbeiter des Leiters der Kölner Kriminalpolizei. Heute bearbeitet er Beamten- und Korruptionsdelikte.

MORD MIT NEBENWIRKUNGEN

Bernhard Hatterscheidt

Meinen Kolleginnen und Kollegen im Polizeidienst, die ganz sicher die eine oder andere Situation, wie sie in diesem Buch vorkommt, schon erlebt und hervorragend gemeistert haben.

Vorwort

Die Geschichte „Mord mit Nebenwirkungen“ beruht teilweise auf einer wahren Begebenheit.
Die dargestellten Ermittlungen sind jedoch Fiktion und zeigen **nicht** die Wirklichkeit des kriminalistischen Alltags.
Im Gegensatz zu seinen authentischen KRIMINAListen-ROMANEN hat der Autor hier seiner Kreativität und Fantasie oftmals freien Lauf gelassen. Keine der genannten Personen ist existent, die Ähnlichkeit mit lebenden oder verstorbenen Personen ist aber auch hier nicht immer rein zufällig.

Akteure und Akteurinnen

Kriminalhauptkommissarin (KHKin) Melanie Maria Seibl (37), genannt MMS, schlanker Körper, lange Beine, lange blonde Haare (oftmals zum Zopf gebunden). Sie wohnt in einem Innenstadthotel und trinkt gegen die Einsamkeit gerne mal ein Glas Rotwein.

***

Kriminaloberkommissar (KOK) Giuseppe Pincetta (32), genannt Pino, ist verheiratet und hat eine Tochter. Seinen Körper zieren ein ordentlicher Pastabauch und eine Glatze. Sein ganzer Stolz ist sein knallroter Alfa Romeo.

***

Streifenpolizistin Yesim Arslan (31), Vertraute von Peggy Pietsch. Ermittelt gern mal auf eigene Faust. Sie hat einen starken Charakter und Durchsetzungskraft. Dies stellt sie auch gern mal körperlich unter Beweis. Dennoch wirkt sie äußerlich mit ihrem langen lockigen Haar und dem makellosen Körper eher wie ein Laufstegmodel.

***

Egbert Elver (61), Chef der Mordkommission. Steht kurz vor der Pensionierung und lässt sich nicht von Dritten Vorschriften machen. Er hält seinen Ermittlern stets den Rücken frei.

***

Ulla Schiefer (43), KHKin beim Staatsschutz. Legt auf ihr Äußeres keinen großen Wert. Trägt unpassende Jeanshosen, Blusen und ihre Frisur gleicht einem sogenannten Pottschnitt. Sehr resolut und direkt.

***

Staatsanwalt Hubert Praxenthaler (34), genannt „Der schöne Hubert". Stets im eleganten dunkelblauen Anzug, mit hellbraunen Businessschuhen, einem weißen Designerhemd und schwarzer Fliege. Als weiteres Markenzeichen Pomadenfrisur und ein modernes, dunkelrotes Brillengestell. Gibt schon mal gern der Presse einen Tipp. Karriereorientiert.

***

Peter Zündel (54), Sachverständiger im LKA in Düsseldorf. Der Sprengstoffexperte gilt unter seinen Kollegen als absoluter Nerd. Voller Stolz trägt er eine schwere Hornbrille und ernährt sich ausgiebig von Fast-Food-Gerichten.

***

Tom Steinhuder (39), ein investigativer Journalist des *Kölner Stadt-Anzeigers*, der schon mit mehreren journalistischen Preisen ausgezeichnet wurde. Immer am Puls der Zeit und gut informiert.

***

Björn Zuckermann (43), übergewichtiger Funktionär und Vorsitzender der FDK („Freie Denker Köln"). Hat angeblich jüdische Vorfahren, die er verleugnet. Er verbirgt ein dunkles Geheimnis.

***

Gernot und Martin Hick (27 und 25), zwei rechtsradikale, vorbestrafte Brüder mit psychopathischen Zügen. Sie sind Gründungsmitglieder bei den „FDK" und Handlanger von Björn Zuckermann.

***

Peggy Pietsch (39), seit mehr als 12 Monaten von Ronny Pietsch getrennt. Die Streifenpolizistin Yesim Arslan hat ihr aus der Spirale der häuslichen Gewalt und Erniedrigungen herausgeholfen. Peggy lebt mit dem gemeinsamen Sohn Elias (17) in Porz-Finkenberg in einer kleinen Wohnung im 14. Stock.

***

Ronny Pietsch (43), früherer Schulfreund von Lars Findeklee. Hat den Job und, in Folge von Gewaltexzessen, auch die Ehefrau verloren. Greift regelmäßig zur Flasche.

***

Unternehmerehepaar Findeklee, seit 11 Jahren verheiratet, kinderlos.
Sigrid (59), Inhaberin eines Fleischereiunternehmens in der 3. Generation. Zweimal pro Woche gönnt sie sich Personal Trainer und Schönheitssalon. Sie führt die Firma mit eiserner Hand, ist täglich 16 Stunden im Büro. Aus Angst um ihren guten Ruf duldet sie stillschweigend die vielen Affären ihres Mannes.
Lars (44), hat von Sigrid zum 10. Hochzeitstag einen Ferrari F12 geschenkt bekommen. Er spielt gern den Playboy und lässt keine Gelegenheit zum Fremdgehen aus. Derzeit pflegt er ein intimes Verhältnis zu Peggy Pietsch.

***

Dr. jur. Löwenstein (87), ist der Firmen- und Familiennotar der Findeklees. Das Interieur seines Notariats ist einzigartig in Köln. Es gleicht einer uralten Apotheke.

***

Collector-Schotte (54), der schrullige Flaschensammler, kennt jeden Mülleimer in dem Viertel, wo die Bombe explodiert.

***

Ahmet Schmitz (42), ein türkischstämmiger Kioskbesitzer, der einen Hinweis auf den Collector-Schotten gibt; macht MMS Avancen.

Prolog

Melanie Maria Seibl, die im Kollegenkreis meist nur MMS genannt wurde, hatte die Rückenlehne ihres Bürostuhls nach hinten gekippt, zur Entspannung ihre langen Beine übereinander gekreuzt auf den Schreibtisch gelegt und für einen Moment die Augen geschlossen. Die Zahlen auf dem Wecker zeigten gerade mal 07:00 Uhr morgens. In weniger als einer halben Stunde musste sie ihre Kollegen von der Mordkommission über den neuen Fall informieren, weswegen sie schon die ganze Nacht auf den Beinen gewesen war. Um einigermaßen fit zu sein, trank sie eine Tasse starken Kaffee. Sie hielt ihre Notizen in der Hand und bemerkte, wie diese ein wenig zitterte – Schlafmangel eben. Außerdem stellte sie fest, dass der Duft ihres Deodorants längst von leichtem Schweißgeruch abgelöst worden war. So kramte sie aus ihrer Handtasche einen Flakon hervor und nebelte sich großzügig mit süßlich-blumigen Parfüm ein. Anschließend frisierte sie ihre langen blonden Haare mit einigen gekonnten Handgriffen und einem Haargummi zu einem Zopf.

Den Kollegen, der eben noch mit einer süffisanten Bemerkung ob ihrer bequemem Liegeposition flachsend am Büro vorbeigegangen war, hatte sie mit einem lapidaren „Ja, ja, du mich auch" abgestraft.

Sie schloss kurz die Augen und dachte missmutig daran, dass sie sich den gestrigen Abend und die letzte Nacht eigentlich anders vorgestellt hatte. Nach nunmehr drei Monaten Singledasein – sie geriet ständig an die Falschen, ihr letzter Freund hatte sie nach Strich und Faden betrogen – hatte sie sich trotz ihrer Rufbereitschaft und des Risikos einer Alarmierung mit Miguel verabredet. Den heißblütigen Zumba-Trainer mit spanischen Wurzeln, rund sieben Jahre jünger als sie, hatte sie im Fitnessstudio gesehen und ob dessen durchtrainierter Figur mit ihren Blicken förmlich aus-

gezogen. Seit Wochen besuchte sie nun seinen Kurs und nach dem letzten Training hatte es endlich zwischen ihnen gefunkt. Doch dann kam es, wie es kommen musste: Nach einem netten Abend in einem italienischen Restaurant und zwei Gläsern Rotwein zum Essen zerplatzten ihre Träume, als ihr Handy auf der Tischplatte penetrant zu vibrieren begann. Am liebsten hätte sie es in diesem Moment an die Wand geschmissen, aber aufgrund ihrer Rufbereitschaft war das nun wirklich keine Option. Demzufolge war an diesem Morgen ihre Laune ziemlich gedämpft. Dass das nächste Treffen mit dem schmucken Zumba-Trainer nach diesem Reinfall fürs Erste in den Sternen stand, verbesserte ihre Stimmung kein bisschen.

Um halb acht saß sie vermeintlich hochkonzentriert und mit gefühlt literweise Kaffee im Magen im Besprechungsraum der Mordkommission. Ihre Hände zitterten noch immer ein wenig. Mit leicht weinerlicher Stimme und dunklen Rändern unter den Augen schilderte sie ihren Kollegen den Fall der letzten Nacht, den sie nun zu leiten hatte: Mehrfach sei auf das Auto eines 29-jährigen Mannes mit pakistanischen Wurzeln namens Tariq Müller geschossen worden. Das Opfer hatte einen Oberarmdurchschuss erlitten; eine zweite Kugel war im Armaturenbrett eingeschlagen. Der Mann war mit seinem Auto auf der Merkenicher Hauptstraße unterwegs gewesen, als plötzlich ein Motorrad mit zwei Männern an ihm vorbeiraste. „Der Sozius hat im Vorbeifahren gezielt mit einem Revolver auf ihn geschossen. Das Opfer ist ehrenamtlicher Koordinator in Flüchtlingsfragen eines Fördervereins, der bis in die Nacht getagt hatte. Nach ersten Angaben des Notarztes sind bei ihm keine wichtigen Organe oder Blutgefäße verletzt worden. Der Mann hat entweder einen Schutzengel gehabt oder es sollte nur eine Art Warnung sein.“

Als MMS mehr oder weniger mürrisch einige Nachfragen beantwortet hatte, meldete sich ihr Kollege Giuseppe Pincetta, den alle nur Pino nannten, zu Wort. Da noch niemand den Fall kannte und dieser zu den aktuellen Ereignissen passte, erzählte der Kriminaloberkommissar von einer Autobombe in Berlin, durch die kürzlich ein Migrant ums Leben gekommen war. Bildhaft schilderte er, wie im Berliner Berufsverkehr an der Kreuzung Mehringdamm/Yorckstraße, in Sichtweite der Kult-Currywurst-Bude „Curry36", ein Sprengsatz explodiert war, den man unter einem Audi A6 angebracht hatte. Der Fahrer, ebenfalls ein ehrenamtlicher Sozialarbeiter in Flüchtlingsfragen, war noch vor Ort verstorben. Er hatte sich nur wenige Minuten zuvor von seiner Frau und seinen drei Kindern verabschiedet und war dann losgefahren. Nach knapp 80 Metern Fahrt war der Sprengsatz detoniert, als er an der roten Ampel in Richtung Neukölln anhalten musste.

„Wissen die Berliner Kollegen denn schon, wer dafür verantwortlich ist?"

„Nö, die ermitteln in alle Richtungen. Also, Fremdenfeindlichkeit, Verbindungen zur organisierten Kriminalität, Drogen- und Menschenhandel. Das Opfer, ein 44-jähriger Afghane, ist nämlich kein Unbekannter. Er hatte eine dicke Akte. Bevor das Opfer anscheinend ‚geläutert' wurde und sich für Flüchtlinge einsetzte, hat er in Moabit eine mehrjährige Haftstrafe wegen verschiedener Waffen- und Drogendelikte und Mitgliedschaft in einer kriminellen Vereinigung verbüßt. Will sagen, es kann genauso gut ein Racheakt sein und eben nichts Fremdenfeindliches. Der Kollege aus Berlin hat mir nämlich berichtet, dass das Opfer seinerzeit seine Mittäter gegen Strafmilderung verzinkt hatte."

Der anwesende Staatsanwalt Hubert Praxenthaler sah an diesem Morgen aus wie eigentlich immer: eleganter, dunkelblauer Anzug, hellbraune Businessschuhe, sündhaft teure Armbanduhr, weißes Designerhemd und schwarze Fliege, Pomadenfrisur à la Elvis Presley und ein modernes, dunkelrotes Brillengestell. Wegen sei-

nes extravaganten Äußeren nannte man ihn hinter vorgehaltener Hand innerhalb der Polizei den „schönen Hubert". Mit tiefer Stimme und bayerischem Dialekt beendete er die Besprechung mit den Worten: „Jo mei, hoffen wir nur, dass so was nicht in Köln passiert. Dann ist hier nämlich die sprichwörtliche Pünktchen Pünktchen am Dampfen. Ich war zwar damals noch ein Kind, kann mich aber noch an den Bombenanschlag auf den Verfassungsschutz[1] *im September 1986 erinnern. Und der Nagelbombenanschlag auf der Keupstraße im Juni 2004*[2] *dürfte hier auch allen was sagen."*

Die Hoffnung des Staatsanwalts wurde schneller zunichte gemacht, als irgendjemand befürchtet hätte. Denn schon gegen 17:30 Uhr des gleichen sonnigen Oktobertages, den wohl niemand in Köln jemals vergessen würde, wurde ein wahrer Albtraum Wirklichkeit.

---

1 Die Täter nutzten seinerzeit einen gestohlenen roten VW Golf mit Hanauer Kennzeichen. Sie stellten das mit Sprengstoff präparierte Fahrzeug vor dem Bundesamt für Verfassungsschutz an der Inneren Kanalstraße ab und verlegten ein etwa 40 Meter langes Kabel in eine Nebenstraße. Aus sicherer Entfernung zündeten sie mit einer Stromquelle die Sprengladung.

2 Die Täter hatten damals die Nagelbombe auf dem Gepäckträger eines Fahrrads montiert und dieses vor einem türkischen Friseurgeschäft im Kölner Stadtteil Mülheim abgestellt. Mittels handelsüblicher Funkfernsteuerung wurde die mit Schwarzpulver und ca. 10 cm langen Nägeln gefüllte 3-Kilo-Gasflasche gezündet.

Tödlicher Anschlag auf Flüchtlingsheim

VON TOM STEINHUDER

KÖLN. Beim Anschlag auf ein Flüchtlingsheim im linksrheinischen Kreuzfeld ist am Abend eine 32-jährige Sozialarbeiterin getötet worden. Ein elfjähriger Junge überlebte die Detonation mit schweren Verletzungen. Ein Rettungshubschrauber brachte ihn in die Universitätsklinik. Nach Angaben der Polizei war der Schüler, Gamba M., von der Druckwelle mehrere Meter durch die Luft geschleudert worden. „Sein Zustand ist kritisch", berichtete eine Polizeisprecherin.

Wie aus Ermittlerkreisen zu erfahren war, explodierte der Sprengsatz in einem Mülleimer neben dem Eingang zum Gebäude. Die Sozialarbeiterin soll hinter der Tür gestanden haben und durch umherfliegende Glassplitter so schwer verletzt worden sein, dass jede Hilfe zu spät kam.

Laut Polizei gibt es bislang keine Hinweise auf den oder die Täter oder ihr Motiv. Ein hochrangiger Beamter der Kripo sprach allerdings von einer „neuen Stufe der Gewalt", von „Terror" und „extremer Eskalation". Ein Sprecher des Oberbürgermeisterbüros verurteilte die Tat: „Das ist eine Schande für unsere Stadt. Wir alle sind fassungslos."

Der Polizeipräsident hat eine Mordkommission und Spezialisten der Abteilung Staatsschutz auf den Fall angesetzt.

Kapitel 1

Den Rettungskräften von Polizei und Feuerwehr bot sich ein schreckliches Bild: Verwüstung, ein Glassplitterfeld, umherlaufende schreiende Passanten, auf dem Boden liegende Opfer, Panik, Hysterie und Blut. Auf den Funkkanälen herrschte Chaos, jeder wollte seine Botschaft zuerst loswerden, jeder brauchte weitere Hilfe am Nötigsten.

Die Scheiben der in Detonationsnähe geparkten Autos waren zerborsten, die Fenster der anliegenden Gebäude ebenso. Im gesamten Bereich roch es verbrannt und vereinzelt waberten Rauchschwaden in Bodennähe.

Auf der Durchgangsstraße staute sich der Berufsverkehr. Einsatzfahrzeuge der Feuerwehr, Rettungsdienste und Polizei standen dicht an dicht am Fahrbahnrand. Ein Flatterband mit der Aufschrift „Polizeiabsperrung" sollte weitere Schaulustige abhalten. Alle paar Meter standen teils grimmig, teils betroffen dreinschauende Einsatzkräfte der Polizei im Kampfanzug mit Maschinenpistolen im Anschlag. Das blaue Lichtermeer wirkte bizarr und bedrohlich. Unzählige Leute mit hochgehaltenen Handys standen herum und filmten das Geschehen. Jeder wollte das beste Video, ob fürs Internet oder einfach fürs spätere Angeben im Freundeskreis.

Es dauerte nicht lange, bis auch zahlreiche Journalisten und Kamerateams von den verschiedenen Fernsehsendern vor Ort waren. Mit der zerbombten Kulisse im Hintergrund informierten sie die Bevölkerung, und nicht wenige der Reporter hatten auch gleich schon Tatverdächtige identifiziert oder äußersten Mutmaßungen in bestimmte Richtungen. Ein Bekennerschreiben gab es jedoch nicht, auch keine sonstige Botschaft.

Eine ultrarechte politische Gruppierung, die sich hinter dem unscheinbaren Namen „Freie Denker Köln" verbarg, hatte in

den letzten Wochen offen gegen die Flüchtlingsunterkunft mobil gemacht. Durch zahlreiche Flugblätter mit Aufschriften wie „Köln den Kölnern – Deine Stimme für FDK“ und regelmäßigen Infoständen gegen den Bezug der Unterkunft gingen sie aggressiv auf Stimmenfang und Mitgliederrekrutierung.
Ohne beweisbaren Zusammenhang hatte es auf eben diese Unterkunft schon in der Umgestaltungsbauphase zwei missglückte Brandanschläge gegeben. Hinweise auf Verdächtige gab es nicht, nur Vermutungen und Spekulationen.
Tom Steinhuder, ein investigativer Journalist des Kölner Stadt-Anzeigers, war ebenfalls vor Ort. Er beobachtete das hektische Treiben und machte sich eifrig Notizen. Seinen Fotografen bat er um Übersichtsfotos und Fotos von allen Schaulustigen, jedoch nicht zu Veröffentlichungszwecken, sondern in der Hoffnung, später Personen aus der Szene wiederzuerkennen. Der mit mehreren Journalistenpreisen ausgezeichnete Enddreißiger ließ sich kein X für ein U vormachen. Seine inoffiziellen Quellen, so munkelte man, reichten bis ins Ministerium. Veröffentlichte Artikel hatten in der Vergangenheit in höheren Kreisen nicht immer für Erheiterung gesorgt. Steinhuder war durch und durch Polizeireporter und stets darauf bedacht, nur fundierte Informationen zu präsentieren, auch wenn durch seine Berichterstattung am Ende Köpfe rollen könnten.
Als sich der Journalist umsah, erblickte er plötzlich einen der Funktionäre der FDK, Björn Zuckermann. Dieser lehnte an einem geparkten Auto unmittelbar hinter der Absperrung. Wie immer trug er einen großzügig geschnittenen grauen Anzug. Seine speckigen kurzen Arme hatte er verschränkt auf seinem adipösen Bauch abgelegt. Schon als er sich dem Fettwanst näherte, sah Steinhuder das hämische Grinsen in dessen Gesicht.

Der bekennende Antisemit, der sich zeitlebens vehement davon distanziert hatte, angeblich jüdische Wurzeln zu haben, begrüßte Steinhuder spöttisch. „Ah! Schau mal einer an! Als wir letztens hier Infoblätter verteilt haben, hat sich kein Journalist blicken lassen, obwohl wir extra eine entsprechende Pressemitteilung herausgegeben hatten. Aber kaum bombt hier einer ein bisschen rum, ist die Lügenpresse vor Ort. Ihr könnt wohl Wichtiges von Unwichtigem nicht unterscheiden! Aber wahrscheinlich wollt ihr das auch gar nicht!"
Steinhuder blieb cool. Er hatte von diesem Querulanten nichts anderes erwartet. Dennoch konterte er den verbalen Angriff: „Sie und der Rest der FDK müssten mit ihrer ablehnenden Haltung gegenüber hilfsbedürftigen Menschen doch jetzt hochzufrieden sein, oder? Ihre Gebete sind offenbar erhört worden."
„Pah, dass ich nicht lache! Sie verstehen es immer noch nicht, Herr Steinhuder. Ich glaube auch, Sie wollen es nicht verstehen. Hilfsbedürftig ist keiner von denen. Schauen Sie sich die Leute doch mal an! Lungern hier den ganzen Tag gelangweilt rum und tippen auf ihren teuren Smartphones herum. Liegen bis zum Mittag in den Betten. Allesamt Schmarotzer, die sich auf unsere Kosten satt fressen und sanieren wollen. Das ist doch offensichtlich, aber das Offensichtliche will ja niemand hören. Ist ja politisch inkorrekt."
„Herr Zuckermann! Darf ich das als offizielle Stellungnahme der FDK verstehen und Sie mit dieser Äußerung zitieren?"
„Das lassen Sie mal schön bleiben! Machen Sie einfach, dass Sie wegkommen. Das Nicht-Gespräch ist beendet. Ich sag ja: Verdammte Lügenpresse!" Zuckermann holte demonstrativ sein Telefon aus der Hosentasche und tippte mit seinen fleischigen Fingern auf dem Display herum. Steinhuders Versuche, ihm doch noch eine Äußerung zu entlocken, liefen ins Leere.

***

Am Ende des Tages zählten Rettungskräfte und Polizei insgesamt 29 Verletzte, zwei davon schwerverletzt. Einer von ihnen war der kleine elfjährige Gamba. Seine beiden Eltern, Haamid und Fola, saßen mit verweinten Augen rechts und links vom Krankenbett auf der Intensivstation, hielten seine Hände und hofften, dass ihr Sohn bald wieder aufwachen würde. Die Ärzte hatten Gamba aufgrund der schweren Verletzung ins künstliche Koma versetzt.
Einziges Todesopfer blieb bislang die junge Sozialarbeiterin.
Während die Polizei mit Hochdruck den Tatort aufnahm, alle Spuren sicherte, die sozialen Netzwerke auswertete und mit den ersten Zeugen sprach, war das Attentat in allen inländischen Fernsehnachrichten das Thema Nummer 1. Auch international gab es vorübergehend nur ein Thema: Die Bombe vor der Flüchtlingsunterkunft in Köln.

Kapitel 2

Vor Freunden, Bekannten und Geschäftspartnern gab das kinderlose Unternehmerehepaar Findeklee seit der Hochzeit vor nunmehr elf Jahren das perfekte Gespann ab. Die 59-jährige Sigrid Findeklee leitete das immer weiter expandierende Fleischwarenunternehmen FIN DE KLEE mit zahlreichen Filialen im Rheinland nun schon in der 3. Generation. Als alleinige Geschäftsführerin unterlag ihr die Leitung des Büros, die Versand- und Personalabteilung und noch so einiges mehr. Seit ein paar Monaten drängte ihr Unternehmen, welches sich bisher auf exklusive Fleischwurst und Schinken spezialisiert hatte, auf den hart umkämpften Steakmarkt. Sigrid Findeklee hatte es sich zum Ziel gesetzt, deutschlandweit einer der bedeutendsten Anbieter für das japanische Kobe Rind zu werden. In Gedanken

sah Sigrid in der Eingangshalle hinter Glas schon den goldenen Rindskopf – eine begehrte Auszeichnung der Japaner, der mit Premiumverkauf und, im übertragenen Sinne, mit einer persönlichen Gelddruckmaschine gleichzusetzen war.
Zum körperlichen Ausgleich ließ sie sich zweimal in der Woche von ihrem Personal Trainer „foltern" und genauso oft war sie Stammgast im exklusivsten Beautysalon der Stadt. Ihrem rund 15 Jahre jüngeren Lars hatte sie zum 10. Hochzeitstag neben der Luxusreise auf die Malediven seinen lang ersehnten Traumwagen für mehr als eine Viertelmillion Euro geschenkt. Für sie als Millionenerbin war das kein Problem, zumal die Firma mit jedem Fleischcontainer aus Übersee ordentlich Gewinn machte. Jeder Container mit ungefähr 7,6 Tonnen Fleisch kostete die Firma im Einkauf rund eine halbe Million Euro. Der Umsatz war selbstredend deutlich größer. Auch nach Abzug aller anfallenden Kosten wuchs das Firmenvermögen unaufhörlich.
Der nagelneue schwarze Ferrari F12 Berlinetta war nicht nur Lars' ganzer Stolz, sondern seitdem auch sein sprichwörtliches Fangnetz für die jüngere Damenwelt. Bei allem Schein nach außen hatte für Lars Findeklee der anfängliche Zauber der Ehe, der Reiz des grazilen Körpers seiner Frau, im Laufe der Jahre stetig nachgelassen. Da halfen auch ihr Training oder die diversen Beautybehandlungen nicht. Dass man sich wie noch zu Beginn der Beziehung bis zur Erschöpfung liebte und mit wenigen Stunden Schlaf auskam, war manchmal noch ein Highlight des Monats, fiel immer häufiger jedoch aus.
Mit seinen 44 Jahren war Lars Findeklee mitten in der Midlife Crisis. Jeden Tag war er aufs Neue versucht, seinen „Marktwert" zu testen; es war regelrecht zur Sucht geworden. Für den Sonnyboy waren die Frauen nur wie Trophäen auf einem Kaminsims, jede einzelne eine weitere Kerbe auf seinem imaginären Revolvergriff.

Für das Unternehmen war er als Großhändler und Produzent für Akquise, Kundenbetreuung und Preisverhandlungen zuständig. In regelmäßigen Abständen suchte er seine Großkunden auf, um Preisabsprachen zu treffen. Nicht weniger oft besuchte er die Großhandelsmärkte, um beispielsweise ein neues Produkt mit einem Stand mitten im Laden hervorzuheben. Der gutaussehende Playboy traf bei seinen Geschäftsreisen immer wieder auf alleinstehende Frauen oder auf jene, die wie er nur das schnelle Abenteuer suchten. Es wurden keine Fragen gestellt, keine Ansprüche erhoben und niemand wollte den jeweils anderen gleich heiraten. Erst neulich hatte er seinen neuesten Verkaufsschlager, den kalorienarmen Frühstücks-Bacon, gleich am nächsten Morgen mit der magersüchtigen Silvana Popolova probiert, die für FIN DE KLEE die Präsentation im Laden durchgeführt hatte und seinen Avancen nicht widerstehen konnte.

Bei seinen Fehltritten war er immer sehr diskret und in der Regel traf er sich auch nie zweimal mit einer seiner Eroberungen. Sigrid hingegen war trotz oder gerade wegen ihres Erfolgs eine Frau vom alten Schlag. Sie wusste um ihre Position als Geschäftsführerin, war stets reserviert und immer auf einen guten Ruf – ihren sowie den ihrer Firma – bedacht. Niemals hätte sie Lars in der Öffentlichkeit oder auch zuhause eine Szene gemacht. Sie trug seine amourösen Abenteuer mit Fassung; trotz seiner Eskapaden liebte sie ihn und wollte ihn nicht verlieren, vom zu erwartenden Klatsch und Tratsch in den Boulevardblättern ganz zu schweigen. Außerdem war ihr attraktiver Ehemann der Traum aller Schwiegermütter und so eben leider auch der seiner eigenen. Lars war eloquent, charmant und selbstbewusst. Die beiden führten zwar keine offene Ehe, aber als ernsthafte Bedrohung für ihre Partnerschaft mit Lars hatte sie seine Affären noch nie empfunden. Warum auch? *Sie* war schließlich die Vermögende, er zappelte im Grunde an ihrem Haken. Bis jetzt hatte sie allerdings nicht das Bedürfnis gehabt, ihn das spüren zu lassen. Außerdem hatte sich auch bei ihr etwas verändert. In den letzten Wochen ertappte Sigrid sich immer häufig bei der Erkenntnis, dass es auch noch andere Männer gab, die ihr gefielen. Gelegentlich spielten einige dieser Männer sogar in erotischen Tagträumen eine Rolle.

***

Als die beiden nun in ihren Seidenbademänteln an diesem Mittwochmorgen beim gemeinsamen Frühstück saßen, las Sigrid interessiert die Berichterstattung über den Anschlag in Köln im Kölner Stadt-Anzeiger.
Lars hingegen gingen die Worte von Peggy nicht mehr aus dem Kopf. Es war genau das passiert, was er bisher immer hatte vermeiden können: Sie hatte sich in ihn verliebt. Auch er verspürte mehr Gefühle für sie, als ihm recht war.
Mit Peggy war es schon immer anders gewesen als mit den anderen „Trophäen", die er mit einem Lächeln, einer Spritztour im F12 und einem guten Abendessen in die Kiste gelockt hatte. Peggy kannte er schon seit Jahren. Als sein bester Freund aus Schulzeiten Ronny sie ihm damals vorgestellt hatte, hatte es ihm die Sprache verschlagen. Das war zwar mittlerweile mehr als 12 Jahre her, aber die junge Mutter war ihm seitdem nie mehr so richtig aus dem Kopf gegangen.
„Schatz! Huhuuu! Gibst du mir bitte mal den Kaffee?"
Lars wurde unsanft aus seinen Gedanken gerissen. Wie ferngesteuert hob er die Kaffeekanne an und goss Sigrid eine Tasse ein. Danach rückte er das Milchkännchen und den Zuckerpott näher in ihre Richtung. „Was liest du da eigentlich so interessiert? Sonst blätterst du doch erst mal die Zeitung schnell durch."

„Da hast du wohl etwas nicht mitbekommen, mein Lieber. Gestern Abend ist mitten in Köln eine Bombe explodiert. Ein Kind wurde schwer verletzt und schwebt in Lebensgefahr, eine junge Frau ist tot und es gibt viele Verletzte. Wer macht so was?" Sigrid Findeklee schien fassungslos. Seit Jahren war sie ein gern gesehener Gast auf Wohltätigkeitsgalas und regelmäßig unterstützte sie zahlreiche soziale und karitative Einrichtungen.
„Wo war das denn?"
„Mitten in der Stadt, keine Ahnung, wie die Straße jetzt heißt. Ist doch auch egal. Das ist ja ein regelrechter Albtraum. Solche Leute müsste man einfach ...! Du, sag mal, die Frau von deinem Kumpel ist doch auch Sozialarbeiterin, oder? Wie hieß die doch nochmal? Nicht, dass sie die Tote ist!"
„Wieso, wie kommst du jetzt ausgerechnet auf die?"

Kapitel 3

Die Stimmung zwischen den beiden Brüdern drohte zu kippen. Wutschnaubend standen sie sich gegenüber.
„Schlag mich doch! Schlag doch zu, wenn du dich dann besser fühlst! Idiot! Das ändert aber jetzt auch nichts mehr!" Gernot Hick war puterrot angelaufen. Er blickte seinem eineinhalb Jahre jüngeren Bruder ins Gesicht. In diesem Moment hätte er ihm am liebsten selbst einen gezielten Faustschlag verpasst. Seit jeher hatte er sich als Erzieher von Martin gefühlt. Als die Brüder noch keine Teenager waren, hatte sich ihr Vater totgesoffen, nachdem er seinen Job verloren hatte. Er war seinerzeit wegrationalisiert und durch billigere Arbeitskräfte ersetzt worden. Martin hatte ihn damals nach der Schule tot aufgefunden: auf dem Sofa sitzend, in der rechten Hand noch eine Flasche Klaren. Organversagen.

„Martin, bitte sag mir, dass du damit nichts zu tun hast! Ich hab keinen Bock, wegen dieser Scheiße wieder in den Knast zu gehen!"
„Keiner geht hier in den Knast! Und jetzt nimm die Fäuste runter!" Martin Hick riss langsam der Geduldsfaden. „Was glaubst du eigentlich? Meinst du etwa im Ernst, ich hätte was damit zu tun?"
„Was weiß denn ich?", schrie Gernot wieder. „Du redest doch ständig davon, dass man denen mal zeigen müsste, wo hier der Hammer hängt! Und ausgerechnet da explodiert eine Bombe! Ausgerechnet an *dieser* Unterkunft. Glaubst du, ich bin bescheuert oder was?"
„Ich weiß gar nicht, was dein gottverdammtes Problem ist." Martin stieß Gernot mit flachen Händen von sich weg. „Björn fand es jedenfalls richtig geil. Schade ist es halt um die Frau. Aber andererseits ist sie es auch selbst schuld. Wer sich mit so einem Pack einlässt, muss sich nicht wundern. Mein Mitleid hält sich jedenfalls sehr in Grenzen."
„Du blödes Arschloch! Ihr seid doch sowas von dämlich. Ein leerstehendes Haus anzuzünden oder mal einen von denen zusammenzuschlagen, ist doch was anderes, als die ganze Umgebung hochzujagen! Jetzt haben wir nicht nur diesen lästigen Staatsschutz an den Hacken, sondern auch noch die Mordkommission! Was glaubst du wohl, wie lange die brauchen, bis die hier klingeln?" Gernot Hick hatte Panik. Panik vor dem, was vielleicht noch kommen würde. Vor seinem geistigen Auge sah er sich schon unter Blitzlichtgewitter und Beifall der verhassten Nachbarschaft in Handschellen aus dem Haus kommen. Rechts und links zwei zufrieden dreinschauende Polizisten, die seine Oberarme umklammerten und ihn verhöhnten. Seine Miene verfinsterte sich noch mehr.

Martin schüttelte verständnislos den Kopf. „Ich sag es dir nochmal, Bruderherz, lass gut sein. Ich hab doch gar nicht gesagt, dass ich das gemacht habe, sondern nur, dass Björn es geil fand. Reg dich ab, Alter, ich weiß echt nicht, welchen Film du fährst. Hast du etwa schon vergessen, was man *uns* angetan hat, vor allem *mir*? Wir müssen denen immer einen Schritt voraus sein."
Er dachte an den Tag vor gut zwei Jahren zurück, als eine Gruppe von etwa zehn maskierten Personen ihn und Gernot niedergeknüppelt hatten, als sie gerade aus der Kirche kamen. Noch heute spürte er den wuchtigen Tritt in sein Gesicht, als er versucht hatte, aufzustehen. Mit lebensbedrohlichen Gesichts- und Schädelverletzungen hatte er seinerzeit nur knapp überlebt. Seiner Meinung nach hatte die Polizei keinen besonderen Elan gezeigt, die Täter zu finden. Auch seine Hinweise, dass sie als Nazis beschimpft worden seien, wollte niemand hören.
Gernot Hick ließ sich davon nicht beeindrucken: „Das ist zwei Jahre her und erledigt! Vergiss es einfach! Und ich sage es dir zum letzten Mal: Verarsch mich nicht! Mit dieser Scheiße will ich echt nix zu tun haben. Kinder zu verletzen oder zu töten, ist das Allerletzte! Und selbst wenn ihr wirklich nichts damit zu tun hattet, seid ihr trotzdem verdammte Arschlöcher! Du und dein Björn." Während Gernot die Wohnung verließ, warf Martin einen zufriedenen Blick auf die Schlagzeile und die Fotos vom Anschlag im Kölner Stadt-Anzeiger.

Kapitel 4

Ronny Pietsch war, wie auch schon die Tage zuvor, an diesem Mittwochmorgen mit einem heftigen Kater aufgewacht. Die Eisenschmiede in seinem Brummschädel lief auf Hochtouren. Der 43-Jährige lag rücklings auf dem Bett, während seine beschuhten Füße auf dem Boden standen. Da war er wohl mal wieder im Suff beim Ausziehen einfach nach hinten gekippt und eingeschlafen.

Als er sich ob des ohrenbetäubenden Lärms in seinem Kopf in eine bequemere Liegeposition drehen wollte, spürte er etwas Nasses, Kaltes an seiner Schulter. Sogleich drängte ein säuerlich ekliger Geruch mit Schnapsnote in seine Nase. Etwas zaghaft fasste er dorthin und schaute seine Hand an. Offenbar hatte er schon wieder im Delirium ins Bett gekotzt. Das dritte Mal in diesem Monat. Angewidert und genervt von sich selbst rappelte er sich langsam auf und schwankte mühsam zum Badezimmer. Über der Kloschüssel kniend rief er verzweifelt: „Peggy! Peeeeeggy! Scheiße!" Während sich sein Magen zusammenzog, er jedoch nur noch Galle spucken konnte, fiel es Ronny wieder ein. Tränen schossen in seine Augen und tropften in einem kleinen Rinnsal vom Kinn in die Kloschlüssel. Mit der linken Hand stützte er sich auf der Klobrille ab, bemitleidete sich selbst und wischte sich mit dem rechten Handrücken den Schnodder von der Nase. Danach griff er nach dem Toilettenpapier und schniefte hinein.

Genau wie Ronny war auch Peggy damals als Kind mit ihren Eltern nach dem Mauerfall nach Westdeutschland gekommen. Im zarten Alter von 19 hatte die bildhübsche Frau Ronny bei einem Tanzkurs zum ersten Mal gesehen und sich in den smarten Hüftenschwinger verguckt. Das war nun gute zwei Jahrzehnte her. Er stand damals in der Blüte seines Lebens und kurz

vor dem Abschluss seines Elektroingenieurstudiums, während sie gerade ihre diplomierte Ausbildung bei der Stadt Köln abgeschlossen hatte. Hals über Kopf hatten sie sich ineinander verliebt und keine zwei Jahre später war Ronny bei der Geburt seines Sohnes Elias im Kreißsaal dabei gewesen.
Nach Entlassung des Babys aus der Neugeborenen-Intensivstation folgte für die junge Familie damals eine sehr schöne Zeit. Ronny übernahm bei der Technologie Produkte AG eine leitende Funktion und verdiente gut. Das junge Paar hatte sich darauf verständigt, dass Peggy die ersten zehn Jahre mit Elias zuhause blieb und den größten Teil der Kindererziehung übernahm.
Das Familienglück änderte sich schlagartig, als Ronny wegen Verdachts auf Untreue und Bestechung fristlos entlassen wurde. Um einen langen Arbeitsprozess zu vermeiden, bekam Ronny eine größere, fünfstellige Abfindung, mit der sie eine Zeit lang noch alle Rechnungen bezahlen konnten, doch mehr und mehr mussten sie den Gürtel enger schnallen. Die Frustration griff um sich, eine dramatische Entwicklung nahm ihren Lauf. Ronny schrieb eine Bewerbung nach der anderen, doch in der Branche hatte es sich offenbar bereits herumgesprochen, dass er nicht ganz „sauber" war. Es kam zu keinem einzigen Vorstellungsgespräch, immer sagte man ihm mit der Begründung ab, man habe sich für einen anderen, qualifizierteren Bewerber entschieden.
Aus Verzweiflung hatte er es zwischenzeitlich mit Selbstständigkeit versucht. Seinem eigens gegründeten Im- und Export von Billig-Elektroartikeln aus China war allerdings kein Erfolg beschieden. Die Schulden wuchsen unaufhörlich und Ronny und Peggy lebten sich zusehends auseinander. Ronnys Alkoholkonsum tat sein Übriges. In regelmäßigen, immer kürzer werdenden Abständen wurde er gewalttätig gegenüber Peggy.

Anfangs hatte sich Peggy noch zu sehr ob ihrer blauen Flecken und sexuellen Erniedrigungen geschämt, doch schließlich, nach einem weiteren ambulanten Krankenhausbesuch, hatte sie sich der Streifenpolizistin Yesim Arslan anvertraut. Nicht zuletzt, weil sich ihr 17-jähriger Sohn Elias schützend vor sie gestellt hatte und von Ronny durch Faustschläge und Tritte verletzt worden war. Elias war damals mit ihr ausgezogen und hatte Ronny seitdem weder gesprochen noch gesehen. Er hatte das Vertrauen in seinen Vater verloren, von der schwelenden Angst vor ihm ganz zu schweigen. Oft genug hatte er Drohungen wie „Die Schlampe mach ich kalt" mithören müssen.

Yesim Arslan wurde im Laufe der Zeit die beste Freundin von Peggy. Ihr vertraute Peggy alles an. Die Polizistin hatte ihr auch geholfen, sich während Ronnys 10-tägigem Rückkehrverbot eine Wohnung zu suchen. Peggy wollte nicht in dem Haus weiterleben, mit dem sie so viel Leid und Gewalt verband. Yesim war auch die einzige, die von dem erst seit kurzem bestehenden Verhältnis zu Lars Findeklee wusste.

Kapitel 5

Peggy stand an diesem Mittwochmorgen mit richtig guter Laune auf und stellte sich wie gewohnt als Erstes unter die mal heiße, mal kalte Dusche. Jede Minute des gestrigen Abends mit Lars hatte sie genossen, jede seiner Berührungen als süßen Stromschlag empfunden, all seine Komplimente in sich aufgesogen. Immerzu gab er ihr das schöne Gefühl, begehrt zu werden.

Dass sie ausgerechnet mal mit ihm im Bett landen würde, hätte sie sich nicht in ihren wildesten Träumen vorgestellt. Immerhin konnten sie unterschiedlicher nicht sein. Er, der reiche Geschäftsmann mit tollem Sportwagen und scheinbar glücklicher Ehe, sie hingegen ein Vergewaltigungsopfer ihres eigenen Ehemanns, dessen Gewaltexzesse mit der Zeit immer heftiger geworden waren.

Mit ihrem Sohn Elias bewohnte sie seit fast 12 Monaten eine kleine Zwei-Zimmer-Wohnung in Porz-Finkenberg in der 14. Etage eines Hochhauses. Ihr monatliches Nettoeinkommen als freiberufliche Sozialarbeiterin betrug zwar weniger als das Geld in Lars' Portokasse, aber sie war sich sicher, dass Lars ihre leidenschaftliche Liebe ehrlich erwiderte. Zumindest hatte er ihr es jedes Mal nach dem Sex gesagt. Peggy wusste zwar von Lars' Frau Sigrid, hatte allerdings nicht die geringste Ahnung, dass sie nicht seine einzige Affäre war.

Soeben hatte Peggy die Kaffeemaschine angestellt, als erst ihr Handy, dann ihr Herz vibrierte. Sie spürte ein angenehmes Glücksgefühl von umherfliegenden Schmetterlingen, die alle gleichzeitig in ihren Bauch wollten. Auf dem Display sah sie ein lächelndes Gesicht.

„Schatz! Peggy!."

„Hallo, Süßer! Warum flüsterst du denn so?"

„Ich bin noch zuhause. *Sie* ist nebenan."
„Und trotzdem rufst du an. Oh, du bist so süß." Sie schickte ihm über den Hörer einige Küsse ins Ohr.
„Hast du es schon gesehen?"
„Was denn? Ein Geschenk, eine Überraschung? Sag schon." Ihr Herz hüpfte vor Freude.
„Nein. In der Zeitung…"
„Du hast was für mich in die Zeitung geschrieben?"
„Leider nicht. Es ist was passiert. In der Flüchtlingsunterkunft, wo du schon mal arbeitest. Zumindest sieht das auf dem Foto im Stadt-Anzeiger so aus." Lars sprach noch immer sehr leise. Am anderen Ende der Leitung hörte er das Rascheln der Zeitung und dann die Stimme von Peggy, die offenbar zu sich selbst sprach. Lars vernahm ein leises Weinen, anschließend erneut Stille.
„Peggy! Peggy! Sag doch was!"
„Ich … ich kann jetzt nicht sprechen." Wie ferngesteuert drückte Peggy das Gespräch weg. Ihr war schlagartig klargeworden, wer die 32-Jährige war, über die im Artikel berichtet wurde – ihre Kollegin Carina war tot! Nur sie konnte die junge Sozialarbeiterin sein, die von umherfliegenden Glassplittern getötet worden war.
Minutenlang verharrte sie über die Zeitung gebeugt und weinte. Dicke Kullertränen liefen über ihr Gesicht.

Kapitel 6

Staatsanwalt Praxenthaler wusste nicht, wo ihm an diesem Morgen der Kopf stand. Für seine Verhältnisse sah er recht mitgenommen aus: Einzelne Strähnen seiner Pomadenfrisur standen in alle Richtungen ab, hinter seinen Brillengläsern waren dunkle Augenringe zu erkennen, aus seinem Hosenbund flatterte ein Hemdzipfel.
Er griff zum Hörer und rief Egbert Elver, den Chef der Mordkommission, an. „Guten Morgen, hier ist Praxenthaler. Gibt es schon erste brauchbare Ergebnisse?"
„Auch guten Morgen. Nicht mehr als gestern Abend. Wir stehen ja noch am Anfang der Ermittlungen."
„Aber Herr Elver, es muss doch irgendwas Neues geben! Was haben Sie und Ihre Leute denn die letzten 12 Stunden gemacht? Sie können sich doch bestimmt vorstellen, wie mir die Presse im Nacken sitzt. Ganz zu schweigen von den Nachfragen aus dem Ministerium und der Generalstaatsanwaltschaft! Was soll ich denen sagen?! *Die* werden sich nicht mit guten Aussichten abspeisen lassen."
Egbert Elver hatte in seinen nunmehr 40 Dienstjahren so manchen Staatsanwalt „überlebt". Der routinierte Kriminalist ließ sich durch nichts und niemanden aus der Ruhe bringen. Ihm war es ohnehin nie recht gewesen, wenn jemand stante pede aus Ermittler- oder Justizkreisen vorschnell Dinge an die Presse ausplauderte. Die Anfragen aus dem Justizministerium oder Ministerium für Inneres ließen zwar schon mal seine Nackenhaare zu Berge stehen, aber aus der Ruhe bringen konnten ihn die Meldepflichten nie.
„Ganz ruhig, Herr Praxenthaler! Sie klingen ja schon fast hysterisch. Wir gehen *allen* Spuren nach. Das können Sie denen sagen."

„Kommen Sie schon, Herr Elver. Mir können Sie es doch ruhig sagen. Gibt es eine heiße Spur?"
Elver hatte schon öfter den Verdacht gehabt, dass der karrierebewusste Staatsanwalt gerne mal das eine oder andere Detail rausposaunte. Nicht unbedingt, um den Ermittlungen zu schaden oder um etwas zu verraten, vielmehr, um selbst gut dazustehen. Praxenthaler selbst hatte dies jedoch stets vehement bestritten.
„Wie schon gesagt, wir gehen allen Spuren nach! Meine besten Ermittler und der Staatsschutz sind da dran."
„Wenn Sie mir nichts sagen wollen, rufe ich jetzt Ihren Vorgesetzten an. Ich lasse mich nicht so abspeisen."
„Wenn es Ihnen was bringt, tun Sie das ruhig. Sie können von mir aus anrufen, wen Sie wollen, davon abhalten könnte ich Sie sowieso nicht. Aber denken Sie wirklich, dass mich das irgendwie beeindrucken würde? Mittlerweile müssten Sie mich besser kennen. Das Thema hatten wir beide doch schon oft genug. War sonst noch was oder kann ich jetzt weiterarbeiten? Ich muss nämlich einen Fall klären!" Der süffisante Ton in seiner Stimme war nicht zu überhören.
Was sollte ihm passieren? In weniger als einem halben Jahr ging er in den wohlverdienten Ruhestand.

Kapitel 7

Björn Zuckermann schäumte vor Wut. Er saß frühmorgens im Verhörraum des Staatsschutzes und blickte auf die verspiegelte Scheibe. Die Stühle auf der gegenüberliegenden Seite des Tisches waren noch leer. Hinter dem Spiegelglas glaubte er eine Person zu erkennen; er rief ihr zu, dass er sofort einen Anwalt sprechen wolle. Einen Augenblick später öffnete sich die Tür. Kommissarin Ulla Schiefer betrat mit finsterer Miene den Raum und setzte sich ihm wortlos gegenüber.
Die 43-jährige Staatsschützerin knallte die rote Ermittlungsakte auf den Tisch, zupfte ihre Bluse zurecht, schaltete das Mikrofon auf dem Tisch ein und blickte ihm eindringlich in die Augen.
„Herr Zuckermann! Schön, dass Sie Zeit für ein paar Fragen haben. Es dauert auch nicht lang."
„Sie schon wieder! Bin ich festgenommen?"
Die Kommissarin runzelte die Stirn, bevor sie ihm antwortete: „Gibt's denn einen Grund dafür?"
„Hören Sie auf mit Ihren Spielchen. Das zieht bei mir nicht! Fragen Sie endlich, was Sie mich fragen wollen. Wenn mir Ihre Frage nicht wieder blöd vorkommt, bekommen Sie vielleicht eine Antwort. Ansonsten kann ich ja wohl auch direkt wieder gehen, um das Affentheater hier zu beenden. Ich bin es nämlich langsam satt, dass Sie sofort bei mir klingeln, sobald irgendwas Ausländerfeindliches in der Stadt passiert! Unverschämtheit! Ich bleibe jetzt nur noch hier, weil ich ein gewissenhafter Staatsbürger bin. Aber Sie sollten es nicht mit diesen Albernheiten überstrapazieren. Klar?!"
„Sie sind natürlich nicht festgenommen, sondern nur höflich gebeten worden, mit zur Dienststelle zu fahren. Uns interessiert natürlich, wer für die Explosion vor der Flüchtlingsunterkunft gestern Spätnachmittag verantwortlich ist und …"

Zuckermann fiel ihr ins Wort: „Sie brauchen gar nicht weiterzureden, Frau Oberhauptkommissarin. Dazu kann ich gar nichts sagen – gar nichts." Er versuchte, demonstrativ die massigen Beine übereinanderzuschlagen. Es gelang ihm nicht, also beließ der Funktionär es bei einem ablehnenden Verschränken der Arme.

„Das ist aber wirklich schade, Herr Zuckermann. Wir hatten gehofft, dass Sie vielleicht jemanden gesehen haben. Ich meine, immerhin waren Sie recht schnell vor Ort."

„Na und?! Wollen Sie mir daraus jetzt einen Strick drehen? Halb Köln hat doch da gestanden und wenn ich richtig hingeschaut habe, waren da auch jede Menge Journalisten. Und die waren deutlich vor mir da, diese Aasgeier."

Ulla Schiefer blieb gelassen. Die Ermittlerin hatte sich in der Vergangenheit längst an Zuckermanns aufgesetztes Gebaren gewöhnt. „Sie stimmen mir aber schon zu, dass es ein wenig, sagen wir mal, komisch ist, dass ausgerechnet an dieser Flüchtlingsunterkunft ein Sprengsatz detoniert? Immerhin wettern Sie mit Ihrem FDK-Verein seit Wochen mit Flugblättern gegen die Menschen dort und es gab zwei Brandanschläge, die glücklicherweise vereitelt wurden. Ganz zu schweigen von den fremdenfeindlichen Parolen. Oder finden Sie nicht?"

„Was wollen Sie eigentlich damit sagen, Frau Oberhauptkommissarin? Wir als *Freie Denker Köln* haben Flugblätter verteilt, stimmt! Unsere Aktion war aber ordnungsgemäß angemeldet und genehmigt. Und ja, es hat zwei Brandanschläge gegeben. Aber erstens ist es eine Dreistigkeit von Ihnen, dies in einem Atemzug mit den FDK zu nennen, und zweitens ist es doch nicht unsere Schuld, wenn die Polizei unfähig ist, ihre Hausaufgaben zu erledigen." Nach einer kurzen Redepause stänkerte er weiter: „Und als mündiger Bürger dieser Stadt finde ich Ihre Sicht der Dinge ziemlich einfältig. Ist es Ihnen in Ihrem stillen

Kämmerlein wirklich entgangen oder wollen Sie es einfach nur nicht zugeben, dass es unter den Flüchtlingen Schmutzbuckel gibt? Es fängt doch schon damit an, dass sich Nordafrikaner als Syrer oder Iraker ausgeben und die dämlichen Behörden das einfach mal so glauben. Und genau solche Typen haben seinerzeit in der *verbotenen Stadt* aus Unzufriedenheit über das Essen die ganze Unterkunft abgefackelt und einen Schaden in zweistelliger Millionenhöhe verursacht. Und im Vorfeld hatte es dort auch schon kleinere Brandanschläge gegeben, deren Brandherde in der Halle gelegt worden waren. Na, klingelt da was? Also öffnen Sie verdammt nochmal die Augen. Vielleicht hat ja auch hier einer der willkommenen *Räähfuttschies* den Sprengsatz gelegt, weil ihm mal wieder das Essen nicht gepasst hat."
Ulla Schiefer kommentierte seine Ansichten zu den Refugees nicht. Sie überlegte nur, wie man solch ein Arschloch werden konnte.
„Was ist? Hat es Ihnen die Sprache verschlagen, dass ich jetzt schon Ihren Job machen muss?", fragte Zuckermann selbstgefällig.
Ulla Schiefer aber ließ sich noch immer nicht beeindrucken. Stattdessen schlug sie eine ganz andere Richtung ein: „Sehr beeindruckend, Herr Zuckermann, dann können Sie in Ihrer grenzenlosen Weisheit auch bestimmt etwas zu dem Asylbewerber aus Westafrika sagen, der kürzlich vor eben dieser Unterkunft zusammengeschlagen wurde! Aber Ihrer Interpretation nach hat er sich bestimmt die Kopfverletzung selbst zugefügt, oder?"
Zuckermann war auf diesen abrupten Themenwechsel nicht vorbereitet und hätte sich fast verplappert. Beinahe wären ihm die Worte über die Lippen gekommen, dass sich der Gernot doch gegen die schwarze Brut zur Wehr hatte setzen müssen. So wie damals, als er im Klingelpütz einen der Knastwärter mit

Migrationshintergrund mit der Faust ins Gesicht geschlagen hatte, bloß weil der Gernot Hick zu lange angeschaut hatte. Über seinen Rechtsanwalt hatte Hick damals viele Kassiber herausschmuggeln lassen, um sich gegenüber Zuckermann als gesinnungstreu und vertrauenswürdig zu präsentieren. Die heimlichen Nachrichten des damaligen Häftlings Hick hatte Zuckermann sicher aufbewahrt. Immerhin waren auf diesen die Fingerabdrücke und die DNA des Anwaltes drauf. Man konnte nie wissen, wozu man diese unerlaubten Mitteilungen mal einsetzen könnte.

Auch dieser „Asylbewerber aus Westafrika" jetzt hatte Gernot Hick im Bus provozierend angeschaut und dabei so komische Bewegungen gemacht und seine Zähne gebleckt. Folgerichtig hatte der Gernot den Mann verfolgt, mit einer Flasche hinterrücks niedergeschlagen und verletzt liegengelassen. Gernot hatte keine andere Wahl, sonst hätte der Typ noch andere so blöd angeguckt. Abends am Stammtisch hatte Hick damit angegeben, wie er es der schwarzen Ratte gezeigt hatte. Mehr als einmal hatten seine „Kameraden" ihn hochleben lassen und Zuckermann selbst hatte ihm für seinen selbstlosen Einsatz gegen die Invasion anerkennend auf die Schulter geklopft. Er sei ein wahrer Patriot, der wahrlich sein Vaterland liebe.

Doch jetzt musste Zuckermann vorsichtig sein. „Davon höre ich zum ersten Mal. Aber wissen Sie, Frau Oberhauptfeld-, äh, Oberhauptkommissarin, mein Mitleid tendiert gen Null. Können Sie denn ausschließen, dass der Afrikaner nicht vorher einen Deutschen ausgeraubt hat? Dann wäre das doch wohl als gerechte Strafe das Mindeste!"

Ulla Schiefer war ob des menschenverachtenden Denkens von Zuckermann mittlerweile doch kurz vorm Explodieren. Aber sie behielt sich im Griff; diese Plattform wollte sie ihm nicht bieten. Außerdem hörte sie über den Miniempfänger die

Stimme ihres Kollegen im Ohr, der ihr sagte, dass sie Zuckermann jetzt gehen lassen könnte. Es sei alles vorbereitet. Sie wusste natürlich sofort, was damit gemeint war.
„Danke, Herr Zuckermann, ich habe keine weiteren Fragen. Sie können jetzt gehen."
„Na, das wurde auch Zeit. Schönen Tag noch." Zuckermann grinste Ulla Schiefer im Vorbeigehen spöttisch an.
Nachdem er den Verhörraum verlassen hatte, machte sich Ulla Schiefer gegenüber ihren Kollegen endlich Luft. „Was ist dieser Fettwanst doch für ein verdammtes, aalglattes Arschloch!"
Zuckermann machte sich auf den Heimweg. Die beiden Männer mit Sonnenbrillen folgten ihm in einer schwarzen Limousine.

Kapitel 8

Peggy Pietsch stand mit leerem Blick vor der amtlich versiegelten Flüchtlingsunterkunft. Krampfhaft versuchte sie sich vorzustellen, was hier passiert war und konnte es kaum fassen, welch großes Glück sie gehabt hatte. Anstelle ihrer Freundin und Kollegin Carina hätte *sie* jetzt tot sein können.
Als ob Tom Steinhuder mal wieder den richtigen Riecher gehabt hätte, sprach er Peggy Pietsch an. „Entschuldigung?"
Sie blinzelte kurz und schien wieder ins Hier und Jetzt zurückzufinden. „Ja? Was ...?"
„Mein Name ist Tom Steinhuder. Ich schreibe für den Kölner Stadt-Anzeiger. Darf ich Sie etwas fragen?"
„Was gibt es da noch zu fragen? Schauen Sie sich doch um." Peggy schnäuzte in ihr Taschentuch.
„Ich könnte zum Beispiel fragen, in welchem Verhältnis Sie zum Geschehen hier stehen. Ob Sie irgendjemanden kennen?"

Ohne länger nachzudenken antwortete Peggy. „Ich arbeite eigentlich auch hier."
„Oh! Das tut mir leid. Dann haben Sie die junge Frau gekannt, die …?"
Peggy schnäuzte sich abermals. „Carina ist … war nicht nur eine Kollegin, sondern auch eine gute Freundin von mir. Und den kleinen Gamba kenne ich natürlich auch. Wissen Sie eigentlich, in welches Krankenhaus er gebracht wurde? Mein Gott, die armen Eltern."
„Soweit ich weiß, hat der Rettungshubschrauber ihn zum Krankenhaus Merheim geflogen. Wissen Sie, ob die Eltern des Jungen Deutsch sprechen?"
„Der Haamid versteht jedenfalls alles … und die Fola? Ja, mit Fola kann man sich mit Händen und Füßen verständigen. Sie spricht schon einigermaßen gut Deutsch."
„Soll ich Sie dorthin fahren? Was meinen Sie? Dann könnten Sie mir während der Fahrt von Carina erzählen."
Peggy überlegte kurz, entschied sich aber dagegen. „Nein! Vielen Dank. Ich glaube, ich möchte lieber allein sein."
„Darf ich Ihnen denn meine Visitenkarte geben und Sie rufen an, wenn es Ihnen besser geht?" Steinhuder lächelte freundlich.
Wortlos nahm sie die Visitenkarte entgegen, warf kurz einen Blick darauf, drehte sich herum und ging schon ein paar Schritte in Richtung U-Bahn, bevor sie sich noch einmal zu ihm wandte.
„Wissen Sie vielleicht, wohin man Carina gebracht hat?"
„Zur Rechtsmedizin am Melaten. Darf ich Sie vielleicht dorthin mitnehmen?"
Peggy reagierte nicht und verschwand über die Rolltreppe zur U-Bahn.

Kapitel 9

Steinhuder blieb noch eine Weile in der Nähe des Tatortes und sah sich weiter nach Personen um, von denen er sich journalistisch verwertbare Informationen erhoffte. Plötzlich tippte ihm jemand auf die Schulter und sprach ihn mit englischem Akzent an: „Haben Sie mal 'nen Euro für mich, junger Mann?"
Steinhuder blickte in ein altes, bartstoppeliges Gesicht, das von Wetterfurchen durchzogen war. Dem Besitzer dieses Antlitzes war deutlich anzusehen, dass er nicht immer auf der Sonnenseite des Lebens gestanden hatte. Das aschfahle graue Haar hing strähnig unter der schwarzen Kopfbedeckung, einem Balmoral, hervor. Der Rest des fülligen Körpers war in einen ebenfalls schwarzen Kilt mit umgehängtem *Fly Plaid*, einem Wollstoff mit Schottenmuster, großzügig eingehüllt. Ober- und Unterkörper waren optisch durch einen dunklen Kiltgürtel getrennt, an dem ein Leder-Fell-Sporran hing. Allerdings hatte Steinhuder die Vermutung, dass sich in diesem Geldbeutel statt Münzen oder Scheinen eher ein Flachmann befand, denn allein durch die Atemluft des Mannes fühlte er sich selbst beinahe beschwipst. Um die strammen Waden des Alten spannten sich helle, handgestrickte Kiltstrümpfe.
„Hmh, mal sehen. Vielleicht habe ich tatsächlich einen Euro für Sie. Kommt drauf an."
„Worauf denn, junger Mann?"
„Darauf, was Sie mir erzählen können, Herr …?"
„Bitte, ich bin schon lange nicht mehr Herr sowieso! Nennen Sie mich *Collector*, das tun alle meine Freunde. Klingt besser als Flaschensammler oder finden Sie nicht? Einige nennen mich auch den Collector-Schotten. Mir ist das aber eigentlich auch egal. Ich will mit niemandem Streit. Wissen Sie, gerade letzte Woche ist einer meiner Kollegen von so einer Saubande über-

fallen und geschlagen worden. Das ganze Pfandgeld haben sie ihm weggenommen, diese Schweine! Und dann war da noch …"

„Ich unterbreche Sie ungern, aber können Sie mir denn vielleicht auch etwas zu den gestrigen Geschehnissen sagen?"

Der Collector-Schotte bekam große Augen und antwortete mit leiser, zittriger Stimme: „Junger Mann, ich kann von Glück reden, dass ich überhaupt noch mit Ihnen reden kann. Ein paar Stündchen früher und Sie könnten mich jetzt auf dem Friedhof besuchen."

„Das verstehe ich nicht. Wie meinen Sie das?"

„Ganz einfach. Als ich gestern so schön auf meiner Parkbank geschlafen habe, kam die wöchentliche Putzkolonne der Stadt. Die haben mal wieder einen Riesenlärm gemacht mit ihren Laubbläsern und Rasenmähern. Da bin ich eben früher aufgestanden und losgezogen."

„Und dann?"

„Nun, ich mache eigentlich immer die gleiche Runde. Die Eimer hier und in den Straßen hier um die Ecke sind alle mein Revier. Wissen Sie, wir haben das unter uns Sammlern ein bisschen aufgeteilt. So gibt's keinen Stress."

Steinhuder wurde hellhörig. „Wann waren Sie an dem Eimer mit der Bombe?" Allein mit diesem Wissen wäre er der Polizei meilenweit voraus. Sein Chefredakteur würde ihm auf die Schulter klopfen.

„Lassen Sie mich kurz überlegen … Also, gegen 15:00 Uhr war ich hinten an der Apotheke. Dann habe ich beim Kiosk gegen 17:00 Uhr auf die Uhr geguckt, als ich dort ein paar Flaschen abgegeben habe. Danach … ja, das muss kurz nach 17:00 Uhr gewesen sein."

„Oh Mann, da schaudert es einem ja. Die Explosion war eine gute halbe Stunde später."

„Deswegen schlottern mir heute noch die Knie! Und mit meiner Sucherei im Eimer hätte ich ja auch vielleicht die Bombe schon auslösen können! Ich muss da oben einen Schutzengel haben." Der Collector-Schotte bekreuzigte sich und küsste dann das kleine silberne Kreuz an seiner Kette.
Steinhuder gingen in diesem Moment einige Szenarien durch den Kopf. Er überlegte sogar kurz, ob dieser Schotte am Ende selbst der Attentäter war und ihm hier nur eine rührselige Geschichte zur Ablenkung auftischte. Was aber, wenn er die Wahrheit sagte und die Bombe erst nach seiner Sucherei in den Eimer gelegt worden war? Oder hatte sie schon drin gelegen und war sowieso nur durch einen Fernzünder zu aktivieren? Fragen über Fragen.
„Das war doch jetzt einen Euro wert oder nicht?"
Der investigative Journalist nickte leicht, drückte dem Mann einen 5 Euro-Schein in die Hand und wünschte ihm noch einen schönen Tag mit vielen Flaschen. Pfandflaschen, wohlgemerkt.
Steinhuder haderte mit sich, ob er der Polizei davon erzählen oder lieber auf eigene Faust weiterermitteln sollte. Wenn er der Polizei diesen wichtigen Zeugen nennen würde, sprang möglicherweise eine Art „Exklusiv-Story" für ihn dabei heraus. Andererseits …

Kapitel 10

Yesim Arslan war in ihrer Sportleggins und dem weißen, eng anliegenden Top ein echter Hingucker. Sie hatte eine schlanke, durchtrainierte und doch weibliche Figur; die langen, lockigen, schwarzen Haare, die ihr bis zum Po reichten, trug sie zu einem Pferdeschwanz gebunden. Wie oft schon hatten Möchtegernfotografen sie vorgeblich wegen ihrer Haarpracht angesprochen und zu einem Fotoshooting eingeladen. Yesim aber hatte stets abgewunken. Wenn diese Kerle ein Shooting mit ihr vorhatten, dann sicher keines, das mit ernstzunehmenden Fotos zu tun hatte.

Die mittlerweile 12 Jahre Streifendienst hatten Yesim erheblich geprägt. Wie oft schon war sie zu Schlägereien, Eifersüchteleien und häuslicher Gewalt gerufen worden. Nicht, dass sie sich nicht selbst manchmal nach einer starken männlichen Schulter sehnte. Aber jemandem blind zu vertrauen, geschweige denn sich jemandem seelisch zu öffnen? Damit tat sie sich verdammt schwer. Überall Lug und Betrug, Fremdgeherei, Streitereien … und am Ende meist Gewalt.

Ihre Joggingstrecke von rund zehn Kilometern lief sie regelmäßig in gut 55 Minuten durch den Kölner Grüngürtel, ohne dabei wirklich außer Atem zu sein. Als nun ihr Handy klingelte, war es daher für sie auch kein Problem, das Gespräch im Laufen anzunehmen. „Hier ist die Yesim, hallo!"

„Yesim, hi! Ich bin es, Peggy. Hast du Zeit?"

„Ich jogge grad. Wie eilig ist es denn?" Yesim mochte Peggy, aber noch mehr mochte sie es, ungestört ihren Sport machen zu können. Dies verschaffte ihr den Ausgleich zum anstrengenden Schichtdienst.

„Du hast doch sicher von dem Attentat gehört? Die Bombe vor der Flüchtlingsunterkunft. Oder?"

„Ja, sicher! Wieso? Jetzt sag mir nicht, dass du was damit zu tun hast?“ Yesim war bislang noch gar nicht der Gedanke gekommen, dass die Explosion sich am Arbeitsplatz ihrer Freundin ereignet haben könnte. Abrupt blieb sie stehen.
„Das ist doch *meine* Flüchtlingsunterkunft! Und ich habe totale Angst, dass das wegen mir passiert ist!“ Peggy klang fast hysterisch.
„Peggy! Du musst dich erstmal beruhigen! Wo bist du jetzt?“
„In Ehrenfeld.“
„Ja, und wo da?“
„Ich bin gerade aus der Bahn ausgestiegen. An der Oskar-Jäger-Straße, Ecke Melatengürtel.“
„Was willst du denn da?“
„Ich will zu Carina.“
Yesim hatte diesen Namen zwar schon einmal gehört, aber gerade stand sie auf der Leitung. „Wer ist das nochmal?“
„Das ist … das *war* meine Arbeitskollegin. Die ist tot.“
„Du meinst …?“
„Das ist die Sozialarbeiterin, die gestern durch die Bombe gestorben ist, ja! Die im Stadt-Anzeiger steht!“ Nun war es wieder soweit. Peggy brach in Tränen aus.
„Pass auf, ich komme sofort zu dir. Warte bitte an der Haltestelle, okay? Ich beeil mich.“
„Okay. Aber bitte mach schnell. Ich habe solch eine Angst.“
Yesim konnte verstehen, dass Peggy die Explosion besonders nahe ging. Ihr leuchtete allerdings nicht ganz ein, weshalb sie sich so zu fürchten schien. Für die letzten beiden Kilometer brauchte sie keine zehn Minuten. In ihren Sportklamotten setzte sie sich ins Auto und fuhr auf dem kürzestem Wege nach Ehrenfeld.

Kapitel 11

Kommissarin MMS wählte die Rufnummer der Tatortgruppe beim Landeskriminalamt in Düsseldorf. Neben Egbert Elver wollten auch der Polizeipräsident und Hubert Praxenthaler wissen, ob die Kollegen schon was zum Sprengsatz sagen konnten. Nach einigen Wählversuchen unter verschiedenen Rufnummern erreichte MMS schließlich den Sachverständigen, Peter Zündel. Dass der Nachname des Sprengstoffexperten nur zu gut zu seinem Sachgebiet passte, war natürlich niemandem entgangen. Ansonsten galt er unter Kollegen als absoluter Nerd, was ihm selbst gar nicht so unrecht zu sein schien: Nur allzu gern setzte er seine Hornbrille auf, ernährte sich ausgiebig von Fastfood-Gerichten und sprach fast permanent Fachchinesisch. Aber MMS mochte er, daher bemühte er sich auch ausnahmsweise, ihr seine bisherigen Kenntnisse des Falls mit verhältnismäßig einfachen Worten zu beschreiben. „Also, Liebelein, die im Eimer explodierten PVC-Kartuschen mit Druckventilen konnten sie schon als Produkte des Chemiekonzerns Breur & Izerhuis BV aus Rotterdam in den Niederlanden identifizieren. Die wurden bei der Herstellung mit 125ml Iso-Butan, also ein Gemisch aus Propan- und Butangas, mit einem Fülldruck von 3,4 bar befüllt. Bislang haben wir noch keine Hinweise darauf, dass die Gaskartuschen bereits vor der Zündung geöffnet worden sind. Es ist aber so, dass von dem Mülleimer oder vielmehr, was von dem übrig ist, eine extreme Zertrümmerungswirkung ausgegangen ist. Entsprechend immens war auch die Druckentwicklung, so dass im Umkreis sämtliche Auto- und Fensterscheiben zerstört wurden. Deswegen gehe ich persönlich zurzeit auch von einer plötzlichen Auslösung von Druckwellen mit außergewöhnlicher Beschleunigung, also einer Explosion, aus. Soweit alles klar?“

„Vielen Dank, Zündel. Das habe sogar ich alles verstanden. Trotzdem habe ich noch ein paar Fragen.“

„Dann frag mich, Liebelein. Wenn ich es weiß, sage ich es dir. Ansonsten prüfe ich das. Für dich tue ich doch alles.“ Der Schmalz in seiner Stimme war nicht zu überhören.

„Wie viele von diesen Dingern sind denn explodiert? War es eine zeitgesteuerte Zündung? Oder eine Fernzündung? Ach, mir fallen noch zig Fragen ein.“

„Es waren genau 10 Kartuschen. Und wenn du *mich* fragst, und du fragst ja mich, dann sind die per Fernzünder gezündet worden. Wir haben keine Uhr oder irgendeinen uhrähnlichen Gegenstand gefunden. Aber es kommt ja auch immer darauf an, was jemand mit so einer Aktion erreichen will.“

„Was meinst du damit, Zündel?“

„Ist doch wohl klar. Wenn ich keinen Zeitmechanismus nutze, muss ich zumindest in der Nähe sein, um die Zündung vorzunehmen. Vielleicht, weil ich es ja auch sehen will oder aus was weiß ich für Gründen, die so jemand hat. Keine Ahnung. Das ist dein Job, Liebelein.“

„Gab es denn auch kein Telefon, sozusagen als Fernzündmechanismus? So wie im Film, du weißt schon.“

„Nee, da war gar nichts dergleichen. Die Kartuschen sind per Fernzünder aktiviert worden. Wir wissen noch nicht, in welcher Frequenz, aber es steht in den Sternen, dass wir das herausbekommen. Da gibt’s unzählige Unwägbarkeiten und Möglichkeiten. Ich vermute auf jeden Fall – und dafür spricht so ziemlich alles –, dass die eigentliche Scharfschaltung erst am Eimer erfolgt ist.“

„Also könnte man sagen, da hat jemand bewusst gegen 17:30 Uhr das rote Knöpfchen gedrückt?“

„Gedrückt ja, rot? Keine Ahnung.“

„Danke, Zündel, du warst mir wie immer eine große Hilfe. Hast einen gut."
Keine halbe Stunde später saß MMS mit Egbert Elver im Büro des Präsidenten und berichtete. „Lassen Sie uns das aber bitte aus ermittlungstaktischen Gründen um Himmels willen jetzt noch nicht an die Presse geben!", mahnte sie abschließend. „Es könnte sich ja immer noch etwas am Gutachten ändern. Außerdem ist das zum jetzigen Zeitpunkt ausschließlich Täterwissen. Sollte jemand ermittelt werden, dann müssen wir das alles ja ohnehin noch beweisen."

Kapitel 12

In den Räumen der Rechtsmedizin herrschte auch an Tag 1 nach dem Attentat noch eine gewisse Unruhe. Der Leiter des Institutes, Professor Gutermann, wollte persönlich mit seinem Oberarzt Dr. Dr. Schneider die Obduktion der Sozialarbeiterin Carina M. leiten und durchführen, bevor sein Oberarzt die weiteren Nachuntersuchungen erledigen würde. Ein anderes Team befand sich derweil auf den Weg zum Krankenhaus, um die Verletzungen des kleinen Gamba aufzunehmen.
Routiniert begann Professor Gutermann mit der äußeren Leichenbesichtigung und diktierte in das über dem Tisch hängende Mikrofon, dass es sich bei der Leiche um eine 32-jährige Frau von 175 cm Körperlänge und normaler Statur mit einem Körpergewicht von 58,7 kg handeln würde. Diese sei leicht bekleidet, mit einer im ehemals roten Grundton mit Mustern besetzten eingebluteten Bluse, welche in der Dekolleté-Region großflächige, rissige Gewebsdefekte aufwies und im unteren rechten Flankenbereich eingeschnitten war. Ursächlich hierfür sei offenbar die medizinische Notversorgung vor Ort gewesen.

Gewebsverschmelzungen zwischen Körperoberfläche und Bluse, welche er aufgrund der hohen Explosionstemperatur und Nähe zur Detonation zunächst vermutet hatte, gab es keine.
„Auf dem Etikett im Nacken steht ‚Strenesse 40'. Die Bluse ist mit acht Knöpfen verschließbar, von denen die beiden obersten geöffnet sind. Der rückwärtige Teil ist analog des Gewebedefekts auf der Vorderseite zerrissen. Ich folgere hieraus, dass zumindest einer der Glassplitter wie ein Geschoss den Körper durchschlagen haben muss."
Während der Professor weiter untersuchte, betrat Kriminaloberkommissar Pincetta den Sektionssaal.
„Hallo Professor. Komme ich zu spät?"
„Kommissar Pincetta! Seien Sie willkommen. Wie Sie ja selbst sehen, ist die Leiche noch bekleidet. Ich bin gerade bei der äußeren Begutachtung."
„Und? Schon was Auffälliges gefunden?"
„Nicht wirklich."
Professor Gutermanns Augenmerk richtete sich wieder auf die Leiche auf dem kalten stählernen Tisch, an dessen Ende sich ein Abfluss für das auslaufende Blut befand. „Die Totenstarre in den großen und kleinen Gelenken ist kräftig ausgebildet, die Totenflecken lassen sich auf stumpfen Druck zumindest noch verschieben …"
Pincetta ging es heute nicht besonders. Irgendwie kam mal wieder alles auf einmal, Es war wie einer dieser Tage, an denen erst die Kaffeemaschine kaputtgeht, dann der Schnürsenkel reißt und zu guter Letzt das Auto nicht anspringt. Seit heute Morgen kämpfte er mit seiner alljährlich wiederkehrenden Allergie. Von jetzt auf gleich hatte er diesen dumpfen Druck hinter der Stirn und in den Nebenhöhlen, seine Nase lief permanent und sein Hals brannte. Als wenn dies nicht schon nervig genug wäre, hatte seine Tochter schon wieder eine Fünf geschrieben und ihr drohte

nun endgültig, das Schuljahr nicht zu schaffen. Und sozusagen als Krönung hatte seine Frau ihm einen Seitensprung gebeichtet. Und dann dieses Attentat …

Ob des derzeitigen Schlafmangels fühlte er sich ohnehin wie gerädert. Sein sonstiger Optimismus schien völlig verschwunden, stattdessen empfand er mittlerweile nur permanente Aggressivität. Mehr als einmal hatte er vor seinem geistigen Auge den Film ablaufen lassen, wie er seine Dienstpistole zog und um sich schoss. Innerlich spürte er das unbändige Verlangen, einmal richtig durchzudrehen. Bis jetzt konnte er das gut vor den anderen verbergen. Nur wie lange noch?

Der Professor bemerkte, dass mit dem sonst so agilen und freundlichen Kommissar irgendetwas nicht stimmte. „Ist bei Ihnen alles okay? Sie sehen so nachdenklich aus."

Als ob Pincetta nur darauf gewartet hätte, erzählte er dem „Aufschneider", wie er die Obduzenten gern nannte, von seinen gesundheitlichen und familiären Problemen. Die Sache mit dem „Durchdrehen-Wollen" und gelegentlichen Killergedanken behielt er jedoch für sich.

„Tja, Pincetta! Wir haben alle mal Pech. Sie erinnern sich doch noch, wie es bei mir war. Letztes Jahr habe ich meine Frau *einmal* betrogen und schon hat sie die Scheidung eingereicht."

„Also, Herr Professor, mir steht da kein Urteil zu, aber ich glaube, das war auch keine gute Idee, sich mit der Schwester ihrer Frau zu vergnügen. Noch dazu, wo die über zehn Jahre jünger ist … Da wäre jede Frau ausgeflippt."

„Ach, ist auch egal jetzt. Wenigstens haben wir noch unseren Job. Oder?"

„Na, wenn Sie es sagen." Pincetta schüttelte den Kopf und bereute es sogleich. Er hatte das Gefühl, als würde hinter seiner Stirn irgendwas hin- und herschwappen.

Professor Gutermann diagnostizierte unbeirrt weiter.

Kapitel 13

Yesim Arslan fuhr mit ihrem auberginefarbenen Ford Ka über die Oskar-Jäger-Straße, bog dann nach rechts auf den Melatengürtel ab und blieb am Straßenrand stehen. Nachdem sie Peggy erblickt hatte, betätigte sie mehrmals kurz hintereinander die Hupe. Peggy riss den Kopf hoch, sprang vom Sitz an der Haltestelle auf, überquerte die Straße und stieg in den Wagen ein.

„Deine Augen sind ja total verquollen. Jetzt erzähl doch mal." Yesim strich Peggy so übers Haar, wie man es eigentlich nur bei kleinen Kindern tut. Kaum hatte sie gesprochen, fingen Peggys Kinn und ihre Lippen zu vibrieren an, bevor ihr erneut Tränen in die Augen schossen. Yesim angelte aus der Türablage ein Päckchen Taschentücher und hielt Peggy eins hin.

Schniefend erzählte Peggy, dass ihre Freundin und Arbeitskollegin Carina gestern durch die Bombe aus dem Leben gerissen worden war. „Dabei hat sie doch noch so viel vorgehabt …"

„Komm mal her, Süße." Yesim beugte sich zu ihr herüber und nahm Peggy in den Arm, wie sie es schon häufig nach Ronnys Gewaltattacken getan hatte. „Weißt du, wie froh ich bin, dass du nicht tot bist? Natürlich ist es tragisch, wie Carina ums Leben kam, aber deswegen musst du dir doch keine Vorwürfe machen."

„Mach ich mir aber trotzdem. Du hast ja keine Ahnung."

„Das versteh ich aber nicht. Das musst du mir erklären. Oder hat dieses Schwein dir wieder mit was gedroht?!"

Peggy schüttelte den Kopf. „Nein, nein! Nicht Ronny! Die Frau von Lars! Ich habe Angst, dass die Frau von Lars dahinterstecken könnte. Die will, dass ich den Lars in Ruhe lasse."

„Wie jetzt? Die weiß …?"

„Die weiß alles, die Alte."

„Und? Ich verstehe immer noch nicht, was die jetzt mit der Bombe zu tun haben soll. Ich dachte, die wäre so eine biedere Geschäftsfrau und keine Sprengstoffexpertin."
„Das weiß ich doch auch nicht, aber ich habe so ein ungutes Gefühl. Ich habe dir das nicht erzählt, weil es für mich einfach so absurd ist. Lars weiß es auch nicht. Aber vor ein paar Tagen stand sie plötzlich bei mir vor der Wohnungstür."
„Was, echt jetzt?"
„Die war völlig außer sich, hat mich beschimpft und mir gedroht. Sie hatte wohl erst gedacht, ich sei nur eine seiner vielen Weibergeschichten. Aber als sie nun gemerkt hatte, dass er mich schon öfters getroffen und Bilder von mir und ihm auf seinem Handy gesehen hatte, wollte sie wissen, wer ich bin. Und dann hat sie mir geschworen, dass Lars sie erstens nie verlassen würde und erst recht nicht wegen so einem billigen Flittchen wie mir. Und falls doch, dann stünde er ohne einen Cent da. Das würde er wegen mir sicher nicht riskieren."
„Und was hat das jetzt mit der Bombe zu tun? Die hat doch wohl nicht auch noch damit gedroht?"
„Nein, Yesim, natürlich nicht. Zumindest nicht in diesen Worten. Aber sie war schon sehr bedrohlich. Und das kann doch kein Zufall sein, dass ausgerechnet jetzt genau da eine Bombe hochgeht, wo ich arbeite. Ich spüre das irgendwie, dass die ihre Finger im Spiel hat."
„Also, Peggy, komm mal wieder runter. Findest du das nicht ein bisschen abstrus? Die reiche Geschäftsfrau, die eine Bombe baut? Jetzt mal ehrlich, du glaubst das doch nicht im Ernst?"
Peggy sagte gar nichts, schaute Yesim nur eindringlich an.
„Doch! Du glaubst das wirklich."
„Yesim, die hat zumindest was damit zu tun. Vielleicht hat die sich einen Killer angeheuert. Du musst das unbedingt rauskriegen. Bitte, Yesim!"

„Hör mal, wie soll ich das denn anstellen? Zu ihr hinfahren und sie fragen: *Ey, haben Sie die Bombe vor dem Flüchtlingsheim gezündet, um Ihre Nebenbuhlerin aus dem Weg zu schaffen?*"
„Was weiß ich denn! Du bist doch die Polizistin. Ich weiß, dass du das schaffst. Ich vertraue dir. Bitte!"
Yesim seufzte. „Eigentlich darf ich das nicht. Aber schön, ich werde mal sehen, was ich tun kann. Ich habe gute Drähte zur Kripo, ich kenne da einen. Der ist mir noch was schuldig. Aber ich kann dir nichts versprechen. Das kann richtig Ärger für mich bedeuten. Und gerade stehe ich kurz vor meiner Beförderung."
„Danke, Yesim. Du weißt nicht, wie viel mir das bedeutet. Du bist eine echte Freundin."
„Ja, ja. Ist ja schon gut. Ich verspreche aber nichts. Sollen wir mal bei der Rechtsmedizin fragen, ob du Carina nochmal sehen kannst?"
„Ich weiß nicht. Eigentlich wollte ich das ja unbedingt, aber wenn ich mir vorstelle, dass sie jetzt so tot und leblos da liegt, wird mir richtig schlecht. Was meinst du denn?"
„Ganz ehrlich, behalte sie so in Erinnerung, wie du sie kanntest. Ich kann mir nicht vorstellen, dass sie noch sehr ansehnlich aussieht. Immerhin stand sie ganz nah am Eimer. Aber entscheide du."
Peggy haderte sichtlich mit sich. „Ich glaub … Ja, du hast wahrscheinlich recht. Ich sollte sie so in Erinnerung behalten, wie ich sie kannte." Sie überlegte kurz. „Aber vielleicht bekomme ich ja irgendwann noch meine rote Bluse wieder. Die stand ihr so gut. Die wäre ein schönes Andenken."
„Bestimmt. So, und jetzt fahren wir erstmal zu mir und machen es uns gemütlich."
Yesim startete ihren Ford Ka.

Kapitel 14

„Wo will der denn hin?“ Die beiden Fahnder des Staatsschutzes sprachen den Satz nahezu gleichzeitig aus, als sie durch ihre dunklen Sonnenbrillengläser sahen, wie Björn Zuckermann an der U-Bahn-Haltestelle „Kalk Post“ vorbeiging und gemütlich über die Vietorstraße in Richtung Vorsterstraße/Peter-Stühlen-Straße schlenderte. Auf ihrem Bildschirm sah Ulla Schiefer ebenfalls, dass Zuckermann in diese Richtung ging. Glücklicherweise hatte sie von Praxenthaler die Erlaubnis bekommen, nicht nur die Telefonate mitzuhören, sondern auch das GPS-Signal in Zuckermanns Mobiltelefon anzuzapfen, um visuell zu überwachen, wohin er ging.
Als der rote Punkt dann um das Parkhaus der Köln-Arcaden herumwanderte und er plötzlich wieder in Richtung Kalker Hauptstraße ging, dachte sich die Ermittlerin schon, dass Zuckermann nur mal eben überprüfen wollte, ob er beschattet würde. Dieser Typ war nicht nur rechtsextrem, er war offenbar auch paranoid. In diesem Fall leider nicht ganz ohne Grund.
Sie sollte Recht behalten.
Einer der Beschatter hatte den Wagen verlassen und war Zuckermann durch den Park auf den Weg zwischen den Parkhäusern zum Hintereingang der Arcaden gefolgt. Nun blieb Zuckermann plötzlich stehen, drehte sich herum und sah, wie der in Schwarz gekleidete Mann in seine Hand sprach und sich dann sichtlich wie ein kleines Kind ertappt fühlte, als er realisierte, dass er „verbrannt“ war.
Zuckermann grinste fett, winkte und rief ihm laut und deutlich „Anfänger“ zu.
Ulla Schiefer, die alles mitbekommen hatte, beruhigte ihren Kollegen über Funk: „Ist nicht so schlimm. Zuckermann fühlt sich sowieso ständig verfolgt und auf das eine Mal mehr oder

weniger kommt es nun auch nicht mehr an. Außerdem überwache ich am Monitor jeden seiner Schritte. Falls er telefonieren sollte, kann ich es mithören."
Als der Beamte wieder in den Wagen stieg, wurde er von seinem Kollegen schallend ausgelacht: „Da hat dich der Typ ja ganz schön vorgeführt. Alter Schwede! Ganz so blöd ist er wohl doch nicht."
Zuckermann verschwand in der U-Bahn Kalker Post und Ulla Schiefer verfolgte seinen unterirdischen Weg, der ihn in Richtung Stadtmitte führte.

Kapitel 15

„Und? Können Sie schon was zur Todesursache sagen, Herr Professor? Dürfte in diesem Fall ja nicht so schwer sein. Das sehe ja selbst ich." Pincetta lachte verstohlen. Er wollte mit seiner Frotzelei die bösen Geister der schlechten Stimmung vertreiben.
„Sie können ja weitermachen, wenn Sie wollen. Aber ganz im Ernst, ein paar Untersuchungen muss ich schon noch machen. Ich kann mir zwar denken, woran die junge Frau gestorben ist, aber meine Gedanken und Mutmaßungen sind nicht gerichtsfest. Und deshalb …"
Pincetta hob resigniert die Hände. „Schon gut. Schon gut. Ich ergebe mich."
Professor Gutermann tastete großflächig den gesamten Schädel ab und schob seine Finger zwischen und unter die blonden Locken der Toten. „Die Stirnregion und auch der Rest des knöchernen Gesichtsschädels sind ohne regelwidrige Knochenbeweglichkeit und fest verfügt." Mit Zeigefinger und Daumen öffnete er die jeweils einen Spalt breit geöffneten Augenlider

ganz. „Der linke Augapfel ist beginnend erweichend und der rechte offenbar durch einen Glassplitter zerfetzt."
Pincetta wurde es minimal übel, als er sah, wie der Mediziner in der Augenhöhle wühlte und vor sich hin murmelte, dass er den Splitter dann eben nach Öffnung des Schädels finden werde.
„So, mein lieber Kommissar. Jetzt wird's laut und kreischend. Aber das mögen wir ja sicher beide, oder?" Gutermann schien mittlerweile einen echten Schalk im Nacken zu haben. Pincetta wusste nicht, was er davon halten sollte.
Sekunden später hätte der Ermittler sein eigenes Wort nicht mehr verstehen können. Der Höllenlärm der Oszillationssäge potenzierte sich nochmal um ein Vielfaches, als sich das Sägeblatt kreischend durch die rund 8 mm starke Schädeldecke arbeitete.
Nachdem das Gewicht des Gehirns mit 1.290 g festgestellt war, stellte Gutermann fest, dass die Schädelbasis intakt war. Ein eiskalter Schauer lief Pincetta über den Rücken, als er hörte, dass das Gehirn einbehalten würde. Allein die Vorstellung, dass die junge Frau nun ohne Gehirn beerdigt werden würde, fand er irgendwie traurig. Im Grunde war es ja egal; sie war tot und niemand anderes würde es merken – aber er wusste es jetzt. Es ging aber nicht anders, denn hier steckte der Glassplitter, der das Auge zerfetzt hatte.
Die weitere Befundaufnahme der Brust- und Bauchhöhle war bis auf eine Verletzung relativ unauffällig. Der Glassplitter, der sich mit unglaublicher Wucht durch den Oberkörper gebohrt haben musste, hatte einen lefzenartigen Kanal der Verwüstung hinterlassen. Gutermann diktierte, dass dieser durch die bis zu 6 mm messende, gelbe, grobgelappte Fettschicht gedrungen war und dann zwischen der 4. und 5. Rippe die linke Lunge durchschlagen hatte, bevor er am Rücken in Höhe der Schulterblätter wieder ausgetreten war.

„Tja, diese Verletzung hier wäre unter Umständen neben der durchtrennten Halsschlagader ebenfalls todesursächlich gewesen: Pneumothorax, besser gesagt ein Spannungspneumothorax."
Pincetta war etwas überrascht. „Spannungspneumothorax? Ist das jetzt die Steigerung? Bisher dachte ich, dass bei akuter Atemnot Pneumothorax alles umfasst."
„Kommissar Pincetta!" Professor Gutermanns Stimme klang mit einem Mal sehr überheblich und der Ermittler fühlte sich in eine Szene des letzten Münsteraner Tatortes versetzt. „Der Glassplitter hat derart die Lunge verletzt, dass dadurch ein sogenanntes Lippenventil entstanden ist. Sie verstehen? Nein? Hab ich mir schon gedacht. Also! Das heißt, dass unser Opfer mit jedem Atemzug weitere Luft in den Pleuraspalt zieht, ohne den ganzen Sauerstoff wieder ausatmen zu können. Durch den ansteigenden Druck wird der Lungenflügel komprimiert. Eine Atmung wird unmöglich … na ja, zumindest fast. Aber wenn die Hilfe nicht rechtzeitig eintrifft …"
„Ja, was? Was passiert dann? Platzt die Lunge dann wie bei einem Luftballon oder was soll ich mir jetzt darunter vorstellen, Professor?"
„Quatsch. Was Sie sich immer denken!" Gutermann schüttelte den Kopf und schnalzte missbilligend. „Mit den Begleitfaktoren führt das zum Herz-Kreislauf-Stillstand."
„Meine Güte, Professor. Mal wieder bewusst extrem kompliziert. Das hätten Sie doch gleich sagen können."

Kapitel 16

Während der Fahrt in der Linie 1 griff Zuckermann zum Telefon. Ulla Schiefer hörte mit, wie er sich mit Martin Hick unterhielt und sich über den Vollpfosten mit schwarzer Sonnenbrille, aber auch die *blöde Bullenschlampe* lustig machte: über ihre Pottschnitt-Frisur, den viel zu dicken Hintern und das Hüftgold, das an ihrem Hosenbund überquoll. Am meisten aber lästerte er über ihre Kleidung: „Als die in dieses Vernehmungszimmer kam, hab ich erst gedacht, das ist die Putzfrau!" Zuckermann und Hick bekamen einen Lachanfall.
„Können wir uns jetzt treffen?" fragte Martin Hick dann.
Mit einem Mal schien Zuckermann plötzlich kurz angebunden.
„Nein, hab noch was sehr Wichtiges zu erledigen."
„Hä? Was denn?"
„Geht dich einen Scheißdreck an!"
Ulla Schiefer war sehr gespannt, wen Zuckermann wohl als Nächstes anrufen würde. Als das nächste Gespräch zustande kam, meldete sich eine jungenhaft wirkende Stimme, die mit ausländischem Akzent in den Hörer hauchte: „Hallo, hier ist Somporn."
„Ich bin's", sagte Zuckermann, ohne seinen Namen zu nennen.
„Hey, mein Bärchen."
Für Ulla Schiefer war der zwischenzeitliche Schock, den Zuckermann und Hick mit ihren Bemerkungen über ihre Figur und Klamotten ausgelöst hatten, abrupt verflogen. Sie dachte zunächst, sie habe sich verhört, aber dann hörte sie, wie Zuckermann den anderen Mann beinahe beschwor, dass man sich jetzt sofort treffen müsste. Es sei dringend.
Die tuntige Stimme am anderen Ende erwiderte, dass im Moment jemand da sei. Aber in einer halben Stunde wäre er wieder frei.

Als Zuckermann wenig später an der oberirdischen Haltestelle Heumarkt ausstieg, ging er schnellen Schrittes in Richtung Alter Markt.
Ulla Schiefer hatte in der Zwischenzeit den Namen *Somporn* als Suchbegriff in Google eingegeben. Sie war überrascht, dass ihr nicht sofort mehrere Pornoseiten zur Auswahl angeboten wurden. Stattdessen tauchten diverse thailändische Massageanbieter auf. Nach weiterer Recherche war ihr klar, dass der Name Somporn thailändisch war und „alles Gute" bedeutete. Sie konnte sich im Moment so gar nicht vorstellen, warum dieser ausländerfeindliche Zuckermann einen „Somporn" angerufen haben könnte. Aber aufgrund des Tonfalls von Somporn gingen ihr die wildesten Gedanken durch den Kopf.
Oder war es doch alles harmlos und Zuckermann wollte tatsächlich nur eine Thaimassage genießen?

Kapitel 17

Ronny Pietsch hatte es endlich bis unter die Dusche geschafft, nachdem er noch ein weiteres Mal Bekanntschaft mit der Toilettenschüssel gemacht hatte. Seine Hände zitterten ob des fallenden Alkoholpegels in seinem Blut und auf seinem Rücken fühlte er den nasskalten Schweiß.
Der kühle Wasserstrahl lief über seinen nach vorn gebeugten Kopf in den Nacken und dann am Rücken entlang. Ronny stützte sich mit flachen Händen am Fliesenspiegel ab; erst nach mehreren Minuten hob er ganz sachte den Kopf. Die Baustelle mit Presslufthämmern in seinem Kopf entfernte sich langsam. Er bückte sich vorsichtig und griff zur Shampoo-Flasche; einen Moment später war sein Kopf mit Schaum bedeckt. Währenddessen spürte er den plötzlichen Schwindel und kurz glaubte er,

jeden Moment ohnmächtig zu werden. Die feinen Wasserstrahlen fühlten sich an wie die rauschenden Niagarafälle. Abermals mit einer Hand am Fliesenspiegel abgestützt, wischte Ronny sich mit der anderen den Schaum aus den Haaren.
Als er ein paar Minuten später einen sicheren Stand auf dem Badvorleger hatte und sich den Rücken mit dem Handtuch abrubbelte, ließ er angestrengt den gestrigen Abend noch einmal Revue passieren. Er dachte an das, was sich ereignet hatte, bevor er sich mal wieder hatte volllaufen lassen.
Je länger er nachdachte, desto zufriedener wurde er.

Kapitel 18

Peggy saß auf der bequemen roten Couch in Yesims Wohnung, während die junge Polizistin im Badezimmer war und sich nach dem Joggen frisch machte. Plötzlich klingelte Peggys Telefon. Augenblicklich bekam sie einen dicken Kloß im Hals, als sie die Rufnummer des Anrufers sah: Ronny!
Noch immer hatte sie seine Telefonnummer gespeichert. Natürlich nur für den absoluten Notfall, falls Elias mal etwas zustoßen sollte. Ansonsten hatte sie kein gesteigertes Bedürfnis, auch nur ein Wort aus Ronnys Mund zu hören. Die letzten Telefonate waren nach anfänglich versöhnlichen Worten stets in Hasstiraden, Beschimpfungen und Bedrohungen seinerseits ausgeartet. Deswegen war sie Yesim unendlich dankbar, dass sie ihr seinerzeit bei der Erwirkung einer einstweiligen Verfügung geholfen hatte. Ronny war es demnach unter Androhung einer empfindlichen Geldstrafe untersagt, sich ihr bis auf 50 Meter zu nähern oder auf irgendeine Weise Kontakt mit ihr aufzunehmen.
Dennoch wischte sie über den grünen Hörer auf dem Display ihres Smartphone und nahm den Anruf an. Sie redete sich ein,

dass es ja vielleicht doch etwas Wichtiges sein könnte. Dann aber spürte sie wieder dieses Unbehagen – dieses widerliche Gefühl, dass Ronny noch immer Einfluss auf sie nehmen könnte, wann immer er wollte. Sie hasste sich dafür, als sie seine versoffene Stimme hörte.
„Peggy? Ich bin es. Jetzt leg bitte nicht sofort auf."
Sie sagte kein Wort; der Kloß in ihrem Hals war inzwischen auf Tennisballgröße angewachsen.
„Peggy! Bitte! Sag doch was! Geht's dir gut? Peggy!"
Nachdem sie sich ein wenig gefangen hatte, antwortete sie bewusst abweisend. Allein diese Stimme zu hören, rief in ihr schlimmste Erinnerungen hervor. „Seit wann interessiert dich das?"
„Peggy! Bitte! Ich habe mir solche Sorgen gemacht, als ich die Nachrichten gesehen habe. Das war doch …"
Plötzlich hörte Peggy Yesims Stimme hinter sich. Sich die Haare trocken rubbelnd fragte sie, ob *er* es sei.
Peggy nickte.
„Leg sofort auf!"
„Aber …"
„Jetzt! Sofort!"
Wie ferngelenkt drückte Peggy das rote Hörersymbol.
Yesim schüttelte den Kopf. „Warum redest Du mit DEM? Guck dich mal an. Allein diese paar Sekunden haben dich um Jahre altern lassen. Vergiss es! Der ist und bleibt ein verfickter Frauenschläger! Der wird sich niemals ändern! Mensch, Peggy! Ich dachte, du hättest das mittlerweile kapiert!"
Wieder klingelte Peggys Telefon. Erneut stand Ronnys Nummer auf dem Display.
Yesim streckte die Hand aus. „Gib mir mal das Telefon."
Peggy guckte etwas überrascht, legte aber wortlos das Telefon auf Yesims flache Hand.

„Peggy, warum …?“ Weiter kam die Stimme am anderen Ende der Leitung nicht.
„Nix Peggy! Es hat sich ausgepeggyt! Ruf hier nie wieder an. Beim nächsten Mal kriegt das Familiengericht sofort darüber Bescheid und dann zahlst du. Verstanden?“
„Wer spricht da? Ist das wieder diese türkische Bullenschlampe, die sich in alles einmischt? Bist du jetzt Peggys Sekretärin oder was? Gib mir sofort Peggy, sonst …!“
Yesim drückte das Gespräch weg. Sie hatte ihm ihre Botschaft gesagt und wenn er sich nicht alle Gehirnzellen weggesoffen hatte, dann wusste er ganz genau, dass Yesim ihre Drohung wahrmachen würde. Im Beschluss war immerhin von bis zu 250.000 € Ordnungsgeld die Rede.
Peggy schien zugleich konsterniert und beeindruckt. „Wow! Wie du mit dem geredet hast. Ich könnte das gar nicht. Das würde ich mich nicht trauen.“
„Ach, mit solchen Arschlöchern muss man so reden. Sonst meinen die am Ende noch, dass die mit einem den Molli machen können.“
„Ich bin jedenfalls froh, dass du auf meiner Seite bist, Yesim. Wobei das ja eigentlich ganz nett von Ronny war. Er wollte doch nur wissen, ob es mir gut geht. Vielleicht hat er sich ja doch geändert.“
Yesim winkte rigoros ab. „Vergiss es, Peggy! Vergiss Ronny! Das Thema ist durch! Und falls der jetzt nochmal anruft, mache ich eine Meldung ans Gericht. Dann wird er schon sehen, was er von seiner heuchlerischen Fürsorge hat. Das hätte er sich überlegen können, bevor er dir das alles angetan hat.“
Peggy schien sichtlich resigniert. Sie zog die Beine an, umklammerte diese mit den Armen und vergrub ihren Kopf darin. Die Haltung erinnerte an den berühmten Strauß mit dem Kopf im Sand.

Kapitel 19

Eine gute Stunde später schlug Yesim Peggy vor, Lars anzurufen und ihn zu bitten, sofort herzukommen. Mittlerweile ließ auch Yesim der Gedanke keine Ruhe, dass an den Vermutungen ihrer Freundin vielleicht doch etwas dran sein könnte. Immerhin war Sigrid Findeklee eine überaus einflussreiche Frau, der man durchaus einen Auftragsmord zutrauen würde. Auf jeden Fall hätte die Firmenchefin hierzu das nötige Kleingeld.
Lars war auf dem Weg zu einem potentiellen Kunden und raste mit Tempo 150 km/h über die Autobahn 57 in Richtung Kreuz Köln-Nord. Mit seinem F12 auf der Überholspur verschwendete er kaum einen Gedanken darüber, dass er auch mal geblitzt werden könnte. Dafür hatte er längst einen schmierigen Rechtsverdreher für Verkehrsrecht gefunden, der ihn bislang noch immer vor einem Fahrverbot und der Führung eines Fahrtenbuchs hatte bewahren können.
Als Lars den Anruf erhielt, ertönte als Klingelton die Titelmelodie der amerikanischen Krimiserie *Justified*. Den Hauptdarsteller Timothy Olyphant bewunderte Lars insgeheim. „Peggy! Endlich. Ich habe mir schon Sorgen gemacht. Hast einfach aufgelegt."
„Tut mir leid, Schatz! Das war einfach ein Schock. Mir hat es regelrecht die Sprache verschlagen. Wo bist du jetzt?"
„Ich bin auf dem Weg zu einem möglichen Kunden. Er ist Inhaber einer Metzgereikette und hat großes Interesse an unseren Produkten und an einer dauerhaften Zusammenarbeit." Außerdem wollte Lars wissen, wer sich hinter der süßen Stimme der Sekretärin des potentiellen Geschäftspartners verbarg, aber das konnte er Peggy ja nicht sagen.
„Kannst du herkommen? Es ist wirklich wichtig."

„Süße, das ist wirklich ein großer Fisch. Wenn der mir vom Haken geht, macht Sigrid mir die Hölle heiß. Kann das nicht ein paar Stunden warten?“ Lars hätte den Termin ohne Probleme verlegen können, aber diese Sekretärin ging im vorerst nicht aus dem Kopf. Er musste das Geheimnis lüften.
Doch Peggy wusste natürlich auch, dass Lars zu der Sorte Mann gehörte, die mit ihrem allerbesten Stück dachten. Der Ausblick auf eine kleine Entspannung zwischendurch würde ihm sicher die Entscheidung erleichtern. „Liebling! Wenn es nicht so wichtig für mich wäre, würde ich dich nicht so bitten. Du kannst das doch sicher verschieben, oder? Mein großer, starker Hengst? Bekommst auch eine kleine Entschädigung nach deinem Geschmack. Du weißt schon …“
Auch wenn der Playboy Lars Findeklee gern die Frau hinter der süßen Stimme gesehen und vielleicht sogar erobert hätte – bei Peggy wusste er, dass er ES ohne großes Drumherum bekommen würde. Außerdem klang es in seinen Ohren tatsächlich so, als wenn es ihr enorm wichtig wäre. „Hast mich überredet. Ich beeile mich.“
„Danke! Du musst aber zu Yesim kommen. Ich bin bei ihr.“
„Wie jetzt? Ich dachte, wir würden auch ein bisschen ficken …“
„Wer hat denn gesagt, dass das nicht geht?“
Lars traute seinen Ohren nicht. Sollten die beiden etwa einen Dreier mit ihm planen und ihn deshalb zu Yesim locken? Diese Vorstellung machte ihn kirre. Er trat aufs Gaspedal und raste wie ein Irrer über die Autobahn.

Kapitel 20

Zwischenzeitlich war die Obduktion von Carina M. beendet. Professor Gutermann fasste sein vorläufiges Ergebnis für Pincetta zusammen. In einfachen Worten, oder was Gutermann dafür hielt. „Also, Herr Pincetta, Sie haben es ja selbst gesehen. Die linke Halsschlagader war sichtbar zerfetzt. Ursächlich dürfte umherfliegendes Glas gewesen sein. Zumindest habe ich keine Hinweise auf einen anderen Gegenstand gefunden. In Kombination mit dem Spannungspneumothorax dürfte der Herz-Kreislauf der jungen Frau binnen kürzester Zeit zum Stillstand gekommen sein. Im Grunde würde ich hier sogar ursächlich von einem Explosionstod sprechen. Das Opfer hatte nicht die geringste Chance, das hier zu überleben, selbst wenn zehn Notärzte gleichzeitig neben ihr gestanden hätten. Das arme Ding!"

„Aber die chemisch-toxikologischen Untersuchungen machen Sie auch noch, oder? Ich meine, nur um ganz sicher zu gehen, dass es nicht doch was anderes war, was zumindest auch zum Tod hätte führen können." Pincetta war in Bezug auf überholende Kausalität sehr sensibilisiert. Zu diesem Thema hatte er damals eine satte Fünf in der Strafrechtsklausur geschrieben. Seitdem lastete auf ihm ein kleines Trauma.

Professor Gutermann fühlte sich auf einmal in seine Ausbildung zurückversetzt, wo er jeden seiner kommenden Untersuchungsschritte erklären musste. „Äh … selbstverständlich wird noch eine chemisch-toxikologische Untersuchung durchgeführt. Deswegen habe ich doch eigens Teile der wichtigsten inneren Organe sowie des Gehirns einbehalten. Das habe ich diktiert. Oder haben Sie das absichtlich übersehen? Und für die weiteren, feingeweblichen Untersuchungen habe ich ja dazu noch die asservierten Körperflüssigkeiten, die mehrfachen Lungenan-

schnitte und Teile der Bronchialschleimhaut, ebenso Abstriche, die aus Mund und Nase gewonnen wurden. Noch Fragen?"
Pincetta guckte wie ein begossener Pudel. „Nein".
„Herr Kommissar, ich gehe mal davon aus, dass Sie den werten Herrn Praxenthaler vor Erstellung meines abschließenden Gutachtens noch sehen, oder?"
„Wahrscheinlich. Wieso fragen Sie?"
„Dann könnten Sie ihm ja schon mal das erste Ergebnis mitteilen. Der hatte mich heute Morgen schon angerufen und ... na ja, sagen wir mal, ziemlichen Druck gemacht."
„Das kann ich mir vorstellen. Der schöne Hubert steht sogar ganz schön unter Druck. Meinen Chef hat er wohl auch schon genervt."
Professor Gutermann schmunzelte, als er hörte, wie Hubert Praxenthaler in den Riegen der Polizei genannt wurde. „Wie werde *ich* denn hinter vorgehaltener Hand genannt?"
„Herr Professor, das wissen Sie doch. Sie sind mein Lieblingsaufschneider." Pincetta grinste von einem Ohr zum anderen.
„Witzig, Pincetta. Echt witzig! Und so originell."
„Ich muss jetzt los, Professor. Vergessen Sie nicht, den Staatsanwalt anzurufen. Bestimmt geht er schon nach dem ersten Klingeln ran."
„Wie jetzt? Ich dachte ...!"
Pincetta ging jedoch lachend zur Tür und rief nur noch: „C'est la vie, wir haben alle unser Päckchen zu tragen! Ciao, Lieblingsaufschneider."

Kapitel 21

Da Pincetta von der Rechtsmedizin noch nicht zurück war, klapperte die Ermittlerin MMS allein alle Geschäfte rund um den Explosionsort ab. Ihr Augenmerk lag dabei auf Videokameras, die hoffentlich mehr aufgezeichnet hatten, als die Datenschützer jemals zulassen würden.

Sie stellte sich direkt an die Stelle, an der bis vor kurzem noch der Mülleimer war, und blickte in alle Richtungen. Jedes Gebäude, jede Einfahrt, jedes Fenster nahm sie in Augenschein. Nichts! Absolut nichts! Nirgendwo erblickte MMS eine Kamera. Also ging sie die möglichen Zuwegungen ab, immer in der Hoffnung, doch noch eine Außenkamera zu finden, die nicht nur Livebilder übertrug, sondern auch aufnahm.

Aber auch hier leider nur Fehlanzeige. „Wäre im Grunde ja auch viel zu einfach gewesen. Ein Video, auf dem jemand zu sehen ist, der einen Sprengsatz mit sich herumträgt oder im Mülleimer deponiert", murmelte sie vor sich hin.

Als sie gedankenversunken den Kiosk in der Nachbarstraße beobachtete, wurde sie vom Kioskbesitzer freundlich angesprochen. „Kann ich Ihnen irgendwie helfen? Sie schauen schon so lange auf meinen Kiosk. Kommen Sie ruhig näher, ich beiße nicht." Ihre langen Beine, ihr schlanker Körper und die langen blonden Haare schienen einen Eindruck zu machen.

Sie blickte ihn mit leicht zugekniffenen Augen an. „Guten Tag, Herr ...?"

Er reichte ihr die Hand. „Schmitz! Ahmet Schmitz! Kannst ruhig Ahmet zu mir sagen. Alle nennen mich so."

MMS musterte ihn kurz, bevor sie etwas sagte, eine polizeitypische Routine. „Schmitz?"

Ein breites Grinsen erfüllte sein Gesicht. „Ist natürlich nicht das erste Mal, dass ich so angeguckt werde. Das ist mir früher, als

ich noch Sengül hieß, nicht passiert. Aber finde ich irgendwie schon makaber, diese kritischen Blicke. Schließlich habe ich damals meinen türkischen Namen abgelegt und den Namen meiner Frau angenommen. Meine Eltern waren entsetzt!"
Ungefragt erzählte Ahmet ohne Punkt und Komma weiter, wie er damals seine Irina kennen gelernt hatte. „Eines Morgens kamen sie und ich gleichzeitig am Kölner Hauptbahnhof mit unseren Fahrrädern an, wo aber nur noch ein sicherer Abstellplatz frei war. Und da hat sie mir gesagt, ich soll meine ‚Stadt-Schlampe' gefälligst woanders hinstellen. Sie habe es eilig und müsse den Zug kriegen. Ich bin erstmal in schallendes Gelächter ausgebrochen und hab dabei wohl den Begriff „Stadt-Schlampe" so oft laut wiederholt, dass es Irina ziemlich peinlich wurde. Sie sagte nur trocken, dass sie natürlich mein altes Fahrrad meinte. Dies sei doch der Radler-Jargon für so richtig alte Gurken, die man besonders als Pendler benutzt und ruhigen Gewissens an der Bahn stehen lassen könne, ohne dass sich ein Dieb dafür interessieren würde. Irina meinte sogar, dass viele ihrer Arbeitskollegen auch wahlweise „Bahnhofs-Schlampe" sagen würden. Daraufhin sind wir dann beide in Gelächter ausgebrochen. So fing alles an ..."
Leider, so erwähnte Ahmet noch abschließend, sei die Beziehung aber letzten Sommer auseinander gegangen. Sie befänden sich im Trennungsjahr.
MMS nickte. „Stadt-Schlampe ist gut, Bahnhofs-Schlampe noch besser. Ich hätte ganz sicher auch kein Fahrrad dahinter vermutet. Übrigens, mein Name ist Seibl. Ich bin von der Mordkommission und ermittele in dem Fall mit der Explosion hier um die Ecke."
„Oh, wow! Sie sind eine echte Polizistin? Hätte ich gar nicht gedacht. Äh, das meine ich natürlich nett. Darf ich Sie vielleicht

auf einen Kaffee einladen? Mein Kaffee ist hier im ganzen Viertel berühmt. Kommen Sie schon."

Die Ermittlerin zögerte erst, dachte sich aber dann, dass eine Tasse Kaffee auf den Frust über die nicht vorhandenen Videokameras nicht schlecht wäre.

Ahmet beobachtete sie genau, als sie den ersten Schluck nahm.

„Und? Schmeckt?"

„Ja, schmeckt echt gut. Aber brüllheiß!" Vorsichtig nahm MMS noch einen kleinen Schluck. „Haben Sie denn etwas Verdächtiges hier beobachtet?"

„Wie meinen Sie das genau? Hier in der Gegend ist doch immer was los. Typen, die ihre Frauen auf offener Straße schlagen. Autoaufbrüche. Hier wird ständig gedealt. Und und und …"

„Ahmet, Sie kennen doch viele Leute vom Sehen her, nehme ich an. Ist hier vielleicht in den letzten Tagen oder Wochen jemand rumgeschlichen, der Ihnen aufgefallen ist?"

Ahmet Schmitz schüttelte den Kopf. „Wissen Sie, ich will hier keinen Ärger. Ich sehe zwar viel, aber ich gucke nicht hin. Verstehen Sie, was ich meine?"

„Ehrlich gesagt nicht. Was soll das bitte genau bedeuten? Haben Sie also doch was gesehen, was Ihnen komisch vorkam?"

„Nein! Das heißt, dass ich mich nicht um die Angelegenheiten anderer Leute kümmere. Ich sehe nix und ich werde nicht gesehen. Man lässt mich hier in Ruhe. Und das soll auch so bleiben. Immerhin lebe ich von diesem Kiosk."

MMS konnte Ahmet ansehen, dass er ihr etwas verheimlichte. Sie versuchte es noch einmal. „Ahmet, kommen Sie schon. Ich erzähle es auch niemandem. Was haben Sie gesehen?"

„Wirklich nichts. Aber vielleicht hat ja der Flaschensammler was gesehen."

„Flaschensammler? Was für ein Flaschensammler?"

„Der nennt sich selbst Collector-Schotte oder nur Collector. Das hier ist quasi sein Revier. Der rennt hier immer rum und schaut in sämtliche Mülleimer. Mich würde nicht wundern, wenn der auch in den Mülleimer geschaut hat, der explodiert ist.“
„Das ist doch schon mal was! Und wie finde ich den Mann?“
„Schöne Frau Mordkommissarin! Der heißt nicht nur Collector-Schotte, der sieht auch so aus. Der hat so ein Dingsda an. So einen albernen Rock. Glauben Sie mir, wenn Sie ihn sehen, wissen Sie, dass er es ist.“
„War der denn heute schon hier?“
„Heute noch nicht. Der kommt meistens gegen späten Nachmittag oder frühen Abend.“
„Wissen Sie denn, wo er wohnt?“
„Keine Ahnung. Kommen Sie doch heute Nachmittag nochmal wieder. Bestimmt ist er dann hier irgendwo. Wenn Sie dann mit ihm fertig sind, könnte ich meinen Kiosk schließen und Sie zum Essen einladen. Was meinen Sie?“
Huch! Damit hatte MMS jetzt nicht gerechnet. Und das, obwohl Ahmet grundsätzlich optimal in ihr Beuteschema passte. Er war muskulös, vermutlich sportlich, und charmant war er auch noch. Andererseits dachte sie noch immer ständig an Miguel, den Zumba-Trainer, den sie erst vorgestern kurzfristig hatte stehenlassen müssen. Daher wollte sie eigentlich erst einmal diese Geschichte weiterschreiben oder abhaken, jedoch nicht irgendeine beknackte Dreiecksbeziehung anfangen. Ihr Leben war schon kompliziert genug. Also lehnte sie Ahmets Einladung vorerst höflich ab, notierte sich aber seine Personalien und seine Telefonnummer.

Kapitel 22

Pincetta stand kurz vor der Mittagspause in Egbert Elvers Büro und berichtete vom vorläufigen Ergebnis der Obduktion.
„Danke, Pino! Unterm Strich heißt das ja dann, dass Carina M. durch die Detonation des Sprengsatzes getötet wurde."
„Äh … jein, Chef. So hat der Professor es nicht formuliert. Er sprach von diesem Spannungspneumothorax und den Glassplittern, welche die schweren Verletzungen verursacht haben."
„Jetzt werde mal nicht so spitzfindig, Pincetta. Du hörst dich schon selbst an wie der Professor. Ist doch wohl scheißegal, sie wäre jedenfalls nicht tot, wenn die Bombe nicht vor ihrer Nase explodiert wäre, oder?"
Pincetta zog eine kleine Grimasse. „Nun ja, sie wäre ja auch nicht tot, wenn sie gar nicht dagewesen wäre."
„Boah, Kollege! Jetzt ist's aber gut. Sie war aber da. Sonst noch Einwände? Falls nicht, rufe ich jetzt Praxenthaler an. Der hat mal wieder die Nerven blank liegen und Angst um seine Beförderung."
„Den musst du nicht mehr anrufen. Das macht der Professor."
„Auch gut. Wie weit seid ihr mit den Angestellten und Heimbewohnern? Sind die überprüft und befragt worden?"
„Wir sind da dran. Kollegin Seibl ist jedenfalls dort und guckt sich nach Videokameras um."
„Na, worauf wartest du dann noch?"

Kapitel 23

Lars Findeklee hatte in der dicht bebauten Wohngegend in Ehrenfeld wie erwartet keinen freien Parkplatz gefunden. Nach drei Runden um den Block und zwei Beinahe-Unfällen mit Radfahrern hatte er auch keine Lust mehr, weiterzusuchen. Missgelaunt stellte er seinen Ferrari mit zwei Reifen auf dem Gehweg der Klarastraße ab und klingelte bei „Arslan".
Nachdem der Türdrücker betätigt wurde, eilte er, mehrere Stufen auf einmal nehmend, schnurstracks in die dritte Etage.
Peggy erwartete ihn schon an der Tür. „Danke, dass du sofort gekommen bist, Schatz." Sie umarmte und küsste ihn.
„Ich hatte ja wohl keine Wahl, Süße. Deine Argumente waren ja auch sehr überzeugend."
„Komm bitte mit rein. Wir müssen was unter sechs Augen besprechen." Sie ergriff seine Hand und zog ihn mit in die Wohnung. Seine vage Hoffnung auf einen flotten Dreier zerplatzte wie eine Seifenblase. Yesim und Lars begrüßten sich freundschaftlich mit Küsschen auf die Wange, bevor sie es sich zu dritt auf der Couch bequem machten.
Yesim und Peggy brauchten nur wenige Sätze zu sagen, bevor sich Lars' Gesichtsausdruck verdunkelte. Er traute seinen Ohren nicht, was ihm da gerade erzählt wurde. „Stopp, stopp, stopp. Mädels, jetzt mal langsam. Ihr wollt mir gerade weismachen, Sigrid hätte einen Killer angeheuert?! Und der soll dann eine Bombe in den Mülleimer gelegt haben, um Peggy umzubringen? Habt ihr euch mal selbst zugehört, wie absurd das klingt?"
„Dann sag du mir doch, wieso deine Frau bei mir aufkreuzt und mich anschreit, dass ich aus deinem Leben verschwinden soll! Und dass ich sowieso nur eine Fickaffäre von vielen wäre. Und dass du ohne einen Cent dastündest, wenn du sie jemals ver-

lässt. Das ist doch genauso absurd oder hättest du dir das jemals vorstellen können?" Peggys anfängliche Hilflosigkeit war in Wut umgeschlagen.
Lars schwieg. Das klang so gar nicht nach Sigrid; er wusste nicht, ob er das jetzt so einfach glauben und was er darauf antworten sollte. Alles, was er jetzt sagen würde, wäre wahrscheinlich sowieso falsch.
Yesim fühlte sich in ihre Rolle als Polizistin versetzt, die eine Streitigkeit zu klären hatte. „Lars, jetzt sag mal was dazu!"
Aber Lars Findeklee schwieg weiter. Gedanklich war er gerade bei seinem Frühstück mit Sigrid diesen Morgen. Hatte sie ihn nicht noch extra auf Peggy angesprochen?
Yesim blieb beharrlich, während Peggy mit Tränen in den Augen immer mehr in sich zusammensank. „Jetzt sag endlich was!"
„Ihr habt sie doch nicht alle!" Lars sprang auf und verließ mit heftigem Türenschlagen die Wohnung.
Peggy brach nun endgültig in Tränen aus, während Yesim ihm nacheilte und hinterherrief, was er für ein verdammtes Arschloch sei.
Draußen riss Lars das Knöllchen unter dem Scheibenwischer auf der Windschutzscheibe weg, zerknüllte es und warf es auf den Boden, bevor er mit quietschenden Reifen losraste. Wutentbrannt schlug er mit dem Handballen gegen das Lenkrad und fluchte: „Scheiße, Scheiße, so eine verdammte Scheiße!"
Yesim ging zurück ins Wohnzimmer zu Peggy, die die Welt nicht mehr verstand.
„Komm schon, Süße! Diesem Schwein musst du keine Träne nachweinen. Wie der sich hier aufgeführt hat, das sagt doch wohl alles."
Peggy rieb sich die nassen Augen. „Lars hat doch gar nichts gesagt."

„Er hat aber auch nichts bestritten! Weder die Sache mit den anderen Affären noch die Sache mit Sigrid. Normal finde ich das nicht. Du etwa? Wenn das mein Freund wäre, dann würde ich den jetzt zum Teufel jagen."

„Ach, ich weiß nicht. Warum muss ausgerechnet ich immer so ein Pech haben? Lars hat bestimmt eine Erklärung für sein Verhalten eben."

Yesim sah das anders. „Hast du mal darüber nachgedacht, dass Lars selbst etwas damit zu tun haben könnte? Immerhin würde er alles verlieren, wenn seine Frau ihn vor die Tür setzt. Ich würde das nicht ausschließen."

Peggy sah ihre Freundin fassungslos an. „Du spinnst doch! Lars liebt mich. Außerdem kann er gar nichts damit zu tun haben. Wir waren doch zusammen, als die Bombe explodierte."

„Trotzdem. Hier ist doch was faul, das spüre ich in der Magengegend."

Kapitel 24

Ulla Schiefer wartete gespannt wie ein Flitzebogen auf das nächste Telefonat zwischen Björn Zuckermann und diesem ominösen Somporn. In welcher Beziehung konnte dieser Rechtsradikale zu dem Thailänder stehen? Unruhig rutschte sie auf dem Bürostuhl hin und her und scheute den eigentlich dringenden Toilettengang. Sie fixierte ihren Monitor und dachte fast schön beschwörend immer nur: *Ruf endlich an!*

Nach 20 Minuten kam endlich der Anruf, der Ulla Schiefer jedoch weiter im Dunkeln tappen ließ. Der Funktionär und der Thailänder hatten sich lediglich mit wenigen Worten darüber verständigt, dass es „jetzt ginge". Jedenfalls kannten sich die beiden offenbar nicht erst seit heute.

Die Ermittlerin gab den Inhalt des Gesprächs sofort an ihre Kollegen weiter und bat um unauffällige Aufklärung vor Ort. Parallel hierzu überprüfte sie die Anschrift und die dort gemeldeten Personen. Dieser Thai namens Somporn war 1996 geboren. Für die Polizei war er bislang ein unbeschriebenes Blatt.

Kapitel 25

Martin Hick fühlte sich durch das Sprengstoffattentat auf die Flüchtlingsunterkunft regelrecht inspiriert. Mit schattenboxenden Bewegungen stand er vor dem Spiegel und bewunderte seine nicht vorhandenen Muskeln. Auf seiner Brust hatte er sich vor Jahren voller Stolz die Buchstaben „FCK CPS“ in Runenschrift großzügig eintätowieren lassen; auf dem rechten Oberarm stand die Zahl „18“. Sein Hass auf die Obrigkeit und insbesondere auf die Polizei hatte sich seit seiner Jugend immer weiter gesteigert; da war seine Botschaft „FUCK COPS“ nur die logische Konsequenz.
Nachdem er sich lange genug im Spiegel betrachtet hatte, griff er zum gekühlten „Nazi-Bier“ und nahm einen ordentlichen Schluck. Zusammen mit Björn und Gernot war er seinerzeit nach Straubing gefahren und hatte sich einen großen Vorrat der Biersorte „Grenzzaun Halbe“ zugelegt, bevor die Brauerei wegen des öffentlichen Drucks die Sorte wieder vom Markt nehmen und sich entschuldigen musste. Der Namenszug in altdeutscher Schrift hatte die Bevölkerung unwillkürlich an die von den Nazis verwendete Frakturschrift erinnert. Zudem hatte die Brauerei als Mindesthaltbarkeitsdatum den Jahrestag der Reichsprogromnacht 1938 aufgedruckt und den Verkaufspreis bei 88 Cent pro Flasche festgelegt – eine Zahl, die in rechts-

extremem Kreisen für den Hitlergruß stand. Daher war es kein Wunder, dass die Biersorte in einschlägigen Kreisen liebend gern getrunken wurde.
Mit einem weiteren Schluck leerte Martin die Flasche und widmete sich seinem neuesten Projekt – dem Bau eines Sprengkörpers.
Mit einer scharfen Klinge öffnete er einen China-Böller nach dem anderen und schüttete das darin befindliche Schwarzpulver in eine Müslischale. Als er genug gesammelt hatte, schüttete er das Pulver durch einen Trichter in ein 20 cm langes, abgesägtes Abflussrohr, dessen unteres Ende er mit Panzerband zugeklebt hatte. Nachdem er alles hineingeschüttet hatte, steckte er eine Zündschnur hinein und verklebte dann den oberen Teil ebenfalls mit Panzerband.
Mit einem hämischen Grinsen im Gesicht betrachtete er sein Werk.
„Das wird ein Spaß."

Kapitel 26

Kommissar Pincetta hatte nach dem Gespräch mit Egbert Elver telefonisch Kontakt zum Betreiber der Flüchtlingsunterkunft aufgenommen, nachdem er von Ulla Schiefer erfahren hatte, dass sie diesen bislang nicht hatte erreichen können.
Pincetta wartete nun auf eine Liste sämtlicher Mitarbeiterinnen und Mitarbeiter, Bewohnerinnen und Bewohner sowie der Arbeitspläne der letzten Woche, welche der Betreiber per E-Mail übersenden wollte. Eigentlich hätte der Ermittler aufgrund der zeitlichen Dringlichkeit die Unterlagen gern persönlich abgeholt, aber der Träger der Einrichtung hatte seinen Firmensitz in Xanten.

Kapitel 27

Yesim Arslan saß im Streifenwagen und war mit ihrem Kollegen auf dem Weg zu einem Lebensmitteldiscounter, weil dort ein Ladendetektiv jemanden geschnappt hatte. Ein Routineeinsatz, wie er in ihrem Streifenbezirk unzählige Male vorkam. Da sie Beifahrerin war, zückte sie ihr Handy auf der Fahrt dorthin und wählte die Nummer ihres guten Kontaktes bei der Kölner Kripo. Jemand, den sie damals während des Fachhochschulstudiums kennengelernt hatte. Irgendwann hatte man sich etwas aus den Augen verloren, aber den Kontakt nie ganz sterben lassen. Zumindest gratulierte man sich stets einmal im Jahr zum Geburtstag.

„Na, das ist aber mal eine schöne Überraschung. Lange nichts von dir gehört, Yessi. Wie geht's?"

„Hi, Pino! Gut geht's. Und selbst?"

„Geht so." Pincetta wollte ihr nicht sofort erzählen, dass seine Ehe ob des Seitensprungs seiner Frau zurzeit kriselte.

„Das klingt aber nicht so gut. Willste's mir erzählen? Du weißt doch, ich bin eine gute Zuhörerin."

„Ach! Wird schon" wiegelte er ab, dachte aber zeitgleich an die schöne Zeit auf der Fachhochschule, wo es mit ihr nicht immer nur ums Lernen für die nächste Klausur gegangen war. „Aber sag schon, Yessi, was verschafft mir die Ehre? Schließlich habe ich heute keinen Geburtstag." Pincetta lachte.

Yesim Arslan war in Kollegenkreisen nicht dafür bekannt, sehr diplomatisch oder zurückhaltend zu sein. Dementsprechend kam sie auch hier direkt zum Punkt. „Bist du zufällig auch mit dem Sprengstoffattentat beschäftigt?"

Pincetta zögerte. „Ja … aber wieso fragst du?"

„Habt ihr denn schon jemanden in Verdacht?"

„Yessi, bei aller Liebe, das darf ich dir wirklich nicht sagen."

„Mir kannst du alles sagen, das weißt du doch. Oder hast du das etwa vergessen?“
Pincetta wusste genau, worauf Yesim anspielte. Dieses Thema wollte er jetzt jedoch nicht unbedingt aufleben lassen. „Bellissima, was hältst du davon, wenn wir uns mal auf einen Kaffee treffen? Am Telefon ist das irgendwie blöd.“
„Gern, mein Lieber. Wann denn?“ Yesim wollte keine Zeit verstreichen lassen. Auch wenn sie Peggy nichts versprechen konnte, wollte sie so schnell wie möglich herausfinden, ob irgendeine Spur zu Sigrid Findeklee führte.
„Von mir aus heute nach Feierabend. Dann fahre ich halt später nach Haus.“
„Okay, gerne. Kriegst du denn deswegen keinen Ärger zuhause?“
„Ich glaube nicht.“
„Nun sag schon. Da stimmt doch was nicht.“
„Das ist eine lange Geschichte, Yessi. Lass gut sein.“
Yesim bohrte nicht weiter nach. Dafür kannte sie Pincetta lang genug. Wenn er ihr was erzählen wollte, dann würde er es ihr auch erzählen. Wenn nicht, dann nicht.
Sie verabredeten sich für 20:00 Uhr im Café Sehnsucht in der Körnerstraße in Ehrenfeld, gleich bei Yesim um die Ecke. Pincetta nahm sich vor, seine Frau gegen 19:30 Uhr anzurufen und ihr vorzugaukeln, dass es eine heiße Spur gäbe, der man noch unbedingt nachgehen müsste.

Kapitel 28

Lars parkte den Ferrari auf seinem Firmenparkplatz vor dem verglasten Hauptgebäude von FIN DE KLEE. Neben ihm stand der Wagen von Sigrid. Sie musste noch in ihrem Büro sein. Eiligen Schrittes ging er in die erste Etage, wo die beiden ihre Büroräume nebeneinander hatten. Ohne großes Anklopfen betrat er Sigrids Büro und platzte geradewegs in eine wichtige Gesprächsbesprechung mit leitenden Mitarbeitern. Unwirsch bat er diese, umgehend den Raum zu verlassen, aber Sigrid Findeklee war nicht der Typ Frau, der sich vor versammelter Mannschaft so behandeln ließ.

„Bitte bleiben Sie sitzen, meine Herren, ich bin sofort zurück."

Energisch ging sie auf Lars zu, schob ihn aus dem Büro und blaffte ihn an, kaum dass sie die Tür hinter sich geschlossen hatte. „Sag mal, spinnst du? Was machst du eigentlich hier? Was ist mit dem Termin? Geht es darum?"

„Nein. Äh … es geht um was ganz anderes. Nämlich…".

Sie fiel ihm ins Wort. „Wenn es nicht ums Geschäft geht, dann gehe ich sofort wieder rein. Das ist total wichtig. Es geht um die Produktion. Also?" Sigrid Findeklee schaute ihn durchdringlich an.

„Es geht um …" Er stockte.

Sigrid wartete keine weitere Erklärung ab, ging zurück in ihr Büro und setzte sich wieder ans Kopfende des imposanten Besprechungstisches. „Entschuldigen Sie bitte, meine Herren. Nur ein Missverständnis. Wo waren wir stehengeblieben?"

Lars ging wie ein begossener Pudel in sein Büro und wartete.

Kapitel 29

Um nicht noch länger Zeit mit dem Warten auf die Listen aus Xanten zu vertrödeln, fuhr Pincetta ebenfalls zum Tatort. Währenddessen telefonierte er mit MMS und vereinbarte mit ihr einen Treffpunkt.

Gemeinsam klingelte das Ermittlerduo bei den Nachbarn in unmittelbarer Nähe zum Explosionsort. Sie hofften, auf diese Weise doch noch den einen oder anderen Hinweisgeber oder Zeugen zu finden. Aus Erfahrung wussten sie, dass nicht jeder von sich aus den Hörer in die Hand nahm, um der Polizei Informationen zu geben. Einige scheuten dies, weil sie sich wie Denunzianten vorkamen. Andere hielten das, was sie gesehen hatten, einfach nicht für wichtig genug.

MMS wollte nicht so recht daran glauben, dass niemandem etwas aufgefallen war. Voller Elan klapperte sie mit Pincetta ein Haus nach dem anderen ab. Routinemäßig notierte sie sich die Namen auf den Briefkästen und Klingelschildern, wo sie niemanden angetroffen hatten. Aber nach gut drei Stunden Klinkenputzen war das Ermittlungsergebnis ernüchternd. MMS und Pino setzen sich mit schmerzenden Füßen auf den erstbesten Mauervorsprung und ließen die Füße baumeln.

„Hör mal, Pino, wundert dich es eigentlich nicht, dass sich bislang noch niemand in irgendeiner Form zu dem Anschlag bekannt hat? Oder hast du irgendwas gehört?“

Pincetta zuckte mit den Schultern. „Nö, bis jetzt nicht. Aber vielleicht lesen wir ja bald einen Artikel in der Zeitung, weil mal wieder jemand lieber mit der Presse als mit uns spricht und sich das schnelle Geld für exklusive Informationen erhofft. Wer weiß, wer weiß. Wäre ja nicht das erste Mal, dass uns die Presse einen Schritt voraus ist.“

„Trotzdem, findest du das denn nicht komisch? Bekennt sich nicht immer irgendwer zu einer solchen Tat?“
„Keine Ahnung. Aber wundern tut es mich nicht unbedingt. Ich gehe jedenfalls davon aus, dass diese FDK-Schmierfinken da irgendwie ihre Finger mit im Spiel haben. Aber um diese Typen kümmert sich ja der Staatsschutz. Ich habe gehört, dass die auch schon mit großem Besteck an der Sache dran sind. Also mit allem Zipp und Zapp.“
„Und was genau meinst du mit großem Besteck?“
Pincetta war sich nicht sicher, ob seine Kollegin ihn vorführen wollte oder wirklich nicht wusste, wovon er sprach. „Na was schon!? Observation, Telefonüberwachung, Wohnung verwanzen. Das ganz große Besteck eben.“
„Was machen wir dann hier eigentlich noch?“
„Staub aufwirbeln? Zeugen finden! Sag mal, bella signorina, alles okay bei sir?“
MMS sah auf ihre Armbanduhr. „Oh, wir haben ja schon kurz vor sechs.“
Die Ermittlerin erzählte ihm die Geschichte von dem Flaschensammler und dass dieser möglicherweise gleich hier in der Gegend aufkreuzen würde, um wieder die Mülleimer nach Pfandflaschen zu durchforsten.
„Gleich soll hier ein Typ auftauchen, der wie ein Schotte aussieht?“, fragte Pincetta skeptisch.
„Der Kioskmann hat das genau so gesagt. Der sieht ihn doch jeden Tag.“ Sie hatte kaum zu Ende gesprochen, als sich ihr Gesicht erhellte. „Wenn man vom Teufel spricht! Dreh dich mal um.“
Das Ermittlerpaar sah an der nächsten Straßenecke einen dicklichen Typen in schottischer Bekleidung, dessen rechter Arm in einer Mülltonne verschwand und einen Moment später mit einer Flasche in der Hand wieder herauskam.

„Che cazzo ci fa qua? Ich glaub, mein Schwein pfeift: Ein echter Schotte in Colonia. Hier ist einfach alles möglich. Ich liebe diese Stadt! Komm, wir gehen mal zu ihm, bevor er wieder weg ist."
Pincetta und seine Kollegin MMS gingen schnurstracks in seine Richtung und blieben vor ihm stehen, als er gerade noch eine Flasche aus dem Mülleimer zog.
Der Collector-Schotte musterte die beiden. „Lassen Sie mich raten. Polizei?!"
MMS erwiderte: „Steht uns das auf der Stirn geschrieben?"
„Nein, aber dass Sie beide ein Pärchen sind, hätte ich jetzt auch nicht gedacht." Der Schotte sprach aus Höflichkeit nicht aus, dass er das nur dachte, weil Pincetta einen halben Kopf kleiner war als MMS. „Sie beide machen einen so forschen Eindruck. Und von der Presse sind sie bestimmt auch nicht. Denen habe ich doch schon alles erzählt."
Der Schotte blickte in zwei fragende Gesichter.
Pincetta hakte nach: „Wie jetzt? Wem haben Sie alles und vor allem was erzählt?"
„Na was schon, mein Junge? Was ich gesehen habe! Ich habe 10 Euro bekommen für meine Information. Was kriege ich von euch?" Ein selbstgefälliges Grinsen lag auf seinem Gesicht, auch deshalb, weil er von Tom Steinhuder tatsächlich ja nur 5 Euro bekommen hatte. Mal sehen, was er jetzt rausschlagen konnte.
Pincetta fragte sich in dem Moment nur, ob er richtig gehört hatte. So eine Dreistigkeit von dem abgewrackten Penner, der hier seinem Ruf als Schotte alle Ehre machte!
MMS sah ihrem Kollegen an, dass dieser gleich die Fassung verlieren würde. Sein italienisches Temperament hatte Pincetta bei anderen Gelegenheiten in der Vergangenheit schon öfter unter Beweis gestellt. Dies musste sie hier unbedingt verhindern. „Mein Name ist Seibl und das ist mein Kollege Pincetta. Wir ermitteln in dem Fall mit der Explosion. Ich habe gehört,

dass Sie eventuell was gesehen haben könnten, weil Sie hier in der Gegend alles im Blick haben. Das finde ich ganz prima. Sehr aufmerksam, Herr …?"

„Nennen Sie mich ruhig Collector-Schotte. Meinen eigentlichen Namen verwende ich schon seit Ewigkeiten nicht mehr."

Ohne nochmal nach einer Belohnung zu fragen, erzählte er nun die gleiche Geschichte, die er schon Tom Steinhuder erzählt hatte. Anfänglich dachte Pincetta noch, dass ihm ob der langwierigen Erzählung das Gesicht einschlafen würde, aber als der Schotte den Journalisten erwähnte, fühlte Pincetta den heftigen Pulsschlag in seiner Halsschlagader. Das konnte doch wohl nicht wahr sein, dass der Schotte einem Journalisten alles erzählt hatte, aber nicht der Polizei!

Aber zumindest konnten die Ermittler nun die Zeit zwischen Deponieren und Explosion der Bombe deutlich eingrenzen. Nach den Erzählungen des Schotten musste es in der Zeit von 17:00 Uhr bis zur Explosion um ca. 17:30 Uhr gewesen sein.

MMS bemerkte, dass Pincetta jeden Moment den Zeugen beschimpfen könnte und griff abermals charmant ein. „Na, da können wir von Glück sagen, dass Ihnen nichts passiert ist. Wer würde sonst hier in der Gegend für Ordnung sorgen?"

„Ja, genau! Da haben Sie vollkommen Recht. Beim heiligen Andreas, ich hätte auch draufgehen können. Ich danke unserem Schutzpatron." Der Schotte bekreuzigte sich.

„Haben Sie denn den gesamten Eimer durchwühlt?"

„Nee, natürlich nicht. Ich gucke erst immer hinein und dann gehe ich einmal so rund mit der Hand. Entweder finde ich dann eine Pfandflasche oder eben nicht."

„Und in dem betreffenden Eimer haben Sie sonst nichts ertastet, was Ihnen … na sagen wir mal, komisch vorkam?" MMS lächelte ihn an.

„Gar nichts. Das ist ja auch keine lange Sache. Reingucken, Durchgreifen, fertig. Tut mir leid. Ich kann da wirklich nicht weiterhelfen."

„Danke, Sie haben uns schon geholfen. Und deshalb würde ich mir gern nun doch Ihre Personalien und Erreichbarkeit notieren. Diese Bitte schlagen Sie mir doch nicht ab, oder?"

Auf dem Gesicht des Schotten zeichnete sich ein leichtes Grinsen ab. „Wenn Sie mir Ihre auch verraten?"

Ohne zu zögern überreichte sie ihm ihre Visitenkarte.

Der Schotte zwinkerte ihr zu. „Da steht aber nicht ihre Handynummer, die möchte ich auch. Für alle Fälle. Wer weiß, vielleicht brauche ich die mal."

Mit einem Kugelschreiber schrieb MMS ihre dienstliche Handynummer auf die Rückseite und zückte anschließend ihr Notizbuch. Bereitwillig nannte der Schotte seine Personalien und seine Erreichbarkeit. Außerdem hielt er ihr noch seinen Ausweis entgegen. „Hier! Damit Sie sehen, dass ich das auch bin."

Kapitel 30

Lars Findeklee hatte während der Wartezeit zahlreiche WhatsApp-Nachrichten an Peggy Pietsch geschickt und sich für sein Benehmen vielmals entschuldigt. Auf eine Antwort von ihr wartete er aber vergebens. Es beruhigte ihn jedoch, dass direkt nach dem Versand die beiden kleinen blauen Häkchen am Rand der Nachricht erschienen. Peggy hatte seine Nachrichten zumindest gelesen.

Ohne groß anzuklopfen kam Sigrid plötzlich in sein Büro und baute sich mit den Händen in den Hüften vor seinem Schreibtisch auf. „So! Jetzt sag mir bitte, worum es eben ging. Ich habe gleich in 20 Minuten den nächsten Termin. Und du solltest

eigentlich gar nicht hier sein, sondern einen wichtigen Termin wahrnehmen!"
Lars blieb äußerlich cool, aber innerlich war er flattrig und unsicher. Seine Frau war ihm verbal schon immer haushoch überlegen gewesen. „Okay, ich frage dich jetzt geradeheraus: Warst du kürzlich bei Peggy?"
Sigrids Miene verfinsterte sich noch mehr. „Sag mal, willst du mich verarschen? Du platzt wegen irgend so einem Weibsbild in meine Besprechung und lässt den wahrscheinlichsten wichtigsten Termin des Jahres sausen? Bei was für einer Peggy soll ich bitteschön gewesen sein?"
„Sigrid, bitte! Wie viele Peggys kennst du denn?"
„Ich kenne keine Peggy!"
„Doch, Sigrid, die kennst du sehr wohl! Das ist die Frau von Ronny. Du hast mich doch heute beim Frühstück noch gefragt, ob die nicht da arbeitet, wo die Bombe hochgegangen ist. Da vor diesem Flüchtlingsheim."
„Blödsinn! Den Namen habe ich gar nicht genannt. Ich dachte, die heißt Petra. Meine Güte! Wie oft habe ich die gesehen? Einmal? Zweimal? Ich würde die noch nicht mal erkennen, wenn die an mir vorbeiginge."
„Schön! Aber du weißt jetzt, wen ich meine. Warst du nun bei ihr oder nicht?" Lars musterte seine Frau eindringlich. Ein paar Sekunden lang sagten beide nichts.
„Und was ist, wenn?"
„Sag mal, du kannst doch nicht einfach zu ihr hinfahren und sie bedrohen." Lars war fassungslos. Niemals hätte er auch nur im Entferntesten daran gedacht, dass Sigrid sich derart für eine seiner Liebschaften interessieren könnte.
„Aber du kannst sie ficken, ja?! Dieses billige Flittchen. Das ist dann in Ordnung oder wie?!" Sigrids Stimme klang nun leicht

hysterisch, während sich ihre Augen mit Tränen füllten. Allerdings weniger aus Traurigkeit als aus Wut und Enttäuschung.
„Was soll das denn jetzt, Sigrid? Wir haben doch eine stillschweigende Vereinbarung, oder etwa nicht? Ich liebe dich und würde dich niemals verlassen."
Sigrid Findeklee rang sichtlich um Fassung.
„Schatz! Sag doch was!"
Mit ausgestrecktem Zeigefinger schrie sie ihn an: „Du beendest das mit ihr! Und zwar sofort! Sonst…!"
„Sonst was?"
Die Antwort blieb sie ihm schuldig. Sie knallte die Tür zu und stöckelte davon.

Kapitel 31

Nachdem Yesim Arslan das Telefonat mit einer so deutlichen Ansage abrupt beendet hatte, war Ronny Pietsch außer sich vor Wut. Er hatte aber auch nicht vergessen, dass diese Frau ihren Worten Taten folgen ließ. Als er damals mal wieder seine Peggy mit Faustschlägen zur Räson rufen wollte, hatte ihn Yesim Arslan persönlich in Handschellen gelegt und abgeführt. Zuvor hatte sie ihm einen sogenannten Ablenkungsschlag ins Gesicht verpasst, ihm vors Schienenbein getreten und mit Pfefferspray eingenebelt. Als er auf dem Boden lag, hatte sie vor ihm gehockt und ihn runtergedrückt. Das Veilchen zierte noch Tage danach sein Gesicht.
Respekt vor ihr hatte Ronny immer noch keinen, doch er war etwas vorsichtiger geworden. Dass diese Streifenpolizistin dermaßen hart durchgreifen würde, hatte er damals nicht erwartet. Erst als er nach seiner Ausnüchterung die Zelle verlassen konnte, hatte er begriffen, was eigentlich passiert war.

Nun saß Ronny auf dem Sofa mit aufgeklapptem Laptop auf seinen Oberschenkeln. Er scrollte sich gedankenversunken durch die diversen Google-Suchergebnisse, die ihm die Antwort auf eine brennende Frage geben konnten. Er lächelte bitter. Ja, wenn es doch noch Hoffnung gab, war das der einzig gangbare Weg. In seinem Kopf reifte ein morbider Plan. Dabei kamen ihm die blutigsten Gedanken in den Sinn. Vor seinem geistigen Auge sah er, wie er Yesim mit einem Baseballschläger niedergeknüppelte. Allein diese Vorstellung gefiel ihm so gut, dass er sich zur Belohnung einen großen Schluck Hochprozentigen eingoss.
Während der Fusel seine Kehle hinabfloss, fühlte sich Ronny Pietsch unbesiegbar.

Kapitel 32

Die beiden Ermittler fuhren mit ihren neuen Erkenntnissen zurück ins Präsidium. Auf dem Flur kam ihnen Egbert Elver bereits entgegen. Sie berichteten sofort vom Schotten und dessen Angaben.
„Das habt ihr zwei prima gemacht. Ich hoffe, dass uns die Eingrenzung der Tatzeit ein gutes Stück weiterbringt. Der oder die Täter hatten also, vorausgesetzt, der Schotte hat recht, gerade mal eine halbe Stunde Zeit, den Sprengsatz zu deponieren. Wie geht's weiter?"
Pincetta erklärte, dass er jetzt noch einen Blick in sein Mailpostfach werfen würde. „Falls die Listen aus Xanthen endlich da sind, möchte ich sie wenigstens mal querlesen."
MMS hingegen verabschiedete sich in den Feierabend. Vorher aber ging sie in ihr Büro und rief Miguel an. Vielleicht hatte die beiden ja doch noch eine Chance.

Kapitel 33

Die beiden Observationskräfte mit ihren schwarzen Sonnenbrillen hatten versucht, das Geheimnis um diesen mysteriösen Somporn zu lüften. Vergeblich – die Haustüre war verschlossen und auch durch die blickdichten Gardinen konnte man nichts erkennen. Das Klingelbrett brachte ebenso wenige Erkenntnisse; neben Somporn standen nur noch einige weitere exotische Namen auf den Schildern.

Während der weiteren Wartezeit gingen sie abwechselnd in ein nahegelegenes Hotel zur Toilette und nutzten beim Rausgehen noch den kostenlosen Schuhputzautomaten für ihre schwarzen Lackschuhe.

Auch als Björn Zuckermann das Haus endlich verließ, konnten die beiden trotz des hochauflösenden Minifernglases keinen Blick auf diesen ominösen Somporn erhaschen. Nachdem der Funktionär draußen war, wurde die Tür sofort wieder geschlossen. Angewidert mussten die Observationskräfte mit ansehen, wie der füllige Zuckermann mit beiden Händen seinen Hosengürtel ergriff und seine Hose zurechtrückte. Kein schöner Anblick, zumal bei dieser Bewegung der weiße, behaarte Schwabbelbauch zum Vorschein kam.

Als das Zielobjekt gemütlich zur nächsten U-Bahn-Haltestelle schlenderte, meldete sich Ulla Schiefer. Die Kollegen erklärten ihr, dass sie leider immer noch nichts über Somporn sagen könnten. Da Ulla Schiefer aber vor Neugierde fast platzte, bat sie darum, dass einer der beiden unter falschem Vorwand dort klingeln sollte.

Keine fünf Minuten später stand einer der Beobachter vor der Haustür und hielt ein Klemmbrett vor sich. Mit seinem Kollegen hatte er abgesprochen, dass er vorgeben würde, im Auftrag einer Marktforschungsgesellschaft unterwegs zu sein und ein

paar Fragen zum Konsum- und Medienverhalten der Hausbewohner zu haben.
Momente später stand er nahezu sprachlos Somporn gegenüber. An diesem jungen Thailänder war rein gar nichts Maskulines zu erkennen. Somporn sah aus wie das schönste Model, das der Beamte jemals gesehen hatte. Ob des bildschönen zarten Gesichts, den High Heels, Netzstrümpfen, Minirock und strammen Brüsten blieb ihm erst einmal die Spucke weg.
Somporn hingegen freute sich über die *Men in Black*-Kopie: „Kommen Sie doch herein." Lasziv strich sich Somporn langsam mit der Zunge über die Oberlippe.
Dem Ermittler wurde heiß und kalt; er verspürte nur noch den Drang zu verschwinden. Dass der Zuckermann mit diesem Ladyboy … Nein, er wollte diesen Film nicht sehen und dachte krampfhaft an den Untergang der Titanic.
Eins stand auf jeden Fall fest: Für normale Massagen war dieser Typ nicht zuständig.
Als ob dieses Erlebnis noch nicht genug gewesen wäre, stieß der Ermittler beim Verlassen des Hauses mit einem verstörten Obdachlosen zusammen, der ihm mit erhobenem Zeigefinger „Das Ende ist nah" in die Ohren brüllte und dann zum nächsten Passanten sprang.
Für diesen Tag hatte der Beamte genug schillernde Gestalten gesehen.

Kapitel 34

Pincetta hatte die übersandten Listen tatsächlich nur überflogen. Den Namen der verstorbenen Carina M. hatte er sofort gefunden. Gleich daneben war eine „Peggy Pietsch" verzeichnet gewesen, allerdings in einer anderen Farbe. Was das zu bedeuten hatte, würde er noch herausfinden müssen.
Seine Gedanken waren gerade jetzt sowieso nicht sehr strukturiert. Je näher sein Treffen mit Yesim rückte, desto weniger konnte er sich konzentrieren. Gegen 19:30 Uhr rief er plangetreu seine Frau an und log ihr vor, dass ob der schwierigen Ermittlungen und des politischen Drucks an Feierabend noch lange nicht zu denken sei. Sie solle nicht auf ihn warten und ruhig schon mal schlafen gehen. Er würde sehr leise sein und sich notfalls auf die Couch legen, um sie nicht zu wecken. Seine Frau schien keinerlei Verdacht zu schöpfen; immerhin war es in etlichen anderen Fällen schon ähnlich gewesen.
Kurz nach dem Gespräch schaltete Pincetta den Computer aus, schloss sein Büro ab und fuhr voller Vorfreude zu dem Treffen mit Yesim. Während der Fahrt nach Ehrenfeld dachte er zurück an die gemeinsame Zeit während der Ausbildung.
Er war selbst ganz überrascht, dass er einen Parkplatz gleich in der Nähe des Cafés fand. Bevor er hineinging, blickte er sich erst einmal nach Yesim um. Dann schaute er auf seine Armbanduhr. 19:55 Uhr.
Er holte sein Smartphone hervor. Bevor er jedoch den Bildschirm freischalten konnte, spürte er zwei butterzarte Hände, die sich von hinten über seine Augen legten. Sogleich nahm er einen dezenten Parfümgeruch wahr. Diesen Duft nach Orange hatte er schon damals sehr an Yesim gemocht. „Yessi!?"
Als er sich zu ihr herumdrehte, stockte ihm fast der Atem. Yesim war noch attraktiver, als er sie in Erinnerung hatte. Ihre lockigen

schwarzen Haare waren länger als damals; sie hüllten ihr Gesicht ein wie ein Pashmina-Schal.
Pincetta und Yesim umarmten sich und gaben sich Küsschen auf die Wangen. Sie hatte sogar den gleichen Lippenstift aufgetragen, den er so oft an seinem Hemdkragen hatten entfernen müssen. Die dunkelrote Farbe unterstrich ihre sinnlichen Lippen.
Ihm entging nicht, dass sie ihn ebenso taxierte. „Pasta war schon immer mein Verhängnis. Müsste mal wieder trainieren." Er klopfte sich mit der flachen Hand auf den Bauch.
„Mein lieber Pino, wir werden alle nicht jünger. Außerdem stehe ich sowieso auf attraktive Männer mit leichtem Bauchansatz. Ich kann diesen übertrainierten Hungerhaken nichts abgewinnen und Muskelprotze waren auch noch nie mein Ding. Aber sag mal, wo sind denn deine schwarzen Haare geblieben?"
Etwas verstohlen strich er sich mit der Hand über seinen kahlrasierten Kopf. „Ich hab nur noch ein paar Haare an den Seiten. Wenn ich die stehenlasse, sehe ich vieeel älter aus. Mein Vater hatte auch schon mit Ende 20 eine Glatze."
„Siehst echt cool aus. Mit gefällt es. Hat ein bisschen was von Kojak!"
„Und wie du erst aussiehst, Yessi. Hammer! Ich kann's nicht anders sagen."
Flachsend und feixend betraten sie das im Retroambiente gehaltene Café und bestellten sich als Vorspeise einen kleinen Salat, dazu eine Karaffe mit trockenem Weißwein. Sie prosteten sich auf diesen Abend zu.
Dann kam Yesim wie immer direkt zur Sache. „Jetzt spann mich nicht länger auf die Folter, du kleiner Mistkerl." Sie zwinkerte ihm zu. „Habt ihr schon eine heiße Spur oder was?"
„Eine heiße Spur? Und ob! Die sitzt mir gerade gegenüber und verzaubert meine Gedanken."

„Komm schon."
„Vielleicht verrate ich es dir noch, Yessi. Vielleicht." Abermals erhob er sein Glas und prostete ihr zu. „Auf dich, Yessi. Wenn ich dich so ansehe, vergesse ich glatt, dass ich verheiratet bin."
„Ach ja? Hört sich aber nicht so an, als wärst du glücklich."
„Nun ja, so richtig rund läuft's gerade nicht. Aber lass uns über was anderes reden. Das verdirbt uns sonst noch den schönen Abend. Der für mich schönste seit Wochen."
„Okay, jetzt weiß ich ganz sicher, dass du nicht glücklich bist. Was ist denn los? Trennung?" Yesim war schon zu so vielen Einsätzen mit Trennungsproblemen gefahren, dass sie so etwas förmlich riechen konnte.
Pincetta zuckte mit den Schultern. „Kann sein, kann nicht sein. Keine Ahnung. Ich will gerade jetzt nicht daran denken." Er schob seinen Arm über den Tisch und streichelte ihre Hand.
Yesim streichelte zurück. „Weißt du was, mein kahlköpfiger Italian Stallion? Ich habe zuhause einen gekühlten Weißwein und noch eine leckere Tiefkühlpizza, die wir uns in den Ofen schieben könnten. Meine Wohnung ist nur zwei Straßen von hier entfernt."
In diesem Moment wusste Pincetta, dass er noch nicht mal mehr auf seiner Couch zum Schlafen kommen würde. Falls er überhaupt zum Schlafen käme …
Nachdem Yesim die Haustür in der Klarastraße aufgeschlossen hatte, fielen sie regelrecht übereinander her. Sie küssten sich und er schob seine Hand unter ihre Bluse. Dass er verheiratet war, schien ihr nichts auszumachen. Auch er dachte in diesem Augenblick nur daran, dass er es hier und jetzt seiner Frau heimzahlen würde. Ein schlechtes Gewissen überkam ihn nicht, eher ein Gefühl ausgleichender Gerechtigkeit.
Kaum hatte sich die Wohnungstür hinter ihnen geschlossen, als er ihre Hose herunterzog. Gleichzeitig öffnete sie seinen Gürtel

und fühlte seinen harten Schwanz. Sie schlang ihre Beine um seine Hüften, während er sie gegen die Wand drückte, mit rhythmischen Stößen zum Höhepunkt peitschte und sich das erste Mal in ihr ergoss.
Wie damals in der Ausbildung konnten sie bis zum Sonnenaufgang nicht voneinander lassen.
Als sie nach Stunden erschöpft nebeneinander im Bett lagen, erzählte ihr Pino von dem Schotten und über das, was er erzählt hatte. „Aber bitte, Yessi. Zu keinem ein Wort."
„Natürlich nicht. Das bleibt unser Geheimnis."
„Warum interessierst du dich eigentlich so für die Explosion?"
Yesim erzählte ihm von Peggy Pietsch und deren Verdacht gegenüber Sigrid Findeklee.
„Peggy Pietsch?" Pincetta runzelte die Stirn. „Der Name kommt mir irgendwie bekannt vor. Ja, jetzt weiß ich es wieder: Pietsch stand mit auf der Liste der Mitarbeiterinnen in diesem Flüchtlingsheim. Aber was ist mit dieser Findeklee? Meinst du wirklich, dass diese Fleischtante tatsächlich eine Bombe gebastelt und gezündet hat, nur um eine Liebschaft ihres Mannes loszuwerden?"
„Hast recht, Süßer. Das klingt wirklich abstrus, das habe ich Peggy auch schon gesagt."
„Trotzdem, diese Findeklee werden wir mal überprüfen. Nur zur Sicherheit. Man kann ja nie wissen."
„Nimmst du mich mit, wenn du zu ihr fährst?"
„Das geht doch nicht."
„Aber du erzählst es mir?"
„Hmm. Mal sehen." Er blickte sie lustvoll an und Yesim wusste genau, was er damit meinte. Sie kannte ihn eben nicht erst seit gestern.
„Kannst es mir ja *danach* zuflüstern, du Hengst!"

Kapitel 35

Am nächsten Morgen, Tag 2 nach dem Attentat, saß Pincetta zwar mit dunklen Augenringen in seinem Büro, verspürte aber ob der erotischen Nacht mit Yesim keinerlei Müdigkeit. Seiner Frau hatte er nur per SMS lapidar mitgeteilt, dass es leider sehr spät geworden sei und er sich nur noch für zwei Stunden auf die Couch in den Aufenthaltsraum gelegt hätte. Glücklicherweise hatte er immer ein Ersatzhemd oder T-Shirt, ein paar Unterhosen und ein Unterhemd in seinem Schrank. Davon hatte er schon des Öfteren Gebrauch gemacht, denn nicht selten kam er von einer „Stinkeleiche" zurück und konnte sich selbst nicht mehr riechen.

Beim Umziehen hielt er einen Moment inne. Auf seinem Hemdkragen war wieder mal der Lippenstift von Yessi. Er warf das Hemd in den Schrank und freute sich irgendwie darüber. Für ihn war es wie eine Befreiung gewesen, eine Befreiung aus seiner Lage als gehörnter Ehemann. Im Gegensatz zu seiner Frau hatte Yessi auch mit keinem Wort über seinen Pastabauch gemäkelt.

Gerade als er sich das frische T-Shirt übergestreift hatte, klopfte es an der Tür. MMS kam herein. Auch ihr Gesicht zierten dunkle Augenränder. „Na, Kollege! Hast wohl wenig geschlafen. Habt ihr euch wieder versöhnt?"

„Das Gleiche könnte ich auch sagen. Hast du etwa mit dem Schotten die Nacht durchgemacht?" Pincetta schlug mit der rechten flachen Hand auf seine linke Faust.

„Idiot!", war ihre Antwort. Allerdings hatte er mit dem Sex gar nicht mal Unrecht. Ihr Zumba-Trainer Miguel hatte die letzte Nacht nicht von ihr lassen können.

„Ja, ja. Ist ja schon gut. Geht mich ja auch gar nichts an."

„Hast du gestern noch einen Blick auf die Listen geworfen, Pino?“ Er nickte nur. „Und? Wie viele Leute müssen wir noch befragen oder kann das zur Abwechslung nicht mal der Staatsschutz übernehmen?“
„Eigentlich hatte ich nicht vor, diesen geheimen Eichkatern die Lorbeeren zu überlassen.“ Damit hatte Pincetta die ungeteilte Aufmerksamkeit seiner Kollegin.
„Was, gibt’s einen Durchbruch? Erzähl schon!“ MMS war ob des permanenten Schlafmangels ein wenig ungeduldig.
Pincetta erzählte ihr von Peggy Pietsch, deren Verhältnis zu Lars Findeklee und über dessen eifersüchtige Ehefrau. „Dieser Spur sollten wir auf jeden Fall mal nachgehen. Rein routinemäßig natürlich.“
„Schön. Aber irgendwie beschleicht mich das dumpfe Gefühl, dass du mir was verheimlichst. Woher weißt du das alles? Ich gehe mal nicht davon aus, dass Frau Findeklee als Mitarbeiterin auf der Liste steht, oder?“
„Das spielt doch keine Rolle!“ Pincetta wollte vermeiden, seiner Kollegin die wahre Quelle der Information zu nennen. Er vertraute ihr zwar, aber gewisse Dinge musste sie dennoch nicht wissen.
„Und ob es das tut. Wir können nicht so mir nichts dir, nichts eine Firmenchefin aufsuchen, ihr derart auf den Zahn fühlen und dann noch unterschwellig andeuten, sie habe etwas mit dem Attentat zu tun. Ich habe jedenfalls keinen Bock darauf, dass Praxenthaler uns deswegen suspendiert.“
„Das wird nicht passieren!“
„Und wieso nicht?“
„Ganz einfach! Weil wir es ihm vorher sagen.“
„Okay! Aber dann sagst du mir vorher, woher die Information stammt. Ich habe nämlich keinen Bock darauf, wie Lieschen Blöd von nichts zu wissen.“

„Yesim Arslan. Sie hat es mir erzählt."
Auf MMS' Gesicht erschien ein fettes Grinsen. „Etwa *die* Yesim Arslan?"
„Nicht, was du denkst. Ich bin doch jetzt verheiratet und Vater."
Pincetta fühlte sich peinlich ertappt.
Doch die Antwort seiner Kollegin überraschte ihn.„Hoffentlich hat es Spaß gemacht mit ihr! Meinen Segen hast du jedenfalls. Deine Olle hat es nicht anders verdient, die hat dich doch auch beschissen. Noch dazu mit deinem Cousin. Falls du mal ein Alibi brauchst, lass es mich wissen. Und jetzt komm, lass uns Egbert einweihen und dann fahren wir zu Praxenthaler."

Kapitel 36

Auch wenn der Chef der Mordkommission die Theorie um Frau Findeklee etwas weit hergeholt fand, war er dafür, dass man der Sache nachging, Wenig später stand das Ermittlerteam in Praxenthalers Büro. Auch dieser zeigte sich erfreut über die vermeintlich heiße Spur: „Worauf warten Sie noch? Fahren Sie zu dieser Sigrid Findeklee und falls es Probleme gibt, rufen Sie mich an. Ich werde ihr dann schon ein paar Takte sagen. Endlich geht's voran."
Keine zwanzig Minuten später hatte das Ermittlerduo das Firmengelände FIN DE KLEE erreicht. Den knallroten Alfa Romeo parkten sie auf einem der freien Parkplätze der Geschäftsführung und begaben sich zum Empfang, wo sie von einer rothaarigen Brillenträgerin schnippisch angeblafft wurden.
„Sie stehen mit Ihrem Fahrzeug auf dem Parkplatz des Chefs. Das sieht der gar nicht gerne. Stellen Sie also bitte sofort den Wagen da weg. Das Schild mit dem Abschleppsymbol haben Sie ja wohl gesehen."

Pincetta zog seine Kriminalmarke aus der Hosentasche und hielt sie ihr vor die Nase. „Wir sind von der Mordkommission."
„Und wenn Sie der Kaiser von China wären. Das ist der Parkplatz vom Chef und wenn Sie nicht sofort …"
Bevor die drahtige Mittvierzigerin weiterzetern konnte, stieg Sigrid Findeklee aus dem gläsernen Aufzug und mischte sich ein. „Ist schon gut, meine Liebe. Ich kümmere mich darum."
Die Rothaarige verstummte sogleich, setzte sich wieder vor ihren Computer und tippte weiter auf der Tastatur.
Die Firmenchefin stellte sich vor, die Beamten taten es ihr gleich.
„Mordkommission? Hier ist niemand tot oder ermordet worden. Sind Sie sicher, dass Sie sich nicht in der Adresse geirrt haben?"
Pincetta ließ sich von ihr nicht provozieren. „In diesem Wurstladen sind wir schon richtig. Es geht um eine Peggy Pietsch. Möchten Sie das mit uns hier in der Lobby besprechen?
„Peggy wer?"
„Frau Findeklee, nochmal in aller Diskretion: Es geht um die Geliebte Ihres Mannes. Und wenn Sie das hier nicht besprechen wollen, dann führen uns hier irgendwo hin, wo wir ungestört reden können."
„Ich verstehe nicht. Ist sie tot?"
„Jetzt verstehen wir uns. Sie wissen also, über wen wir hier sprechen?!" Pincetta hatte seinen italienischen Charme gänzlich abgeschaltet. Er wollte aber auch gar nicht verbergen, dass er Sigrid Findeklee nicht sonderlich mochte. Ältere Frauen in dunklen Geschäftsoutfits und dauergewellte Fönfrisuren waren nicht unbedingt seins. Wenn sie ein Mann gewesen wäre, hätte sie garantiert jeden Freitag eine Domina aufgesucht und sich ordentlich durchpeitschen lassen, um wieder auf den Boden der Tatsachen zu kommen. Dieser Gedanke gefiel Pincetta.

„Brauche ich einen Anwalt?“, fragte Sigrid Findeklee.
„*Das* können nur Sie allein wissen. Eigentlich wollen wir Ihnen nur ein paar Fragen stellen.“
Die Firmenchefin entschied sich spontan, ohne einen Anwalt mit den beiden Ermittlern zu sprechen und nahm sie mit in ihr Büro.

MMS setzte sich auf einen der bequemen Freischwinger ohne Lehne. „Ist denn Lars Findeklee auch im Hause?“
„Mein Mann ist heute Morgen vom Düsseldorfer Flughafen aus nach Japan geflogen, um morgen Mittag Ortszeit eine Rinderherde zu kaufen. Ich erwarte ihn aufgrund der siebenstündigen Zeitverschiebung daher erst Samstagmittag zurück.“
Pincettas Neugier war geweckt. „Ihr Mann fliegt nach Japan, um eine Rinderherde zu kaufen? Gibt’s hier nicht genügend Rinder? Und wie um alles in der Welt transportiert man eine ganze Herde hierher?“
Sigrid Findeklee setzte zur Erklärung an. Plötzlich wähnten sich die beiden Ermittler mitten in einem Verkaufsgespräch. „Sie haben ja Vorstellungen, junger Mann. FIN DE KLEE fasst gerade Fuß auf dem Markt mit dem edlen Fleisch des Kobe-Rindes. Kobe Beef aus Japan gilt als das beste Fleisch der Welt. Mit seiner unikalen Fettmarmorierung, seinem einzigartigen, leicht nussigen Geschmack und seinem zartgliedrigen Gewebe ist es weltweit und auch hier in Deutschland ein begehrtes Luxusprodukt. Mit Stolz kann FIN DE KLEE nun damit werben, echtes Kobe Beef von reinrassigen, in Kobe aufgewachsenen und geschlachteten Kobe-Rindern anbieten zu können. Und um Ihre zweite Frage zu beantworten: Das Fleisch wird mit dem Schiff in Containern nach Bremerhaven gebracht, verzollt und kommt anschließend hier in die Produktion.“ Sigrid Findeklees Augen glänzten.

Pincetta wollte der blöden Alten partout nicht zustimmen. „Ach so. Wer's braucht. Also, mir reicht das Hackfleisch vom Aldi für meine Bolognese. Kostet auch etwas weniger."
Sein Gegenüber rollte die Augen. „FIN DE KLEE richtet sich eben ausschließlich an Kunden mit Geschmack und Qualitätsbewusstsein. Und was ist nun mit dieser Petra Pietsch? Ist sie tot oder warum ermittelt die Mordkommission?
„Nein, *Peggy* Pietsch ist nicht tot, aber irgendwie werde ich das Gefühl nicht los, dass Sie sie gern unter der Erde sehen würden. Sie haben nun schon zum zweiten Mal gefragt, ob sie tot ist. Können Sie uns das erklären? Vorhin haben Sie so getan, als wenn Sie noch nicht mal wüssten, von wem wir überhaupt sprechen."
Sigrid Findeklee atmete tief durch, goss sich einen Whiskey ein und stürzte ihn in einem Schluck runter. „Möchten Sie auch einen?"
Die beiden Ermittler lehnten dankend ab.
„Also schön!", setze sie von Neuem an. „Ich glaube zwar nicht, dass ich Ihnen das überhaupt sagen muss. Oder würden Sie gerne anderen gegenüber zugeben, dass Ihre Frau ständig fremdgeht?" Natürlich ahnte Frau Findeklee nicht, dass sie hiermit bei Pincetta in ein Wespennest stach. „Aber Sie haben Recht. Diese Frau und mein Mann… Sie wissen schon. Wahrscheinlich bin ich selber schuld daran. Ich bin eben als Geschäftsfrau oftmals 16 Stunden im Büro. Danach falle ich nur noch ins Bett und habe keine Lust mehr, noch die hingebungsvolle Ehefrau zu mimen. Es hat sich dann schleichend entwickelt, dass mein Mann auch andere Frauen aufsucht. Letzten Endes ist es mir irgendwie auch egal. Auf irgendwelche Eifersüchteleien oder pressewirksamen Scheidungsprozesse lege ich keinen Wert. Lars und ich haben uns arrangiert. Ich lasse ihm seine Freiheiten. Er ist in der Blüte seines Lebens und braucht es eben mehr als ich.

Vielleicht wäre alles anders geworden, wenn ich schwanger geworden wäre. Aber ich kann keine Kinder kriegen."

MMS hakte nach. „Heißt das, Peggy Pietsch ist nicht die Erste?"

„Habe ich mich nicht deutlich genug ausgedrückt? Ich dachte, bei der Polizei bräuchte man einen gewissen IQ."

Pincettas italienisches Temperament drohte schon wieder zum Vorschein zu kommen, aber MMS wollte ihr diese Plattform nicht bieten. Sie spielte den Ball schlagfertig zurück. „Dann verraten Sie uns doch, weshalb es bei ihr anders ist, als bei den vielen Vorgängerinnen."

„Ich habe keine Ahnung, was Lars an ihr so toll findet. Aber sie ist bisher die Einzige, von der ich weiß, dass er so lange mit ihr …"

„Aber ist das nicht im Grunde egal? So von Frau zu Frau gefragt?"

„Nein! Mit diesem Weibsbild ist es anders. Das spüre ich. Lars ist mir gegenüber richtig abweisend geworden. Und das Schlimmste ist, er lässt sogar wichtige Termine wegen ihr sausen. Das geht doch wohl gar nicht!"

Pincetta hatte sich wieder unter Kontrolle. „Und deswegen waren Sie dann bei ihr und haben ihr gedroht?"

„Was? Wer erzählt so einen Blödsinn? Ich habe ihr doch nicht gedroht. Auf solch ein Niveau lasse ich mich nicht herab. Wenn es um mein Geschäft geht, kann ich vielleicht schon mal hart werden, aber jemanden bedrohen? Nein, das wäre nicht mein Stil. Ich war bei ihr und habe ihr Geld geboten, damit sie Lars nicht mehr trifft. Wie schon gesagt, meine Firma und mein Leumund gehen mir über alles."

Geld? Davon war bisher keine Rede. Pincetta wollte es genau wissen. „Wie viel haben Sie ihr denn geboten?"

„10.000 Euro!"

„Und wie hat sie darauf reagiert?"

„Sie hat mich ausgelacht und gemeint, dass ich mir das Geld sonst wo hinstecken könnte. Diese lächerlichen 10.000 Euro seien nichts im Vergleich zu dem, was Lars ihr versprochen hätte."

„Ach! Und was?"

„Keine Ahnung. Sie hat die Tür zugeknallt und ich habe sie nur noch lachen gehört. Da bin ich gegangen."

Pincetta kommentierte, dass Sigrid Findeklee soeben ein glasklares Mordmotiv genannt hatte: „Eifersucht! Wissen Sie was, Frau Findeklee? Leute haben schon für weniger gemordet."

„Herr Kommissar, kommen Sie mir doch nicht so blöd. Als ob ich so was nötig hätte. Ich habe selbstverständlich vorgesorgt, so wie es sich für eine Geschäftsfrau gehört. Wir haben einen Ehevertrag. Falls Lars mich also tatsächlich verlassen würde, stünde er ohne einen Cent da. Machen Sie sich also lieber Sorgen um meine Sicherheit, denn mein Mann ist Alleinerbe."

„Wie dem auch sei: Wann war das, als Sie bei Peggy Pietsch gewesen sind?"

„Keine Ahnung! Vor einer Woche ungefähr."

„Dann hatten Sie doch genügend Zeit für diesen Anschlag, um die Geliebte auf spektakuläre Weise zu entsorgen."

Sigrid Findeklee ging darauf nicht ein. „War es das jetzt oder sollte ich doch noch meinen Anwalt anrufen? Sie wissen ja, wie Sie rauskommen. Ich habe jetzt einen *wichtigen* Termin. Und sollten Sie noch Fragen haben, machen Sie bitte bei meiner Sekretärin einen Termin. Heute hatten Sie einfach Glück, dass ich gerada die paar Momente Zeit hatte. Auf Wiedersehen!"

Als das Ermittlerduo wieder im Alfa Romeo saß, dachte Pincetta laut vor sich hin. „Natürlich könnte sie es gewesen sein, oder zumindest jemanden beauftragt haben. Aber so richtig passt das nicht zusammen."

„Du hast keine Ahnung, wozu Frauen fähig sind, mein Lieber." MMS grinste ihn an. „Ich würde sie hier und heute noch nicht abhaken. Dafür war die mir viel zu glatt."

Kapitel 37

Martin Hick hatte sich mittlerweile genügend Mut angetrunken. Nachdem er sich vor lauter Anspannung noch einen runtergeholt hatte, machte er sich auf den Weg. In seinem Rucksack lag der Sprengkörper, den er gegen ungewollte Anstöße in zwei Handtücher eingewickelt hatte. Ihm war das Risiko einer frühzeitigen Detonation einfach zu groß. Er hatte schließlich nicht vor, sich selbst zu verletzen.

An der nächsten Haltestelle stieg er in die Straßenbahn und kam Station für Station seinem Ziel näher. Über seine Kopfhörer dröhnte überlaute Musik der *Neuen Deutschen Härte* in seine Ohren. Ohne auf sein Umfeld zu achten sang er nahezu jede Textzeile grölend mit. Falls Leute ihn deshalb missbilligend anschauten, zeigte er ihnen den Stinkefinger. Für Martin Hick waren es eh alles Untermenschen, die sich einer illegitimen Regierung unterordneten und nichts gegen die Invasion unternahmen.

Weil er mit dem Rücken zur Fahrtrichtung saß, bemerkte er nicht, dass an der nächsten Haltestelle eine gemeinsame Aktion von der Polizei und den Kölner Verkehrsbetrieben stattfand.

Als der Kontrolleur hinter ihm stand und um den Fahrausweis bat, konnte er aufgrund der überlauten Musik nichts hören. Der Kontrolleur tippte ihm auf die Schulter. Wie von der Tarantel gestochen sprang Hick von seinem Sitz auf und schlug unvermittelt zweimal hintereinander mit der Faust ins Gesicht des

Fahrausweisprüfers – so, wie er es unzählige Mal vorm Spiegel trainiert hatte.
Erst jetzt erkannte er seinen Fehler. Sofort stürmten zwei Polizeibeamte heran und rissen ihn gekonnt mit einem asiatischen Kampfgriff in die Bauchlage. Martin Hick schrie vor Schmerzen, als er unsanft mit den Knien aufschlug und sein Kopf auf dem verstaubten Boden der Straßenbahn fixiert wurde. Erst nach einigen Momenten konnte er wieder etwas sagen: „An eurer Stelle wäre ich ein bisschen vorsichtiger, ihr Scheißbullen!"
„Halt den Mund! Du kannst jetzt erstmal die Nacht in der Zelle verbringen. Fährst hier voll besoffen durch die Gegend und schlägst unschuldige Leute!"
„Ich sag's nur noch einmal: Wenn ihr Typen weiter an mir rumzerrt, kann ich nicht dafür garantieren, dass es nicht gleich *bumm* macht!"
„Ja, ist klar! Hast wohl neben Bier noch den Zaubertrank von Miraculix getrunken. Lass mal gut sein jetzt. Das bringt doch nichts. Reicht dir die eine Anzeige wegen Körperverletzung noch nicht?"
„Ihr seid ja so dämlich. Ich habe eine Bombe in meinem Rucksack. Und die reagiert sehr empfindlich. Also?"
Bei dem Wort Bombe reagierten die Beamten blitzschnell. Sie sprangen auf, zogen ihre Waffen und richteten diese auf Martin Hick. Gleichzeitig forderten sie die Kontrolleure auf, die Bahn zu verlassen und die Türen zu schließen. Sie sollten alle Fahrgäste sofort möglichst weit von hier wegbringen.
Martin Hick stützte sich auf seine Hände und versuchte sich hochzurappeln. Der jüngere der beiden Beamten schrie ihn an: „Sofort liegenbleiben und keine Bewegung. Sonst wird geschossen!"
Martin Hick ignorierte die Aufforderung und machte weiter Anstalten aufzustehen. Plötzlich peitschte ein ohrenbetäuben-

der Knall durch die Luft. Augenblicklich trat Blut aus einem kleinen Loch auf Hicks rechtem Hosenbein. Während der Angeschossene wie am Spieß schrie, zog der ältere Beamte unter Feuerschutz den Rucksack von dessen Rücken und stellte ihn behutsam zur Seite.

„Ihr Schweine habt auf mich geschossen! Ich verblute! Ich brauche einen Arzt! Ich sterbe … Aaaah!“

„Bleib einfach ruhig liegen und drück die Hand drauf. Hilfe ist unterwegs.“ Der jüngere Beamte meldete den Notfall und den Schusswaffengebrauch der Leitstelle.

Aufgrund der Nähe zum Krankenhaus war der Notarzt in weniger als fünf Minuten vor Ort und versorgte die Schusswunde. Zum Glück für Martin Hick war es ein glatter Durchschuss, weder der Knochen noch die Schlagader waren getroffen. Mit bleibenden Schäden war nicht zu rechnen.

Während Hick mit einem Rettungswagen unter Bewachung ins Krankenhaus gebracht wurde, erschien Ulla Schiefer an der Haltestelle. Mit ihrer Kriminalmarke verschaffte sie sich Zutritt bis zur Bahn, bis sie vor den Beamten stand.

„Wer sind Sie und was wollen Sie hier? Dies ist ein Tatort und hier hat niemand Zutritt.“

„Sehr gut, Kollege. Mein Name ist Schiefer, Staatsschutz. Soweit es hier um einen Martin Hick geht, sind wir zuständig. Das heißt, ich übernehme jetzt.“

Der ältere Beamte wollte noch einen Einwand erheben. „Moment, wir …“

„Nix Moment! Der Staatsschutz übernimmt. Wo ist der Rucksack, in dem der Sprengsatz sein soll?“

Der Beamte zeigte wortlos in die Richtung.

„Gut! Martin Hick wird bewacht, wenn er aus dem OP kommt?“

„Ja, das ist schon geregelt.“

„Na dann, meine Herren, vielen Dank für die Unterstützung. Schreiben Sie zu all dem hier Ihren Bericht. Ich erwarte diesen in einer Stunde auf meinem Schreibtisch. Sie können dann jetzt gehen.“

Die Beamten machten sich etwas frustriert auf den Weg, als Ulla Schiefer noch ergänzte: „Gute Arbeit! Richtig gute Arbeit! Toll reagiert und, wie es scheint, viele Leben gerettet. Ich werde das persönlich dem Polizeipräsidenten und dem Staatsanwalt sagen. Die Sache hier wird definitiv für euch kein Nachspiel haben, das verspreche ich, eher eine Belobigung.“

Kurz nachdem die beiden nun wieder besser gelaunten Beamten die Bahn verließen, kamen die beiden sonnenbebrillten Mitarbeiter von Ulla Schiefer herein.

„Martin Hick wurde angeschossen und in dem Rucksack da vorne soll ein Sprengsatz sein“, unterrichtete sie Ulla Schiefer. „Hat dieser Vollpfosten jedenfalls selbst gesagt. Darum kümmere ich mich. Zündel vom LKA ist auch schon auf dem Weg hierher.“

„Und was sollen wir machen?“

„Ihr fahrt natürlich zu Hicks Wohnung und stellt dort alles auf den Kopf. Wer weiß, was der dort noch alles bunkert. Und organisiert euch noch einen Sprengstoffspürhund.“

„Brauchen wir dafür nicht einen Durchsuchungsbeschluss?“

„Darum kümmere ich mich, den besorge ich gleich mündlich. Jetzt fahrt endlich. Das ist endlich die Chance, auf die wir gewartet haben, um diesen FDK-Leuten ein für alle Mal das Handwerk zu legen. Hick ist schließlich ein Handlanger von Zuckermann. Das werden wir schön pressewirksam lancieren. Vielleicht finden wir bei ihm in der Bude ja Beweise zu dem Anschlag von vorgestern.“

Kapitel 38

Als die beiden Ermittler Hicks Wohnung betraten, waren sie von der Einrichtung zunächst nicht sonderlich überrascht. An fast jeder Wand hing ein Portrait von Adolf Hitler und der Fliesenspiegel im Bad war ein riesiges Hakenkreuzsymbol.
Als sie die versiffte Hakenkreuz-Bettwäsche sahen, das Antlitz des Führers auf dem Kopfkissen sowie die Barbie-Hitler-Figur auf dem Nachttisch, mussten sie allerdings doch lachen. Wahrscheinlich gab dieser durchgeschossene Hick der Figur jeden Abend einen Gutenachtkuss!
Sie hoben die Figur an, um das zusammengefaltete Blatt darunter lesen zu können. Nach den ersten Sätzen verfinsterten sich ihre Mienen wieder. Es handelte sich um einen anonymen Brief mit volksverhetzendem Inhalt an die Nordrhein-Westfälische Landesregierung, in dem dieser unter anderem vorgehalten wurde, dass der doofe Steuerzahler Milliarden Euro für die „Wirtschaftsflüchtlinge“ berappen müsse, nur um diesen ausländischen Schmarotzern ein Leben im Schlaraffenland zu ermöglichen. Wenn das so weiterginge, gäbe es keine andere Möglichkeit, als die Konzentrationslager wieder zu eröffnen. Am Ende standen die Worte „Mein Vaterland erwache und wehre sich“. Die Ermittler schauten sich an und schüttelten verständnislos die Köpfe.
Bei der weiteren Durchsuchung wurden die Beamten schnell fündig, ohne sich groß anstrengen zu müssen. Auch der Sprengstoffspürhund wusste nicht so recht, wo er zuerst anzeigen sollte. Die dreckige Wohnung glich einem Waffen- und Sprengstoffarsenal. Hick hatte sich in seinen vier Wänden offenbar sehr sicher gefühlt. Die Ermittler fanden mehr als ein halbes Dutzend Selbstlaborate und diverse Behältnisse mit explosivverdächtigen Inhalten, die teilweise schon gemischt waren.

Nachdem Peter Zündel den Sprengkörper in der Straßenbahn gesichert hatte, war er unter Begleitung eines Streifenwagens, der mit Blaulicht und Martinshorn den Weg freimachte, ebenfalls zu Hicks Wohnung gefahren. Seiner ersten Einschätzung nach befanden sich unter den Chemikalien hochexplosive Stoffe. Er ließ kurzerhand das betroffene Wohnhaus und die benachbarten Gebäude evakuieren.
Neben fertigen, einfallsreichen Spreng- und Brandvorrichtungen, einigen Litern Wasserstoffperoxid sowie Teilen eines Scharfschützengewehrs wurden gezählte 150 Schuss 9 mm Munition gefunden und sichergestellt. Auf dem Zigarettenhügel des Wohnzimmertisches fanden die Ermittler sogar noch eine angekokelte Rechnung über 3,5 Liter Wasserstoffperoxid, die Hick offenbar aus dem Internet bezogen hatte.
Nachdem die Explosivstoffe unter Zündels Aufsicht in speziellen Behältnissen gesichert worden waren, wurde die Evakuierung beendet. Die betroffenen Bewohner zeigten sich sehr dankbar. Ihnen war natürlich nicht bewusst gewesen, in welcher Lebensgefahr sie sich befunden hatten.
Ulla Schiefer, die das Aufwachen aus der Narkose von Martin Hick nicht erwarten konnte, freute sich schon darauf, ihm den Haftbefehl wegen des Verdachts der Vorbereitung eines Anschlags zu verkünden. Möglicherweise würde sich Praxenthaler diesen Spaß aber nicht entgehen lassen und selbst am Krankenbett stehen, im Schlepptau einen Tross von Medienvertretern.

Kapitel 39

Nachdem Pincetta und MMS das Firmengelände von Sigrid Findeklee verlassen hatten, wählte diese die Rufnummer von Dr. jur. Löwenstein. Der 87-jährige Firmen- und Familiennotar praktizierte trotz seines hohen Alters immer noch täglich in seinem Büro. Aufgrund ihrer langjährigen, geradezu freundschaftlichen Geschäftsbeziehung zu dem betagten Jurist hatte Sigrid Findeklee natürlich seine direkte Durchwahl und musste sich nicht mit einem seiner patzigen Vorzimmerdrachen herumschlagen.
Sie bekam sofort einen Termin und machte sich auf den Weg zu seinem Notariat. Niemand, der das Büro des Juristen jemals betreten hatte, hätte übersehen können, dass sich in diesem Gebäude einst eine Apotheke befunden hatte. Löwenstein hatte seinerzeit alles so belassen, wie es war, und so säumten dunkle Apothekerschränke und Vitrinen mit Schubladen und Glastüren die Wände. Jeder einzelne Schrank war vollgestellt mit eng- und weithalsigen Braun- und Weißglasflaschen in den verschiedensten Größen. Selbst auf den beiden großen Schaufensterscheiben stand noch „Apotheke Löwenstein". Lediglich auf der Messingtafel draußen am Eingang befand sich ein Hinweis, dass man vor einem Notariat stand. Löwenstein hatte sich längst daran gewöhnt, dass ständig jemand hereinkam und verdutzt bemerkte, dass es hier gar keine Medikamente zu kaufen gab.
Der Notar sprang regelrecht auf, als Sigrid Findeklee hereinkam. Mit beiden Händen bügelte er seine Hosenbeine glatt, ging auf sie zu, verbeugte sich, griff ihre rechte Hand und küsste den Handrücken. Seine Frisur, welche der eines amerikanischen Präsidenten glich, rutschte ihm dabei in die Augen. „Grüß Gott, gnädige Frau. Willkommen in meiner bescheidenen Kanzlei. Darf ich Ihnen etwas zum Trinken anbieten? Kaffee, Tee, Wasser, Orangensaft?"

„Nein danke! Vielleicht später. Ich würde lieber gern direkt zu der Angelegenheit kommen, wegen der ich Sie angerufen hatte. Haben Sie alles vorbereitet?“

Ganz Gentleman schob Löwenstein ihr den bequemen Sessel zurecht. Dann ging er um seinen antiken Bürotisch herum und nahm ihr gegenüber Platz. „Sehr wohl, Verehrteste.“ Er schob ihr eine zweiseitige Erklärung über den Tisch und wartete, bis sie die zweite Seite gelesen hatte. „Ist es so recht, Frau Findeklee?“

Sie nickte und bat um einen Stift für die Unterschrift. „Und es ist wirklich sicher, dass mein werter Ehemann keinen Cent bekommt, wenn ich das Zeitliche segne?“

„Ganz sicher, verehrte Frau Findeklee. Sie haben ja schon den Ehevertrag, der besagt, dass Ihr Mann nichts bekommt, sofern er sich von Ihnen scheiden lassen würde. Aber mit diesem Testament geht Ihr gesamtes Firmen- und Privatvermögen an die gewünschte Stiftung. Sie nutzen hier den Grundsatz der sogenannten Testierfreiheit. Ihr, wenn Sie mir die Bemerkung erlauben, vielleicht künftiger Ex-Gatte, wäre so arm sein wie die sprichwörtliche Kirchenmaus. Jedenfalls im Vergleich zu jetzt. Abgesehen von einem kleinen Pflichtteil und dem Zugewinnausgleich, aber das können wir leider nicht gänzlich verhindern.“

„Dann ist es eben so.“

Vor der Unterschrift las Dr. Löwenstein ihr gewissenhaft nochmal das gesamte Dokument vor.

„Herzlichen Dank, meiner lieber Herr Löwenstein. Wie gewohnt diskret und perfekt. Schicken Sie die Rechnung wie immer zu meinen Händen.“

„Sehr wohl, gnädige Frau.“

Als die Firmenchefin das Notariat verließ, erhob sich der ältere Mann und machte eine Verbeugung.

Kapitel 40

„Du bist ein Schatz, Pino. Was hat sie gesagt?“
„Das erzähle ich dir nur, wenn du mich heute wieder einlädst. Ich bin den ganzen Tag schon dermaßen geil auf dich, dass ich es kaum aushalte. Ich muss pausenlos an dich denken.“
„Süßer. Du kannst sehr, sehr gerne heute wieder kommen“, antworte Yesim, nicht ohne Zweideutigkeit. „Ich musste auch den ganzen Tag an unsere letzte Nacht denken. Dieses kribbelige Gefühl habe ich viel zu lange vermisst. Aber wird deine Frau nicht langsam stutzig? Nicht dass du noch Ärger bekommst.“ Sie lachte. Im Grunde interessierte sie sich nicht im Geringsten für Pincettas Frau.
„Ich regele das. Ich erzähle ihr einfach, dass ich in der Sache wegen der Schussabgabe in der Straßenbahn noch arbeiten muss und rege mich total darüber auf.“
„Du machst das schon. Ich halte mich da raus. Wann kannst du bei mir sein?“
„So gegen acht?“
„Bestens! Bring uns ein Fläschchen Rotwein mit.“

Keine Stunde später wiederholte sich die Szene des gestrigen Abends im Wohnungsflur. Kein Wunder – Yesim hatte ihn mit roten Lippen, einem schwarzen String und halterlosen Netzstrümpfen erwartet. Sonst trug sie nichts.
Sie küssten und liebten sich. Pincetta genoss es in vollen Zügen. Dennoch ging ihm zwischenzeitlich durch den Kopf, dass es mit seiner Frau auch einmal so leidenschaftlich zugegangen war. Was war nur passiert? Er spürte ein schleichendes schlechtes Gewissen, obwohl seine Frau ihm zuerst fremdgegangen war.

Als sie später wieder erschöpft nebeneinander lagen, erzählte er Yesim von dem Gespräch mit Sigrid Findeklee. „Hast du sie eigentlich mal gesehen?"
„Nee, wieso?"
„So schlecht sieht sie im Grunde nicht aus. Sie ist zwar nicht mein Typ, mit ihrer Fönfrisur und ihrem Befehlston, aber irgendwie hat sie auch was."
„Aha, hmmh. Meine *Befehle* vorhin haben dir aber sehr wohl gefallen."
„Das ist ja was komplett anderes." Er grinste.
„Nun spann mich nicht so auf die Folter. Was hat die Alte gesagt?"
„Im Grunde gar nicht so viel. Sie hat aber zugegeben, dass sie bei deiner Freundin war."
„Und? Hat sie etwa abgestritten, dass sie ihr gedroht hat?"
„Und ob sie das hat. Sie will ihr stattdessen 10.000 Euro geboten haben, damit sie die Finger von ihrem Mann lässt."
„Was?" Yesims türkisches Temperament schien gerade mit ihr durchzugehen. Sie schlug mit der flachen Hand aufs Bett. „Davon hat mir Peggy kein einziges Wort gesagt!"
„Tja, dafür gibt es nur zwei Erklärungen. Entweder lügt die Findeklee – oder deine Peggy."
„Das glaube ich nicht. So abgezockt ist die nicht. Wenn du sie kennen würdest …"
„Yessi, mir war wichtig, herauszufinden, ob die Findeklee etwas mit dem Attentat zu tun haben könnte. Ich denke, das können wir getrost ausschließen. Außerdem halte ich es nicht für so unwahrscheinlich, dass Lars ihr das Blaue vom Himmel erzählt hat und sie deswegen die 10.000 Euro nicht wollte. Warum die Krümel nehmen, wenn sie doch mindestens ein großes Stück vom Kuchen haben kann? Wäre doch auch denkbar. Oder kennst du sie wirklich so gut, dass du das zu 1000% ausschließen kannst?"

„Nee, ich würde für niemanden die Hand ins Feuer legen. Auf jeden Fall werde ich nochmal mit ihr sprechen. Kannst du nicht mitkommen?“
„Yessi, ich halte das für keine gute Idee.“
Zärtlich, aber bestimmend ergriff sie seine Männlichkeit und hauchte ihm ins ins Ohr: „Und jetzt?“.
Pincetta hätte, wie vermutlich jeder andere Mann auch, in dieser Situation zu allem Ja und Amen gesagt.

Kapitel 41

Im rundum verglasten Forum des Polizeipräsidiums gab es schon fünfzehn Minuten vor der Pressekonferenz keinen freien Sitzplatz mehr. Vor dem Gebäude standen zahlreiche Übertragungswagen der verschiedenen Sender aus der Region und aus dem benachbarten Ausland.
Mit Foto- und Filmkameras, Notizblöcken und Diktiergeräten warteten die Medienvertreter gespannt auf die offiziellen Erklärungen von Polizei und Staatsanwaltschaft.
Hubert Praxenthaler hatte sich, selbst für seine Verhältnisse, für diesen Auftritt besonders in Schale geworfen und sah aus wie aus einem Katalog für teuerste Herrenbekleidung entsprungen. Auf den weiteren Plätzen saßen der Polizeipräsident, Egbert Elver und Ulla Schiefer.
Nachdem eine Mitarbeiterin der Pressestelle die Konferenz eröffnet hatte, übergab sie das weitere Grußwort an den Präsidenten. Im Anschluss hieran berichtete Praxenthaler, der es sich natürlich nicht nehmen ließ, die Ermittlungsergebnisse selbst zu präsentieren. Er hoffte, dass am morgigen Tag sämtliche Titelblätter sein Konterfei zeigen würden. Vielleicht würde er nun endlich die seiner Meinung nach längst überfällige Ernennungsurkunde zum Oberstaatsanwalt erhalten.

Tom Steinhuder meldete sich zu Wort. „Herr Staatsanwalt Praxenthaler, wenn ich das richtig verstanden habe, dann ist mit der Festnahme von Hick auch der Fall mit der Explosion vor dem Flüchtlingsheim aufgeklärt?"
„Ich gehe davon aus. Aber diese Frage gebe ich gern weiter." Er blickte in Richtung des Polizeipräsidenten, der die Zuhörer mit einem Kopfnicken an Ulla Schiefer verwies.
Sie räusperte sich. „Nun ja. Wünschenswert wäre es, aber dazu müssen wir noch chemische Untersuchungen des Landeskriminalamtes abwarten, Martin Hick ausgiebig vernehmen und seine Angaben auf deren Wahrheitsgehalt hin überprüfen."
Ein Raunen ging durch den Saal. Ohne dass ihm erneut das Wort erteilt wurde, fragte Steinhuder: „Heißt das jetzt ja oder nein? Gibt es denn Augenzeugen dafür, dass Martin Hick den Sprengsatz in dem Mülleimer deponiert und gezündet hat oder sind das hier nur Mutmaßungen des Staatsanwaltes?"
„In Martin Hicks Rucksack wurde ein Sprengkörper gefunden", erklärte Ulla Schiefer geduldig. „Er hat sich aber noch nicht dazu geäußert, was er damit konkret geplant hatte. Seine Wohnung gleicht jedoch einem Waffenarsenal, um nicht zu sagen einem Sprengstoffdepot. Augenscheinlich sprechen zwar alle Indizien dafür, dass er mit der Detonation vor dem Flüchtlingsheim in Verbindung steht, aber sicher ist auch, dass der von ihm mitgeführte Sprengsatz nicht ansatzweise die Sprengwirkung hätte entfalten können wie die Bombe im Mülleimer."
Steinhuder ergriff wieder das Wort. „Frau Schiefer, ist es denn richtig, dass dieser Hick zur FDK-Vereinigung gehört und diese schon länger im Visier des Staatsschutzes ist, nachdem dort vor der Explosion schon einige Brandsätze gezündet wurden?"
„Ob Martin Hick aktuell Mitglied bei den FDK ist, kann ich nicht sagen. Keine Ahnung." Sie zuckte mit den Schultern,

leicht irritiert darüber, dass Steinhuder offenbar über polizeiinternes Wissen verfügte.
„Aber es ist doch richtig, dass Sie schon einen Tag nach der Explosion den FDK-Funktionär Björn Zuckermann beim Staatsschutz befragt haben? Oder haben Sie davon auch keine Ahnung?"
Ulla Schiefer hatte keine Lust, als Sündenbock für die vorschnelle Pressekonferenz von Praxenthaler herzuhalten und spielte geschickt den Ball weiter: „Herr Steinhuder, Sie werden verstehen, dass *ich* zu laufenden Ermittlungen keine Angaben machen kann. Das darf nur die Staatsanwaltschaft."
„Dann gebe ich die Frage an den Herrn Staatsanwalt weiter."
Es wurde mucksmäuschenstill im Pressesaal. Alle Augen waren auf Praxenthaler gerichtet, der sichtlich unzufrieden mit dem Verlauf *seiner* Pressekonferenz war.
„Mein verehrten Damen und Herren. Fakt ist, dass am gestrigen Abend ein potentieller Attentäter mit einem Sprengsatz im Rucksack durch gute Polizeiarbeit festgenommen werden konnte. Inwieweit weitere Zusammenhänge zu anderen Taten bestehen, wird derzeit noch akribisch untersucht. Wir haben die besten Ermittler darauf angesetzt. Ich bin zuversichtlich, dass wir Ihnen baldmöglichst weitere Informationen geben können. Falls keine weiteren Fragen mehr bestehen, beende ich nun die Pressekonferenz und stehe Ihnen selbstverständlich für Einzelgespräche zur Verfügung. Vielen Dank für Ihr Erscheinen und Ihr Interesse. Auf Wiedersehen."

Als Ulla Schiefer den Raum verlassen wollte, fing Tom Steinhuder sie ab. „„Frau Schiefer, hat Martin Hick denn ein Alibi für die Zeit von 17:00 Uhr bis 17:30 Uhr am Tag des Anschlags?"
Die Ermittlerin blickte ihn mit großen Augen an.

Steinhuder war nicht sicher, ob sie nur bluffte oder ob sie wirklich nichts von den Beobachtungen des Collector-Schotten wusste.
„Jetzt sagen Sie schon, was Sie damit meinen! Wieso ausgerechnet dieses enge Zeitfenster? Was wissen Sie?“
„Ich helfe Ihnen, wenn Sie mir auch helfen. Quid pro quo! Was sagen Sie dazu?“
„Wollen Sie mich erpressen?“, fragte Ulla Schiefer wütend. Dennoch war sie ein wenig gespannt, was Steinhuder ihr vorschlagen würde.
„Keineswegs. Quid pro quo ist doch wohl eindeutig. Ich gebe Ihnen etwas und dann Sie mir. Was spricht denn aus Ihrer Sicht dagegen, wenn wir uns gegenseitig ein bisschen helfen? Noch ein wenig deutlicher formuliert: Ich schreibe noch nichts über das, was ich weiß und Sie vielleicht ja gleich auch wissen, und wenn es brauchbare Ermittlungsergebnisse gibt, wäre es doch nur fair, wenn der Kölner Stadt-Anzeiger als Erstes die Schlagzeile hat. Na, wie klingt das?“
Ulla Schiefer schüttelte den Kopf. „Wenn Sie Informationen haben, dann müssen Sie mir diese sowieso sagen. Das ist Ihre staatsbürgerliche Pflicht. Und wenn Sie nicht mir reden, dann eben mit dem Staatsanwalt. Na, wie klingt das?“
Steinhuder grinste. „Wie komisch. Was glauben Sie, wie oft ich mir das schon anhören musste. Aber ich muss gar nichts, das wissen Sie ganz genau. Also halten Sie mich bitte nicht für so blöd, Frau Schiefer. Wie würden Sie denn reagieren, wenn ich Ihnen etwas über Quellenschutz und Pressefreiheit erzähle? Etwas mehr Professionalität hatte ich eigentlich bei einer Ermittlerin Ihres Kalibers vorausgesetzt.“
Die Staatsschützerin musste einsehen, dass Tom Steinhuder nicht ganz Unrecht hatte. „Also gut. Für mich hat die Aufklärung dieses Anschlags oberste Priorität und wenn Sie später als

Erster darüber berichten, soll es mir recht sein. Ist mir doch egal. Aber eins sage ich Ihnen: Sie bekommen von mir keine Interna oder Details. Und wenn das hier vorbei ist, dann ist auch unser Deal vorbei. Klar?"
Steinhuder war hocherfreut. „Klar! Dann haben wir also einen Deal?"
Ulla Schiefer nickte. „Ja, haben wir. Verraten Sie mir nun endlich, was es mit diesem Zeitfenster und Martin Hick auf sich hat?!"

Kapitel 42

Als Ulla Schiefer aus dem Aufzug der Uniklinik Köln stieg, hörte sie lautstarkes Gebrüll aus der Richtung, in der Martin Hicks Krankenzimmer lag.
„Du hast mir gar nichts zu sagen! Glaubst du, nur weil du eine Uniform trägst, habe ich Angst vor dir!?"
Als sie um die Ecke bog, sah sie die beiden Polizeibeamten, die Gernot Hick nicht in das Zimmer seines Bruders ließen. Mit erhobenen Fäusten drohte Hick zum Schlag anzusetzen.
„Stopp! Was soll die Scheiße?!", griff Ulla Schiefer ein.
Der Beamte und Gernot Hick schauten gleichermaßen in ihre Richtung. Siegessicher ergriff Hick das Wort. „Na endlich. Wurde auch Zeit, dass hier mal jemand auftaucht und diesen Typen sagt, dass sie mich endlich zu meinem Bruder lassen sollen!" Gernot Hick kannte Ulla Schiefer aus einem alten Ermittlungsverfahren.
„Herr Hick, ich werde nichts dergleichen tun. Meine Kollegen verhalten sich absolut korrekt, was ich von Ihnen aber nicht behaupten kann …"
„Ich will sofort zu meinem Bruder!" Hick trat näher und Ulla Schiefer konnte seine Alkoholfahne riechen. „Ich will sofort zu meinem Bruder. Ich will wissen, wie es ihm geht. Ihr habt nicht das Recht, mir das zu verweigern. Ich will …"

Nun fiel Ulla Schiefer ihm ins Wort. „Schluss jetzt mit dem Affentheater! Ihrem Bruder geht es den Umständen entsprechend gut. Sehen Sie das Krankenzimmer als Gefängniszelle an. Da können Sie auch nicht so rein- und rausspazieren, wie Sie Lust haben. Oder haben Sie das schon vergessen? Und jetzt gehen Sie, bevor ich meine Meinung ändere und meine Kollegen bitte, Sie in Handschellen abzuführen. Dann können Sie die nächsten Stunden gesiebte Luft atmen, bis sie wieder sozialverträglich sind." Mit starrem Blick wartete sie auf Hicks Reaktion.
„Sie hören von meinem Anwalt" Hick drängte sich an ihr vorbei und verschwand.
Ulla Schiefer betrat das Krankenzimmer.
„Was habt ihr mit meinem Bruder gemacht, ihr Schweine? Habt ihr ihm auch ins Bein geschossen?"
„Herr Hick, Sie können sich jetzt wieder beruhigen. Die Show ist vorbei und Ihr Bruder ist weg. Ich würde Ihnen nun gern ein paar Fragen stellen. Okay?"
Resigniert ließ er sich zurück aufs Bett fallen. „Was denn noch? Sie haben doch wohl den Silvesterknaller in meinem Rucksack gefunden oder nicht?"
„Eine Sache noch, Herr Hick. Wenn Sie wollen, dann kann ein Anwalt bei der Befragung dabei sein."
„Wegen des Knallers brauche ich ganz bestimmt keinen Anwalt."
Ulla Schiefer stutzte. War Martin Hick wirklich so dämlich und glaubte, seine Wohnung sei noch nicht durchsucht worden? Aber wenn er keinen Rechtsbeistand wollte – ihr war es recht.
„Was hatten Sie denn mit dem Sprengsatz vor? Und erzählen Sie nicht so einen Unfug, es handele sich dabei um eine Art Riesenchinaböller. Wenn Sie diesen Sprengkörper inmitten einer Menschenmenge gezündet hätten, dann hätte es unter Umständen Schwerverletzte gegeben, wenn nicht sogar Tote."

„Jetzt machen Sie aber mal einen Punkt, Frau Kommissarin. Ich bin doch nicht doof und plane, einen Silvesterkracher mitten in einer Menschenmenge zu zünden. Schon gar nicht, wenn ich in der Nähe bin. So bescheuert bin ich nun auch wieder nicht. Vielleicht hätte ich den Knaller auch nie gezündet. Wer weiß? Wissen Sie es?"
„Ich weiß nur, dass Sie für die Zündung der Bombe am Flüchtlingsheim letzten Montag für mich der Tatverdächtige Nummer Eins sind. Sie und Ihre FDK waren doch von Anfang an gegen dieses Heim."
„Das hätten Sie wohl gern, Frau Kommissarin! Mich als Sündenbock hinstellen, weil jemand das Richtige getan hat!" Er hielt einen Moment inne. „Träumen Sie weiter! Ich war es nicht, aber ich wäre es gern gewesen."
„Wo waren Sie denn am Montagnachmittag?" Ulla Schiefer wollte ihm aus ermittlungstaktischen Gründen keinen genaueren Zeitraum geben, war aber neugierig, ob man mit der Information von Steinhuder etwas anfangen konnte.
„Mist! Jetzt haben Sie mich erwischt." Nach einer kurzen Pause lachte er los: „Ätsch! Reingelegt! Da war ich bei der Physiotherapie. Wissen Sie, ich hab's im Rücken. Darf nichts Schweres heben. Deshalb habe ich auch beim Pinkeln immer Probleme."
„Sehr witzig! Wie ist der Name der Physiopraxis?"
Martin Hick gab ihr den Namen.
Bevor sie das Zimmer verließ, musste Ulla Schiefer aber noch etwas loswerden. „Sie können sich sicher denken, dass wir Ihre Wohnung durchsucht haben. Für den ganzen Krempel verpasst Ihnen der Staatsanwalt mal locker drei Jahre – ohne Bewährung. Aber bestimmt finden Sie einige Mithäftlinge, die Ihnen beim schweren Heben gern behilflich sind. Schönen Tag noch!"
Jetzt lachte Hick nicht mehr.

Kapitel 43

MMS wurde langsam ungehalten. „Wo verdammt nochmal willst du jetzt hin? Wir stecken inmitten einer brisanten Ermittlung und du willst mir nicht sagen, wo du jetzt hinwillst?"
„Jetzt reg dich doch nicht so auf", wiegelte Pincetta ab. „Das dauert auch nicht lang. Ich tue nur einer Freundin einen Gefallen."
„Geht's wieder um diese Geschichte mit Peggy Pietsch und dem Mann von der Findeklee?"
„Also schön, ja. Ich wollte mit Yesim kurz zu ihr. Um sie zu beruhigen."
„Zu beruhigen? Bist du jetzt unter die Wahrsager gegangen? Ich habe es dir gestern schon gesagt: Unterschätze die Frauen nicht! Du kennst die Findeklee doch gar nicht. Du hast nicht die geringste Ahnung, zu was sie fähig sein könnte."
„Aha! Und du kennst sie?"
„Nein, natürlich nicht! Aber wie kommst du darauf, dass du dieser Pietsch Entwarnung geben kannst?"
„Das sagt mir einfach mein Bauchgefühl."
MMS musterte ihren Kollegen. „Tja, bei dem Bauch kannst du ja gar nicht daneben liegen."
„Sehr witzig. Ich lache später."
„Weißt du was, Pino? Ich komme einfach mit."
„Das … das geht doch nicht. Wie sieht das denn aus? Nee, komm. Lass mal."
„Mir ist egal, wie das aussieht. Der Name Peggy Pietsch ist im Zusammenhang mit unseren Ermittlungen gefallen und wir waren deswegen bei dieser überheblichen Fleischtante. Da ist es ja wohl nicht zuviel verlangt, dass ich mir mal ein persönliches Bild von der Dame mache! Du hast ja wohl nicht vor, mit *deiner* Yesim unterwegs 'ne Nummer zu schieben, oder?"

Pincetta musste schlucken. Ihm war die ganze Sache sowieso schon peinlich genug. Aber er konnte es nicht verhindern. MMS hatte es sich nun einmal in den Kopf gesetzt. Keine halbe Stunde später waren sie zu dritt auf dem Weg zu Peggy Pietsch.

Kapitel 44

Ulla Schiefer hatte sich von der Uniklinik auf direktem Weg zur Physiopraxis gemacht, um das Alibi von Martin Hick zu überprüfen. Erst als sie nach einem Parkplatz suchte, wurde ihr bewusst, dass die Praxis nur wenige Straßen vom Anschlagsort entfernt lag.

Eine schlanke Frau mit langen, blondierten Haaren in Sportbekleidung fragte höflich mit russischem Akzent, ob sie denn überhaupt Auskunft geben dürfe oder ob das nicht unter die ärztliche Schweigepflicht fiele.

„Ich will ja gar nicht wissen, warum Sie Herrn Hick behandelt haben", antwortete Ulla Schiefer. „Ich muss lediglich wissen, wann er das letzte Mal hier war und wer das bezeugen kann. Außerdem hat er mir selbst diese Adresse hier genannt. Gehen wir also davon aus, dass dies auch von seinem Einverständnis gedeckt ist."

„Meinen Sie? Ich will keinen Ärger, wissen Sie."

„Jetzt gucken Sie doch bitte nach, dann sind Sie mich doch auch sofort wieder los."

„Na gut, wenn Sie das sagen. Sie sind ja schließlich von der Polizei." Einen Moment später hatte sie das Datum vorliegen. „Vergangenen Montag, 16:40 Uhr."

„Was heißt das denn konkret? War er um zwanzig vor fünf hier oder war da die Behandlung vorbei?"

„Unsere Termine dauern immer rund 20 Minuten. 16:40 Uhr heißt also in diesem Fall, dass die Behandlung so gegen 17:00 Uhr vorbei war."
„Moment! Dann wäre es möglich, dass er um kurz nach fünf die Praxis verlassen hat. Richtig?" Ulla Schiefer triumphierte innerlich.
Die Physiotherapeutin nickte.
Als Ulla Schiefer sich gerade zum Aufbruch erhob, öffnete sich die Tür des Behandlungszimmers 3. Heraus stakste ein hochgewachsener Mann mit Undercutfrisur, Lidschatten und langen Wimpern, der sich per Hand Luft zufächerte und mit übertrieben hoher Stimme verlauten ließ: „Hach, ist das heiß hier. Da verläuft mir ja die Tusche. Ich muss jetzt mal dringend Pipi." Mit gekonntem Hüftschwung machte er sich auf in Richtung Toilette. Während die Tür hinter ihm zufiel, hörte man draußen noch: „Ah, diese Schwüle bringt mich noch um ..."
Ulla Schiefers leicht amüsierten Gesichtsausdruck kommentierte die Physiotherapeutin mit: „Unser Igor. Ist ein richtiger Kuschelbär. Ein bisschen exaltiert, aber total lieb und vor allem zuverlässig. Viele der männlichen Patienten kommen nur wegen ihm in unsere Praxis. Aber auch die Frauen lieben ihn. Wenn Sie also jemals eine Physio brauchen ..."
„Vielen Dank, aber ich habe im Moment keinen Bedarf", sagte Ulla Schiefer und verließ die Praxis. In Wahrheit plagte sie schon seit Tagen ein wiederkehrender stechender Schmerz in der Lendenwirbelregion.

Kapitel 45

Björn Zuckermann genoss es in vollen Zügen, nur mit einem Tarzan-Lendenschurz bekleidet auf seinem Heimsolarium zu liegen. Zum Schutz seiner Augen hatte er sich eine rotglasige Solariumbrille aufgesetzt, zur Beschleunigung des Bräunungsprozesses seine blasse Haut mit einer duftenden Mango-Lotion eingerieben.

Wie er so dalag, schwelgte er in seinen Tagträumen, in denen auch Somporn eine Rolle spielte. Der schwergewichtige Funktionär konnte es kaum erwarten, sich wieder in dessen zarte, auf Wunsch aber auch mal harte Hände zu begeben. Somporn stellte mit ihm Dinge an, für die es noch nicht einmal einen Namen gab. Dieser junge Thai war jeden Cent wert.

Ein penetrantes Läuten riss Zuckermann jäh aus seinen Träumen. Seine verdammte Türklingel! Irgendwer klingelte immer und immer wieder. Wutentbrannt riss er den oberen Teil des Solariums hoch und stand auf. Dass er sich dabei am Deckel den Kopf stieß, verbesserte seine Laune kein bisschen. Zuckermann stapfte zur Tür und schrie in die Sprechanlage: „Wer klingelt da verdammt nochmal so bescheuert?"

„Björn, lass mich rein. Hier ist der Gernot. Die Bullen haben den Martin niedergeschossen und festgenommen!"

„Das weiß ich doch schon längst. Ich habe jetzt aber keine Zeit." Björn Zuckermann wollte schnellstens zurück, sein Sonnenbad beenden und weiter an die schönen Momente mit Somporn denken.

Gernot Hick gehörte aber trotz seiner diversen Gewalttherapien nicht zu der Sorte Mensch, die sich so einfach abspeisen ließ. „Jetzt drück endlich die verdammte Scheißtür auf oder soll ich sie eintreten und dir anschließend ein paar in die Fresse hauen?! Du hast die Wahl."

Zuckermann wusste, wozu Gernot fähig war. Also betätigte er den Türdrücker und ließ ihn rein.
Hick rannte die Treppen in die erste Etage hoch, musste aber beim Anblick von Zuckermann erstmal laut lachen. „Wie siehst du denn aus? Schwingst du dich in deiner Bude von Ast zu Ast? Und was ist das für eine bekloppte Brille?"
„Ich lag auf dem Solarium und intelligenterweise legt man sich da nicht bekleidet drauf. Du etwa?"
„Ich brauch kein Scheißsolarium. Und was riecht hier so komisch?"
„Das ist meine Sonnenlotion. Sonst noch was?"
„Ja! Zieh dir bitte diesen albernen Lendenschurz aus. Ich warte in der Küche und trinke ein Wasser. Und dann reden wir über Martin und eure geistreichen Pläne."
Zuckermann tat wie ihm befohlen. Wenige Minuten später stand er im Jogginganzug in der Küche. Wenn man es nicht besser wüsste, hätte man ihn jetzt für einen menschgewordenen Barbapapa halten können.
„So!", legte Gernot los. „Jetzt sag mir sofort und ohne Umschweife, was mein Bruder und du ausgeheckt haben, verdammte Scheiße!"
„Ich habe damit nichts zu tun. Meinst du im Ernst, dass ich so doof bin?! Diese Schiefer vom Staatsschutz wartet doch nur auf so was. Nee, mein Lieber. Frag am besten mal deinen durchgeknallten Bruder. Und bestelle ihm gleich schöne Grüße, dass er unserer Partei einen Bärendienst erwiesen hat. Dieser Idiot!"
Gernot ballte seine Hände zu Fäusten. „Soll ich dich wirklich schlagen? Willst Du das?"
„Jetzt nimm die Hände runter!" Björn Zuckermann bemühte sich um einen ruhigen Tonfall, machte sich aber insgeheim fast in die Hose. Vor Gernot hatte er schon immer Angst gehabt. Da konnte dessen Bruder gegen einstecken.

„Ich frage dich jetzt zum letzten Mal, Björn. Was weißt du über diesen Sprengsatz, den Martin dabeihatte? Was war der Plan? Und überleg gut, was du sagst. Sonst kann ich für nichts garantieren."

Zuckermann versuchte weiterhin, den eiskalten Hund zu spielen. „Und selbst wenn du mich jetzt umbringst, ich weiß es nicht. Capito?!"

Gernot Hick lief hochrot an. „Wenn mein Bruder mir etwas anderes erzählt, komme ich zurück und du kannst dein Testament machen! Und es wird definitiv nicht schnell gehen …"

Nachdem Hick die Wohnung verlassen hatte, drehte Zuckermann den Schlüssel zweimal um und legte die Sicherungskette vor. Sein Herz raste. Er setzte sich im Wohnzimmer auf die Couch und wählte die Nummer von Somporn.

Ulla Schiefer würde später auf der Telefonüberwachung zu hören bekommen, dass der junge thailändische Ladyboy zu Zuckermann nach Hause kommen solle. Er sei ein unanständiger Junge gewesen und müsse mal wieder erzogen werden. Zuckermann präparierte griffbereit neben seinem Bett schon mal die gepolsterten Hand- und Fußfesseln, den Ballknebel und das lederne Bondage-Nieten-Paddel.

Kapitel 46

Der Aufzug war alles andere als vertrauenerweckend. Pincetta fühlte sich unwohl in dem engen Innenraum des rappelnden Fahrstuhls. Unbemerkt von MMS streichelte er Yesims Hand. Als sich endlich die Fahrstuhltür öffnete, hatte er das Gefühl, als habe er die ganze Fahrt nicht geatmet. Fahrstühle waren einfach nicht seins. 14 Etagen für seinen untrainierten Körper aber auch nicht.

Yesim klopfte das vereinbarte Klopfzeichen: *Tock, tock tock tock, Tock* - kurze Pause - *Tock!*

Peggy Pietsch öffnete die Tür. Mit großen Augen schaute sie MMS und Pincetta an. „Wer sind die?"

„Das sind Frau Seibl und Herr Pincetta, meine Kollegen. Wir müssen mit dir reden, Peggy. Lässt du uns herein?"

Nach kurzem Zögern bat Peggy Pietsch die drei in die kleine Wohnung und führte sie ins Wohnzimmer. „Möchte jemand etwas trinken?"

Alle lehnten ab.

Dann ergriff Yesim das Wort: „Hör mal, Peggy. Kannst du mir und meinen Kollegen von der Mordkommission bitte nochmal erzählen, wie das war, als dich die Frau von Lars besucht hat?"

Peggy Pietsch starrte sie verunsichert an. „Mordkommission? Wieso Mordkommission? Was ist hier los? Ist irgendwas mit Lars?"

„Nein, Peggy. Mit Lars hat das nichts zu tun ..."

Pincetta mischte sich ein: „Der ist doch in Japan, um eine Rinderherde zu kaufen. Wissen Sie das etwa nicht?"

„Japan?"

„Peggy, das spielt doch jetzt keine Rolle. Klär das später mit ihm. Du hast mich gebeten, mich zu erkundigen, und das habe ich getan. Deswegen sind wir hier. *Du* hast doch die Frau von

Lars verdächtigt. Und ehrlich gesagt verstehe ich immer noch nicht so ganz, wieso."
Peggy Pietsch wiederholte zögerlich noch einmal ihre Geschichte, wie seinerzeit Sigrid Findeklee vor ihrer Tür gestanden und ihr gedroht hatte.
„Frau Findeklee hat uns aber gesagt, dass sie Ihnen 10.000 Euro angeboten habe," hakte MMS anschließend nach. „Können Sie uns dazu etwas sagen?"
„Kann sein, dass die Alte auch irgendwas von Geld gefaselt hat. Die hat so rumgebrüllt. Wie eine Irre. Ich habe dann gar nicht mehr zugehört. Keine Ahnung." Sie versuchte, den direkten Blickkontakt zu den dreien zu vermeiden.
„Na, hören Sie mal", bemerkte MMS, „das klingt jetzt aber gelinde gesagt ziemlich an den Haaren herbeigezogen."
„Wie jetzt? Wollen Sie mir etwa unterstellen, dass ich lüge?"
„Das habe ich nicht gesagt, aber Ihre Version weicht doch deutlich gegenüber der von Frau Findeklee ab."
„Aha! Und weil die so stinkreich ist und sich gewählt ausdrücken kann, glauben Sie natürlich ihr. Ich bin ja nur eine dumme Sozialarbeiterin."
MMS war sich nicht sicher, ob Peggy Pietsch das Gespräch absichtlich in diese emotionale Schiene bugsierte. Sie ging jedenfalls nicht auf diese Provokation ein. „Ich wäge nur die Fakten gegeneinander ab. Und die eine Version passt nicht zu der anderen. Das Einzige, was feststeht, ist, dass das Gespräch stattgefunden hat. Das ist Fakt 1. Und jetzt frage ich nochmal: War bei dem Gespräch Geld im Spiel oder nicht?"
Peggy haderte sichtlich mit sich. Nach wenigen Augenblicken knickte sie ein. „Die hat wohl gedacht, ich sei käuflich. Ich bin doch keine Nutte. Was denkt die sich?!"
MMS bedeutete ihr, weiterzureden.

„Die wollte, dass ich für 10.000 Euro den Lars vergesse und mich nie mehr mit ihm treffe. Sie hat gesagt, dass sei doch eine Menge Geld in meiner Situation. Dabei hat sie ganz abfällig an mir vorbei in meine Wohnung geschaut. So leicht wie ich zu haben wäre, fände ich sicher schnell jemand anderen, den ich ausnehmen könne."

„Na, und weiter?"

Peggy atmete tief durch. „Da habe ich gesagt, sie könne sich ihre Kohle in ihren fetten Arsch schieben und sich mal schön verpissen. Lars wird mich heiraten, da brauchen wir ihr Geld nicht."

„Und dann?" Auch Yesim wollte mehr wissen.

„Das war alles. Und dann ging ja die Bombe vor dem Heim hoch. Da muss man doch nicht Einstein sein, um eins und eins zusammenzuzählen. Oder?" Peggy Pietsch schaute in die Runde.

Pincetta wusste, dass er sich nun unbeliebt machen würde, aber diese kleine Bemerkung musste er unbedingt loswerden. „Sie wissen, dass die Findeklees einen Ehevertrag haben, wonach Lars mit leeren Händen dasteht, wenn er sich scheiden lässt, oder?"

Augenblicklich entglitten Peggy die Gesichtszüge. „Sie lügen doch! Das haben Sie sich ausgedacht! Lars will mich heiraten, das hat er mir immer gesagt!"

Diese Einfältigkeit machte Pincetta fassungslos. „Wissen Sie was? Ich gebe Ihnen jetzt mal einen kostenlosen Tipp. Am besten fragen Sie ihn danach, *bevor* Sie das nächste Mal mit ihm die Kiste springen. Sie tun mir echt leid. Ansonsten habe ich keine Fragen mehr."

MMS meldete sich zu Wort: „Ich habe aber noch eine Frage, Frau Pietsch. In der Anwesenheitsliste steht neben Ihrem Namen der Name Ihrer Kollegin, die bei dem Anschlag ums Leben kam. Hat das etwas zu bedeuten?"

Peggy rang immer noch sichtlich um Fassung. „Was für eine Liste? Wir tragen uns nur in ein System ein und fertig. Ich müsste da erst einen Blick drauf werfen, bevor ich etwas dazu sagen kann."
„Kein Problem. Dann rufen wir Sie an und Sie kommen ins Präsidium. Einverstanden?"
„Ja, sicher. Kein Problem."

Im Aufzug hielt Pincetta erneut die Luft an und klammerte sich unauffällig an Yesim Arslan. Sie kniff ihm in den Po und zwinkerte ihm zu.
Auf der Rückfahrt waren sich alle drei darüber einig, dass Peggy Pietsch ganz offensichtlich nicht richtig mitbekam, was eigentlich um sie herum passierte.
Yesim kannte ihre Freundin natürlich am besten. „Mir tut sie echt leid. Ich kann es ihr nicht verdenken, dass Sie sich so blauäugig in die Sache mit Lars gestürzt hat. Nach all der Scheiße, die sie mit Ronny durchmachen musste."
„Sollten wir uns mal mit diesem Ronny unterhalten?" fragte MMS in die Runde.
„Vergiss es", sagte Yesim. „Bei dem ist Hopfen und Malz verloren. Das ist ein gewalttätiges Mistschwein, der sich für andere nicht die Bohne interessiert."
„Na, das klingt doch vielversprechend. Wir sollten ihn mal aufsuchen. Schaden kann es jedenfalls nicht. Was meinst du, Pino?"
„Was soll's? Fahren wir zu ihm."
„Aber ohne mich!", meinte Yesim wie aus der Pistole geschossen. „Wenn der mich sieht, kann ich für nichts garantieren. Ich bin so eine Art rotes Tuch für ihn."
„Der wird dir schon nichts tun. Ich bin ja da." Pincetta schien einen halben Kopf größer zu werden.

„Komm, lass gut sein, mein Lieber. Das muss ich echt nicht haben. Außerdem habe ich heute noch was vor mit dir." Sie grinste ihn fett an.
MMS rollte mit den Augen. „Soll ich aussteigen oder schafft ihr es noch, euch bis heute Abend zu gedulden?"

Kapitel 47

Der „schöne Hubert" war nicht gerade begeistert, als Ulla Schiefer unangemeldet in sein Büro platzte und weitere Überwachungsbeschlüsse beantragte. Zumal er gerade damit beschäftigt war, seine Lackschuhe auf Hochglanz zu polieren.
„Frau Schiefer, welchen Sinn sollte es haben, wenn wir Martin Hicks Telefon abhören? Der kann nirgendwo hin. Meines Wissens liegt der noch gehunfähig am Tropf im Krankenhaus und nebenbei bemerkt hat der gute Mann kein Handy." Praxenthaler war aufgrund der Situation in der Pressekonferenz noch immer nicht sonderlich gut auf sie zu sprechen.
„Aber der …"
„Nix aber! Es gibt keinen weiteren Beschluss. Die Überwachung von Zuckermann wird auch nicht mehr verlängert. Martin Hick ist der Attentäter und wird deswegen angeklagt. Beschaffen Sie mir lieber noch mehr Beweise, anstatt sich hier in andere Dinge zu verstricken. Und wenn sonst nichts ist – ich habe was Wichtiges zu erledigen, Frau Hauptkommissarin".
Mit dem überheblichen Blick des Staatsanwaltes im Nacken verließ sie sein Büro und wünschte ihm die Pest an den Hals. Sie wusste auch schon, wie sie nun vorgehen würde. Praxenthaler würde durchdrehen, wenn er von ihrem Alleingang erführe, aber am Ende heiligte der Zweck die Mittel.
Ulla Schiefer fuhr zurück ins Präsidium.

Kapitel 48

Mit schlabberiger Jogginghose, Feinrippunterhemd, zerzausten Haaren und offenbar deutlichem Restalkohol im Blut stand Ronny Pietsch vor den Ermittlern. „Mordkommission? Was in Gottes Namen wollen Sie hier?“

MMS antwortete freundlich. „Wir wollen einfach nur kurz mit Ihnen reden. Reine Routine.“

„Na, wenn das so ist.“ Mit einer überschwänglichen Geste bat er sie hinein. Auf dem Weg ins Wohnzimmer blieb dem Ermittlerduo die verdreckte Wohnung nicht verborgen. Zahlreiche Mülltüten lehnten zugeschnürt vor den Eimern und verbreiteten ihren fauligen Geruch in der Küche. Auch sonst roch es unangenehm nach kaltem Rauch.

Im Wohnzimmer warf sich Ronny Pietsch auf die Couch und zündete sich gleich die erste Zigarette an, während MMS und Pincetta ihm gegenüber in den Sesseln Platz nahmen.

„Hat meine Frau Sie etwa geschickt, nur weil ich bei ihr angerufen habe? Diese blöde Schlampe! Ihr Weiber haltet doch alle zusammen. Erst diese Scheißstreifenpolizistin und jetzt auch noch die Mordkommission. Man kommt sich ja vor wie ein Schwerbrecher!“

Provokativ blies Pietsch den Qualm in Richtung von MMS, die sich aber von so etwas noch nie hatte beeindrucken lassen. „Hören Sie, Herr Pietsch, ich weiß ja nicht, wie es zurzeit um Ihre Ehe bestellt ist, aber das ist eine Sache zwischen Ihnen und Ihrer Frau. Dafür ist die Mordkommission definitiv nicht zuständig. Wir interessieren uns in erster Linie für den Anschlag auf die Flüchtlingsunterkunft, in der Ihre Frau als Sozialarbeiterin tätig ist. Können Sie dazu irgendetwas Sachdienliches sagen?“

Ronny Pietsch starrte MMS mit großen Augen an. „Ich? Was sollte ich *Sachdienliches* dazu sagen können? Deswegen kommen Sie zu mir?!"
„Natürlich! Am Telefon ist so was unpraktisch. Und seien Sie doch froh. Wir hätten Sie auch ins Präsidium laden können, um Ihnen diese Frage zu stellen."
Ronny Pietsch sprang auf. „Ich glaub, Sie wollen mich verarschen, Mädchen! Was wollen Sie wirklich hier?"
„Könnten Sie sich als Erstes bitte wieder hinsetzen?", fragte MMS ruhig.
Tatsächlich ließ sich Ronny Pietsch nach kurzem Zögern wieder auf die Couch fallen.
„Warum haben Sie sich persönlich bei Ihrer Frau erkundigt, ob es ihr gut geht?"
„Meine Fresse! Warum, warum, warum! Habt ihr Bullen eigentlich keine anderen Wörter gelernt? Immer diese Fragerei. Das nervt! Aber ich sag's Ihnen, sonst schlagen Sie hier noch Wurzeln. Ich wollte einfach wissen, ob ihr was passiert ist. Ob Sie es glauben oder nicht, ich hatte einfach Angst um Peggy. Ich liebe meine Frau. Jetzt zufrieden?"
Pincetta drehte sich der Magen um. Dieses Individuum, das laut Yesim zig-fach seine Frau verprügelt und vergewaltigt hatte, behauptete doch glatt vollmundig, dass es sich um seine Frau sorgen würde.
MMS bohrte nicht weiter nach. „Danke, das war es dann auch schon, Herr Pietsch."
Auf dem Weg zum Auto roch sie an ihren Klamotten. „Puh, so dolle habe ich noch nicht mal gestunken, als noch überall geraucht werden durfte. Ist ja widerlich! Können wir kurz bei mir am Hotel vorbeifahren? Meine Wechselkleidung im Büro habe ich letztens schon wegen einer verfaulten Stinkeleiche gebraucht."

„Kein Problem. Und danach gehen wir erstmal was essen. Hättest du Lust auf Pasta? Mir hängt schon der Magen auf den Knien."
„Na logo. Ich will doch nicht daran schuld sein, wenn heute Abend was schiefgeht, nur weil du nicht bei Kräften bist." MMS lachte.

Kapitel 49

Ulla Schiefer war nicht sonderlich überrascht, als sie sich die aufgezeichneten Telefonate des überwachten Anschlusses von Björn Zuckermann anhörte. Inhaltlich ging es irgendwie immer um dasselbe: Ausländer, Migranten, Flüchtlinge. Das typische rechte Stammtischgerede, dass endlich mal jemand was gegen DIE unternehmen müsste. Insbesondere Zuckermann beklagte, dass es doch wohl nicht angehen könnte, dass die eigene Oma von ihrer mickrigen Trümmerfrauen-Rente leben müsse und all die Fremden, die dieses Land nicht aufgebaut hätten, hier wie im Schlaraffenland leben würden! Da müsse man sich nicht wundern, dass alle „Räähfuttschiss" dachten, dass in Deutschland Milch und Honig fließe.
Auch ansonsten gab es bei den Gesprächsthemen wenige Überraschungen: Die aufgrund des schlechten Essens angezündete Unterkunft in Düsseldorf wurde nur zu gern thematisiert, genau wie die Behauptung, dass die Flüchtlinge hervorragende ärztliche Behandlungen bekämen, während man selbst als Patient zweiter Klasse behandelt würde. Ganz zu schweigen von den Maklerscheinen, mit denen sich die Flüchtlinge selbst eine Wohnung aussuchen könnten. Und außerdem würden alle Ausländer doch sowieso nur den halben Tag im Bett liegen.

Ulla Schiefer konnte ob soviel Blödheit und Ignoranz nur den Kopf schütteln. Einen krampfartigen Lachanfall bekam sie hingegen, als ihr das Gespräch zwischen Zuckermann und Somporn zu Ohren kam. Sofort holte sie ihre Mannschaft hinzu und ließ das Telefonat über den Lautsprecher noch einmal abspielen. Selbst die beiden Observationskräfte mussten ihre dunklen Sonnenbrillen ausnahmsweise abnehmen, um sich die Lachtränen aus den Augen zu wischen.

„So, Männer, genug gelacht. Immerhin wissen wir nicht, was da wirklich vor sich geht. Möglicherweise will uns Zuckermann nur auf eine falsche Fährte locken, um sein rechtes Treiben unbehelligt fortsetzen zu können. Daher werden wir sein Telefon anzapfen und mithören, was da gesprochen wird. Sein eigenes Telefon wird dabei unsere Wanze sein."

„Das wäre ja doch ein schwerwiegender Eingriff in die Privatsphäre. Liegt denn dafür ein richterlicher Beschluss vor?", bemerkte einer der Sonnenbrillenträger.

„Darum kümmert sich der schöne Hubert. Ich rechne jede Minute damit." Manchmal war Ulla Schiefer nicht um eine Notlüge verlegen. „Also, ihr besetzt jetzt sofort die Fahrzeuge und haltet euch bereit. Wenn dieser Somporn bei Zuckermann aufkreuzt, will ich wissen, was da wirklich läuft. Wir lassen uns doch nicht von diesem arroganten Fettsack verarschen."

Kapitel 50

MMS, Pincetta und auch die anderen Ermittlerinnen und Ermittler der Mordkommission hatten alle Hände voll zu tun. In den Büros und Vernehmungszimmern herrschte reges Treiben. Sämtliche Mitarbeiter und Angestellte des Flüchtlingsheims, sogar die Putzkolonne der Reinigungsfirma, waren kontaktiert und vorgeladen worden.

Jedem Einzelnen war anzumerken, dass ihm der Schock tief in den Knochen saß. Einige hatten sich auch strikt geweigert, zur Vernehmung zu erscheinen und manche waren nach eigener Aussage gar nicht in der Lage gewesen, überhaupt das Haus zu verlassen. Die Ombudsleute des örtlichen Flüchtlingsrates sprachen unisono von pauschaler Traumatisierung aller Heimbewohner, unabhängig davon, ob diese zum Zeitpunkt der Explosion vor Ort waren oder nicht. Generell schienen sie darüber empört, dass die Polizei derart intensiv die Leute befragen wollte, bevor sie selbst ihre Sozialarbeit durchführen konnten. Allerdings hatte das die Ermittler nicht sonderlich beeindruckt. Immerhin galt es hier eine gemeingefährliche Straftat aufzuklären.

Sehr aufschlussreich verliefen die Vernehmungen jedoch vorerst nicht. Nach der dritten erfolglosen Befragung ging MMS auf den Flur und rief die Zeugin Helmi Weihlinghaus auf. Sofort erhob sich eine ältere Frau mit grauem dauergewelltem Haar.

„Das bin dann wohl ich."

„Guten Tag, Frau Weihlinghaus. Mein Name ist Seibl und ich würde Ihnen jetzt gern ein paar Fragen stellen. Ist das okay?"

„Aber natürlich. Deswegen bin ich Ihrer Einladung ja auch gefolgt. Ich sehe es als meine bürgerliche Pflicht an, der Polizei zu helfen. Aber ehrlich gesagt weiß ich gar nicht, wie ich überhaupt helfen kann."

Während MMS voranging, folgte ihr die kleinwüchsige Rentnerin, die mit den schnellen Schritten der Ermittlerin nicht so richtig mithalten konnte. Die braune Handtasche hing von ihrer Schulter und baumelte an ihrer rechten Hüfte hin und her.
MMS war ernsthaft überrascht, als sie die Personalien der alten Dame erfasste. „Wow, Sie sind ja schon 85 Jahre. Ich hoffe, dass ich mit 85 auch noch so fit unterwegs bin."
Helmi Weihlinghaus fühlte sich sichtlich geschmeichelt. Als MMS ihr dann noch eine Tasse Kaffee anbot, war die Vernehmungssituation vollends entspannt.
„Ich war an dem Nachmittag auch in dem Heim, wissen Sie", begann sie ihren Bericht. „Als die Bombe explodiert ist und unten im verqualmten Erdgeschoss überall Splitter herumlagen, habe ich die Bewohner laut dazu gedrängt, das Gebäude sofort zu verlassen. Die waren ja alle so verstört. Mein Gott, diese armen Menschen. Sind einem Kriegsgebiet entflohen und dann so was. Als ob die Brandanschläge auf unser Haus nicht schon gereicht hätten."
MMS sah die mutige Rentnerin voller Respekt an. „Hatten Sie denn keine Angst? Ich meine, das, was Sie mir da gerade erzählen, ist Zivilcourage hoch 12. Da kann sich manch einer eine Scheibe von abschneiden."
„Na, und ob ich Angst hatte! Aber ich habe einfach reagiert, so wie damals im Krieg, als es immer und immer wieder Luftangriffe gab. Damals waren es meine Großmutter und meine Eltern, die den anderen geholfen haben. Da kann man doch nicht einfach tatenlos zusehen. In so einer Situation muss derjenige handeln, der dazu in der Lage ist. Und diesmal war ich das. So was kann man sich leider nicht aussuchen."
„Aber das Haus hätte auch einstürzen können. Oder noch eine Bombe hochgehen können. Das konnten Sie doch nicht wissen."

„Ach, Mädchen! Ich bin 85 Jahre alt. Ich habe so viel erlebt. Mich kann so leicht nichts schocken. Und außerdem würde mich niemand vermissen. Mir war es leider nicht vergönnt, Kinder zu bekommen. Ich wurde damals von den Soldaten der Roten Armee tagelang vergewaltigt, danach war es vorbei mit Kindern. Fast alle meine Freunde sind auch schon tot. Ich bin jeden Tag bereit, vor Gott zu treten. Und bis dahin helfe ich den Kriegsflüchtlingen."

MMS spürte, wie sich in ihrem Hals ein Kloß bildete. Die Selbstlosigkeit und Hilfsbereitschaft dieser Frau beeindruckte sie ungemein. Aber dennoch wirkten diese Worte auch ein wenig erschreckend auf sie. MMS dachte plötzlich an ihre eigene Zukunft. Würde *sie* jemals heiraten und Kinder bekommen? Im Augenblick sagten die Zeichen jedenfalls etwas anderes.

„Junge Frau?"

Ein wenig verlegen fuhr MMS fort. „Verzeihung! Mir gehen gerade so viele Dinge durch den Kopf, die gar nicht hierher gehören."

„Ich bin eine gute Zuhörerin, mein Kind." Mit dem sanften Lächeln einer Großmutter schaute Frau Weihlinghaus die Ermittlerin an.

„Danke! Das ist wirklich sehr lieb von Ihnen. Vielleicht komme ich mal darauf zurück."

„Tun Sie das. Sie werden sehen, dass darüber sprechen oftmals hilft."

„Ich denke darüber nach. Aber jetzt würde ich gern erstmal wissen, ob Ihnen vor dem Anschlag etwas Ungewöhnliches aufgefallen ist. Gab es irgendetwas, was nicht so war wie immer? Gab es vielleicht einen Streit zwischen irgendwem?"

Helmi Weihlinghaus presste die Lippen zusammen und überlegte angestrengt. „Nein! Wirklich, nein! Aber denken Sie nicht auch, dass es diese Rechtsradikalen waren? Dieses Lumpenpack

wettert doch schon ewig gegen unser Heim. Ich bin mir sicher, dass die auch für die Brandanschläge auf unser Haus verantwortlich sind. Nur, dass die uns damit nicht verscheuchen konnten. Also musste was Größeres her – eine Bombe. Da müssen Sie suchen, junges Fräulein. Oder denken Sie das etwa nicht?“
„Wir ermitteln selbstverständlich in alle Richtungen und auch diesem Hinweis gehen wir nach. Aber allein mit Vermutungen wird kein Gericht der Welt hier jemanden verurteilen.“
„Sie müssen denen nur mal ordentlich Dampf machen. Dann reden die schon. Die sind doch alle feige und fühlen sich nur in der Gruppe stark.“
„Wir kümmern uns darum, da können Sie ganz beruhigt sein. Was können Sie mir denn zu dem Jungen sagen, der verletzt wurde?“
Die ältere Dame bekam feuchte Augen. „Der kleine Gamba ist mir sehr ans Herz gewachsen. Er ist so klug und wissbegierig. Obwohl er erst seit kurzem in Deutschland ist, kann er die Sprache schon so gut. Und seine Eltern sind ganz feine Leute.“
MMS ergriff spontan eine Hand der Zeugin und sagte sanft: „Wie ich gehört habe, besteht keine Lebensgefahr mehr. Er wird also wieder gesund.“
„Ich danke Gott dafür.“
„Leider ist aber Ihre Kollegin Carina M. bei dem Anschlag ums Leben gekommen. Kannten Sie sie gut?“
„Wir kennen uns dort alle gut. Das kommt durch die vielen Gruppenarbeiten und Therapien. Alles geht Hand in Hand, wissen Sie. Das arme Ding hat einfach großes Pech gehabt. Aber das Schicksal hat es wohl so gewollt. Und dagegen ist man machtlos. Gott hat für uns alle einen Plan.“
„Sie meinen, sie hatte Pech, dass sie so nahe am Explosionsort stand?“

„Nein, ich meine, dass Carina doch eigentlich an dem Tag frei gehabt hätte! Das hat man dann davon, wenn man nett und kollegial ist."
„Sie hatte ihren Dienst getauscht? Mit wem denn?"
„Mit der Peggy. Sie müssten einfach nur in den Dienstplan gucken. Da können Sie das sehen. Die Peggy hatte wohl einen wichtigen Termin und hat rumgefragt, ob jemand ihren Dienst ab 18:00 Uhr übernehmen kann. Und die Peggy und die Carina sind doch sozusagen Freundinnen."
MMS runzelte die Stirn. „Aber der Anschlag war doch gegen 17:30 Uhr? Da hatte Carina M. doch dann noch gar keinen Dienst."
„Ach! Das ist so üblich bei uns. Eine halbe Stunde vor Dienstbeginn machen wir immer eine Übergabe, um zu besprechen, was am Tag so gewesen ist und ob es Vorkommnisse gab. Eben damit die nächste Schicht im Bilde ist."

Bis zum frühen Abend waren die weiteren Befragungen erledigt. Danach setzten sich die Kommissionsmitglieder zusammen und tauschten die Ergebnisse aus. Als letzte berichtete MMS über die Angaben der Zeugin Weihlinghaus. Egbert Elver, Pincetta und die anderen hörten gespannt zu.
Dann meinte Pincetta: „Zur falschen Zeit am falschen Ort! Was für ein Pech. Oder glaubt ihr, da steckt mehr dahinter?"
„Auf jeden Fall ist eine interessante Information", warf Egbert Elver ein. „Ich denke, wenn die Handlanger der FDK den Anschlag verübt haben, dann war denen egal, wer dabei zu Schaden kommt. Doch mal angenommen, es ging gezielt um diese Pietsch und die hat den Dienst getauscht. Das wäre doch …"
Pincetta schnitt seinem Chef das Wort ab: „… hanebüchen! Für mich klingt das an den Haaren herbeigezogen. 'ne Bombe für alle, um nur eine bestimmte Frau umzubringen? Hallo?! Wer

sollte so etwas machen? Und ich erinnere mal daran, dass es keinen Zeitzünder gab, falls jetzt jemand auf der halben Stunde früher herumreiten möchte. Wenn also jemand gezielt diese Peggy Pietsch hätte umbringen wollen, dann hätte er doch gesehen, dass sie es nicht ist. Basta!"
Egbert Elver, leicht angesäuert darüber, dass Pincetta ihn zuvor unterbrochen hatte, erwiderte: „Es gibt nichts, was es nicht gibt. Und woher willst du überhaupt wissen, dass diese Peggy das vermeintliche Zielobjekt war? Es könne doch auch Carina M. gewesen sein. Oder es war halt wirklich ‚nur' eine weitere rechtsradikale Botschaft."
„Das stimmt natürlich, Cheffe, aber wie sollen wir das überprüfen? Wäre es nicht besser, erstmal ein Motiv zu finden und die Frage zu klären, wer in der Lage ist, so eine Tat überhaupt durchzuziehen?"
„Muss ich dir jetzt deinen Job erklären? Ich finde, es reicht jetzt. Ihr geht der Sache nach und erstattet mir Bericht. Klar?!"
MMS trat ihrem Sitznachbarn Pincetta ungesehen auf den Fuß, als der gerade noch das letzte Wort haben wollte. Ohne weiteren Kommentar verließen die beiden Ermittler den Raum.

Kapitel 51

Schon seit Stunden saßen die Observationskräfte des Staatsschutzes in ihrer dunklen Limousine und warteten auf Somporn. Infolge des immensen Kaffeekonsums waren sie abwechselnd in die nahegelegene Gaststätte zur Toilette gegangen und hatten sich dabei staunende Blicke der dortigen Mitarbeiter und Gäste zugezogen. Mit ihren dunklen Anzügen und den nicht minder dunklen Sonnenbrillen hätten sie sich genauso gut ein Schild mit „Geheimagent“ oder „Mafioso“ um den Hals hängen können.

Der Beamte auf der Fahrerseite trommelte gelangweilt auf das Lenkrad. „Was meinste, haben wir diesen Thailänder schon verpasst? Oder könnten wir ihn übersehen haben?“

Sein Kollege grinste. „Halt doch einfach nach der attraktivsten Frau des Planeten Ausschau. Dieser Somporn ist schon der Hammer. Wenn der kein Typ wäre, würde *die* genau in mein Beuteschema passen.“

„Ha ha ha. Kannst dich ja mal von ihm massieren lassen und die Augen schließen. Wer weiß?“

„Du Idiot weißt schon, wie ich's meine. Der ist halt äußerlich eine absolute Schönheit. Trotzdem habe ich nicht das geringste Interesse. Lass dich selbst massieren.“

Nach einer weiteren halben Stunde erblickten die beiden eine Blondine im engen schwarzen Kleid und hochhackigen Schuhen, die elegant zum Hauseingang von Zuckermann ging. Der Beifahrer griff nach dem Fernglas. „Das müsste er sein. Mal sehen, wo er klingelt.“

Sekunden später hatten sie Gewissheit.

Sofort steckten sich die beiden Beamten die beiden Ohrhörer ins Ohr und harrten der Dinge, die da kommen sollten. Zum Glück hatte Zuckermann sein Mobiltelefon nicht ausgeschaltet.

So konnten die Beamten nicht nur jedes Wort der beiden, sondern auch ALLES andere mit anhören. Nach wenigen Minuten war das Schlagen eines ledernen Gegenstandes auf eine Handinnenfläche zu hören, so, als wenn ein Gürtel knallt. Danach übertriebenes Gekicher …

Kapitel 52

Der verwahrloste Junkie torkelte zugedröhnt durch die Neumarktpassage und setzte sich in die Straßenbahn Linie 12 in Richtung Köln-Merkenich. Dass jemand seine zuvor benutzte Spritze eingesteckt und sich ein paar Sitzreihen hinter ihm in die Bahn gesetzt hatte, hatte der junge Mann nicht mitbekommen. An der Endhaltestelle stieg der Verfolger schnell wie der Blitz aus und versteckte sich in der Dunkelheit. Vorher hatte er penibel darauf geachtet, nicht von den Videokameras der Bahn erfasst zu werden.

Da der Bahnfahrer seine vorgeschriebene Pause machen wollte, stupste er den Junkie an: „He! Aufwachen und aussteigen!“ Der junge Mann erhob sich mit der genuschelten Bemerkung, dass man nirgendwo mal seine Ruhe haben könne, und verließ noch immer leicht torkelnd die Bahn. Langsam bewegte er sich in Richtung der Unterführung Spoerkelhof.

Unmittelbar dahinter, kurz vor der Abzweigung des links abgehenden Weges, spürte er plötzlich einen dumpfen Schlag auf den Kopf und fiel wie ein gefällter Baum bewusstlos zu Boden. Der Verfolger hatte den Schutz der Dunkelheit genutzt, sich schnell angeschlichen und ihm mit einem dicken Stück Gartenschlauch schwungvoll gegen den Hinterkopf geschlagen. Dass der Junkie eine Kapuze trug, kam dem Verfolger dabei sehr zugute. Die Spurenlage würde hierdurch gen Null tendieren. Und

außerdem: Wer würde sich schon ernsthaft darüber wundern, wenn ein Junkie hier und da ein paar blaue Flecken hätte?
Er zog den Bewusstlosen ein Stück die Böschung hinauf ins Unterholz, um ihn dort behutsam zu fesseln. Niemand sollte später irgendwelche Eindruckspuren oder Abschürfungen mit bloßem Auge erkennen können, wenn die Fesseln wieder entfernt waren. Wenn man ihn leblos auffinden würde, sollte alles nach einem „ganz normalen" Drogentoten aussehen, so wie er in Köln im Schnitt rund 40-mal pro Jahr auftrat.
Nachdem der Verfolger seinem Opfer noch zur Sicherheit ein Tuch mit Chloroform auf die Nase gepresst hatte, ging er seelenruhig zum Parkplatz zurück und holte seinen Wagen. Minuten später war er mit dem Junkie im Kofferraum unterwegs zu einer nahegelegenen, leerstehenden Schrebergartenhütte.
Bislang lief alles zu hundert Prozent nach Planung. Den Ablauf hatte er immer und immer wieder im Kopf durchgespielt; den Weg zur Schrebergartenkolonie kannte er mittlerweile wie seine Westentasche.
Während der Fahrt fiel sein Blick immer wieder auf die 30 kg-Trockeneis-Styroporbox auf dem Beifahrersitz. Hoffentlich würde niemand den Junkie so schnell vermissen. Dann bliebe noch etwas Zeit, falls doch jemand Verdacht schöpfen und Fremdverschulden feststellen würde. Die Wahrscheinlichkeit hierfür lag jedoch gerade mal bei 10%. Außerdem hatte er ja die benutzte Spritze des Junkies dabei und diese würde er ihm nach dem Experiment einfach in den Unterarm stechen und den Oberarm abbinden, so wie er es zigfach vorher in der Szene beobachtet hatte.
Auf dem verlassenen Schotterparkplatz der Kolonie öffnete der Mann den Kofferraum und blickte in die ängstlichen Augen seines zwischenzeitlich erwachten Opfers. Um jegliches Risiko einer Entdeckung zu vermeiden, holte er nochmal die Flasche

mit dem Chloroform aus seiner Jackentasche, tränkte das Tuch und presste es dem Junkie erneut auf Mund und Nase. Dessen ruckartiges Hin-und-her-Bewegen des Kopfes verhinderte nicht seine erneute Bewusstlosigkeit.
Unter Ächzen und Stöhnen hievte der Mann sein Opfer über die Ladekante aus dem Kofferraum, legte es unsanft auf die Schubkarre und bugsierte es so zur Hütte. Dort kippte er den Junkie einfach auf den Boden, packte dann von hinten unter seine Arme und schleifte ihn rückwärtsgehend hinter sich her in das Schrebergartenhäuschen, wo er ihn zunächst einfach auf dem Holzfußboden liegen ließ.
Danach griff er nach dem am Boden verankerten *Speed Block*, einem Gerät, welches eigentlich im Rettungsdienst verwendet wurde, und fixierte mit eingeübten Handgriffen darin den Kopf seines Opfers. Durch die Kopf- und Kinnbänder und den Feststellmechanismus würde der Junkie keine Chance haben, den Kopf nach seinem Erwachen herauszuziehen. Darüber hinaus nagelte der Mann die Fesseln an den Hand- und Fußgelenken seines Opfers mit langen Eisennägeln am Boden fest. Kein Zweifel: Der Junkie war absolut bewegungsunfähig.
Während der Mann hastig die Styroporbox öffnete und eilig die 30 kg Trockeneis um den Speed Block herum legte, erwachte der Junkie aus seiner Bewusstlosigkeit. Panisch bemerkte er, dass sein Gesicht vom Gasnebel eingehüllt wurde, ohne dass er sich auch nur einen Milimeter bewegen konnte. „Fuck! Verdammte Scheiße! Alter, was soll das? Mach mich sofort los oder ich schlag dir in die Fresse, du Wichser!“
Der Mann grinste ihn an und legte den letzten Block des Trockeneises neben den Kopf des Junkies. „Schrei, so viel du willst. Es ist eh gleich vorbei.“ Mit diesen Worten verließ er zügig die Hütte und schloss hinter sich die Tür.

Durchs Fenster beobachtete er, wie sich die Dämpfe und der kalte, todbringende Nebel des Trockeneises in Kopfhöhe seines Opfers verteilten und um ihn herum waberten. Der Junkie schrie aus Leibeskräften um Hilfe, bis ihm die Stimme versagte und er schlagartig wieder bewusstlos wurde. Nach knapp zehn Minuten waren auch keine Atembewegungen mehr erkennbar. Der Todeskampf war vorbei, das Experiment offenbar geglückt. Der Mann strahlte übers ganze Gesicht.

Bevor er jedoch selbst den kontaminierten Raum betrat, öffnete er die Tür und ließ die giftigen Kohlendioxiddämpfe entweichen. Er wusste, dass die CO^2-Konzentration über 20% liegen und somit auch für ihn noch tödlich sein würde. Daher wartete er noch eine knappe Viertelstunde und las in der Zwischenzeit die Nachrichten auf seinem Smartphone.

Als er dann neben dem leblosen Junkie stand, sah er nirgendwo Wasser. Genauso hatte er es erwartet. Das Trockeneis war komplett zu Gas geworden; es hatte sich buchstäblich in Luft aufgelöst, ohne irgendwelche Rückstände zu hinterlassen. Zur Sicherheit überprüfte er die Vitalfunktionen seines Opfers und stellte befriedigt dessen Tod fest. Danach machte er per Smartphone noch einige Fotos von seinem Werk. „Die kleine Investition für den Speed Block und das Trockeneis haben sich wirklich gelohnt“, murmelte er, entfernte sämtliche Fesseln von den Hand- und Fußgelenken seines Opfers und nahm dessen Kopf aus der Fixierung. Danach band er mit einem Gummischlauch den linken Oberarm des Toten ab und steckte die benutzte Heroinspritze in die letzte Einstichstelle.

Nachdem er Styroporbox und Speed Block im Auto verstaut hatte, fuhr er höchst zufrieden nach Hause. In seinem Kopf reifte bereits der Plan für sein eigentliches Ziel. Immerhin stand für ihn viel auf dem Spiel; es durfte unter keinen Umständen schiefgehen.

Kapitel 53

Ulla Schiefer saß in ihrem Büro, ihre Kollegen befanden sich vor der Wohnung von Zuckermann. Live konnten alle drei mithören, wie sich die Situation zwischen dem Funktionär und Somporn entwickelte. Anfänglich klirrten die Gläser durchs Zuprosten, dann ertönte albernes Gekicher, weitere Geräusche deuteten auf gemeinsames Duschen hin.

Nun aber hörten die Ermittler gedämpfte Schmerzensschreie und Hilferufe, begleitet vom lauten Knallen von Gegenständen auf menschliche Haut. Die Stimme Somporns rief immer wieder, dass *er* jetzt kriege, was er verdiene und Strafe müsse nun mal sein. Als die Geräusche intensiver und die Schreie immer lauter wurden, gab Ulla Schiefer eine Meldung durch. „Geht mal sofort zur Wohnungstür und horcht, was da los ist."

Gleich darauf konnten die beiden Beamten durch die Tür erneut dumpfe Schreie von drinnen vernehmen. Das Knallen hörte sich von hier an wie Schüsse mit einem Kleinkaliber. Nach Rücksprache mit Ulla Schiefer betätigten die Ermittler die Türklingel. Sofort verstummte jegliches Geräusch in der Wohnung; auch über die Ohrhörer war nichts mehr zu vernehmen.

Nach ein paar Sekunden Stille hämmerte einer der Beamten gegen die Tür. „Aufmachen! Hier ist die Polizei!"

Nach abermaligem Klopfen und Rufen wurde die Tür einen Spalt weit geöffnet. Einer der beiden erkannte sofort den thailändischen Ladyboy, der in hochhackigen roten Schuhen und schwarzer Reizwäsche vor ihnen stand.

„Herr Zuckermann?" rief der eine Ermittler in die Wohnung. Als Antwort kam zunächst gar nichts, dann ein sehr gedämpftes „Hmmhpf mmmhmpf." In der Annahme, dass Zuckermann Hilfe benötigte, zogen die Beamten ihre Waffen und drängten sich an dem jungen Ladyboy vorbei in die Wohnung.

„Es ist doch alles in Ordnung“, protestierte Somporn mit wedelnden Händen.
Die Beamten stürmten jedoch in den Raum, aus dem die dumpfen Laute kamen, und trauten ihren Augen nicht. Ihre Blicke fielen auf den nackten Funktionär, welcher vornübergebeugt, mit dem Gesäß hochgebockt, auf dem Bett lag. Seine gesamte, stark behaarte Rücken- und Gesäßregion war mit roten Striemen und kleineren Wunden übersät, welche offenbar von einen ledernen Bondage-Nieten-Paddel stammten, das Somporn auf seinem Rücken abgelegt hatte..
Als Zuckermann die Beamten im Türrahmen erblickte, traten ihm fast die Augäpfel aus den Höhlen. Einen der beiden Männer erkannte er sofort als denjenigen, welchen er vor ein paar Tagen an den Köln-Arcaden enttarnt hatte. Er schrie und schimpfte, konnte aber keinen verständlichen Laut von sich geben. Daher machte sich einer der Beamten daran, ihm den Ballknebel aus dem Mund zu entfernen. Die an die Bettpfosten gefesselten Arme ließ er aber, wie sie waren.
„Was fällt Ihnen ein, in meine Wohnung einzubrechen?! Das wird Ihnen noch leidtun!“ Zuckermann schäumte vor Wut. Offenbar hatten die Beamten ihm gerade den Weg zum ultimativen Höhepunkt vermasselt.
„Wir haben einen Anruf bekommen, dass hier geschossen und jemand wimmern würde. Sollten wir etwa abwarten, bis jemand getötet wird?“ Der Beamte gab sich seriös, biss sich aber auf die Zunge, um nicht laut loszulachen.
„Sieht das für Sie so aus, als wenn ich umgebracht würde? Jetzt legen Sie Ihre Visitenkarten da auf den Tisch und machen gefälligst, dass Sie aus meiner Wohnung kommen! Das hier wird ein Nachspiel haben!“

„Es tut mir leid, aber ich habe keine Visitenkarte dabei. Rufen Sie doch einfach unsere Kollegin Schiefer an, wenn Sie hier fertig sind.“
Beim Hinausgehen fragte der andere Beamte noch süffisant, ob er behilflich sein könne, den Knebel wieder anzulegen.
„Verschwinden Sie endlich! Und Somporn, mach gefälligst weiter! Ich hab schließlich dafür bezahlt!!“
Somporn stakste zurück ins Schlafzimmer. Als die Tür verschlossen war, knallte wieder das Bondage-Paddel. Erneut drang ein „Hmmhpf mmmhmpf“ durch die Tür.
Ulla Schiefer, die alles mit angehört hatte, konnte vor Lachen kaum sprechen. „Dieses Ass werden wir irgendwann ausspielen.“

Kapitel 54

Yesims Dienst war schon längst vorbei und sie hatte es sich vor dem Fernseher gemütlich gemacht. Sie schaltete von Kanal zu Kanal, als es an der Tür klingelte. Durch den Türspion konnte sie Pincetta erkennen. Freudig öffnete sie.
„Du?“ Sie küsste ihn zur Begrüßung. „Komm doch rein.“
Pincetta ließ sich neben Yesim aufs Sofa sinken.
„Schön, dass du da bist. Aber was sagt denn eigentlich deine Frau dazu, wenn du ständig länger arbeiten musst?“
„Ach, weißt du … Ist mir egal. Ich habe lange hin und her überlegt und ich denke, es ist das Beste, wenn wir uns scheiden lassen.“
Yesim war sehr überrascht. „Was? Warum so plötzlich? Doch nicht wegen mir, oder?“
„Ich kann ihr einfach nicht verzeihen, dass sie mich dermaßen betrogen hat. Wenn ich mir nur vorstelle, was die beiden …“

„Okay, das kann ich nachvollziehen, aber machst du nicht gerade das Gleiche? Nicht, dass ich sie in Schutz nehmen will – ganz sicher nicht. Ich will nur, dass du keine vorschnellen Entscheidungen triffst, die du später vielleicht bereust."
„Ich bereue gar nichts. Das mit dir ist das Beste, was mir in den letzten Jahren passiert ist. Und jetzt weiß ich auch, was ich eigentlich all die Jahre wollte und was mir gefehlt hat …"
„Du bist so süß, Pino. Ich werde dir da sicher nicht reinreden und meine Tür steht dir immer offen."
Er grinste sie an: „Nur deine Tür?"
„Alles! Ich genieße jede Minute mit dir."
„Puh, da bin ich aber erleichtert. Ich dachte schon, du hältst mich ein bisschen für verrückt."
„Sind wir das nicht alle?"
Yesim ging in die Küche, holte zwei Sektgläser und eine Flasche Crémant d'Alsace. Sie befüllte die Gläser. „Auf uns."
Nachdem Pincetta mit einem großen Schluck das Glas halb leergetrunken hatte, erzählte er von seinem Tag und den vielen Vernehmungen. „Und eine Zeugin hat zu MMS gesagt, dass an diesem Tag ja eigentlich deine Freundin Peggy Dienst gehabt hätte."
Yesim setzte sich plötzlich aufrecht hin. „Wie jetzt? Hatten die den Dienst getauscht? Davon hat Peggy gar nichts gesagt."
„Du hast es also auch nicht gewusst?"
Sie schüttelte den Kopf.
„Es muss ja auch nicht wirklich eine Rolle spielen. Aber man weiß ja nie."
Dann aber fiel Yesim etwas ein. Eine Bemerkung Peggys, der sie seinerzeit keine große Bedeutung beigemessen hatte. „Sag mal, Schatz, hatte diese Carina vielleicht eine rote Bluse an, als das passiert ist?"

Etwas zögerlich nickte Pincetta. „Ja, aber woher weißt du das? Hat deine Freundin doch irgendwas gesagt, was dir jetzt im Nachhinein komisch vorkommt?"
Yesim erzählte ihm von dem Treffen in der Nähe der Rechtsmedizin und dem Wunsch von Peggy Pietsch. „Für mich war das damals überhaupt nicht wichtig, Pino. Ich wollte Peggy nur irgendwie beruhigen. Sie war total durch den Wind."
„Ist vielleicht auch nicht wichtig, aber wir müssen der Sache nachgehen. Ich muss da Gewissheit haben, dass das nur Zufall ist. Oder eben nicht."
„Das machen wir, das machen wir. Aber jetzt reden wir nicht mehr über Peggy und rote Blusen oder über 85-jährige Zeuginnen. Jetzt ist Wochenende. Ich habe mir für morgen frei genommen." Sie zwinkerte ihm zu und hielt ihm die Hand hin, um ihn vom Sofa hochzuziehen. „Komm!"
Mit erotischem Hüftschwung und bereits halb abgestreifter Bluse ging Yesim voran in Richtung Schlafzimmer. Pincetta folgte ihr nur allzu gern.

Kapitel 55

MMS wollte an diesem Freitagabend zum Zumba-Training fahren und anschließend mit Miguel an das letzte Treffen anknüpfen.
Um vor dem Training noch ein wenig Zweisamkeit mit Miguel genießen zu können, ging sie bereits eine halbe Stunde vor Trainingsbeginn in die Halle. Als sie den Zumba-Trainer erblickte, wurde bei MMS jedoch jegliches körperliches Verlangen mit einem Mal durch ein Gefühl völliger Hilflosigkeit ersetzt. Entsetzt musste sie mit ansehen, wie Miguel seine Zunge in den Hals der drallen Brünetten aus dem Anfängerkurs gesteckt hatte und seine Hand bereits unter ihr T-Shirt gewandert war.

„Ich glaub's ja nicht!" MMS' Ausruf schreckte die beiden Turteltauben auf. Während sich die Brünette bloß zu ärgern schien, dass MMS die gemütliche Zweisamkeit gestört hatte, war Miguel die Situation sichtlich peinlich. Sofort schaffte er eine kleine, aber deutlich erkennbare Distanz zwischen sich und seiner neuesten Eroberung.
„Du Schwein!" fuhr MMS fort. „Ich hoffe, dass du mich nicht mit irgendeinem Siff angesteckt hast, den du dir bei so was wie der da eingefangen hast! Das war's dann wohl!"
Gedemütigt und ohne sich umzuziehen schmiss MMS die Eingangstür ins Schloss, setzte sich in ihr Auto und raste mit quietschenden Reifen vom Hof.
Ein paar Minuten später hatte sie ihre konfusen Gedanken ein wenig sortiert. Sie hatte nun zwei Optionen: Entweder dem Womanizer Miguel nachtrauern, sich zuhause sinnlos besaufen und im Selbstmitleid versinken, oder … warum sollte sie jetzt nicht einfach mal bei Ahmet Schmitz anrufen? MMS traf ihre Entscheidung in Sekundenschnelle. Dieser muskulöse Typ hatte ihr gleich auf den ersten Blick gefallen. Nun gab es definitiv keinen Grund mehr, seine Einladung zum Kaffee weiter abzulehnen.
Sie fuhr rechts ran und kramte in ihren Notizen. Vielleicht hatte sie den Zettel ja noch, obwohl sie normalerweise alles Dienstliche im Büro aufbewahrte. Glück gehabt! Anscheinend hatte sie schon seinerzeit diesen Zeugen als halbwegs privat eingestuft.
Ein paar Augenblicke später ertönte im Hörer das Freizeichen und kurz darauf eine männliche Stimme: „Schmitz, hallo?"
„Herr Schmitz? Seibl hier von der Mordkommission. Wissen Sie noch, wer ich bin?"
„Und ob ich das weiß. Aber bitte sagen Sie doch Ahmet zu mir."
Da MMS sowieso nicht vorhatte, als Ermittlerin mit ihm zu telefonieren, willigte sie sofort ein. „Okay, ich bin die Melanie."

„Was kann ich für dich tun, Melanie?“ Seine Stimme klang äußerst charmant in ihren Ohren, sehr männlich und ein wenig zum Dahinschmelzen.
„Ich habe mich eben gefragt, ob die Einladung zum Kaffee noch steht?“
„Na klar. Ich bin morgen Nachmittag wieder im Kiosk.“
„Heute Abend ist ungünstig?“
„Oh. Ja, heute bin ich leider mit meinen Kumpels verabredet.“
„Ach so.“
„Ja, tut mir leid. Aber wir treffen uns nur einmal im Monat und ziehen dann durch die Gemeinde. Das kann ich unmöglich absagen. Unser Männerabend hat Tradition.“
„Ist schon okay.“
„Ich habe ja jetzt Ihre, äh, deine Nummer. Und du hast meine. Sollen wir morgen mal telefonieren? Vielleicht kommst du nochmal zum Kiosk. Ich würde mich sehr freuen.“
„Ja, sicher. Schönen Abend.“
„Danke. Das wünsche ich dir auch.“
Mit einem unangenehmen Mix aus Gefühlen fuhr MMS zu ihrem Hotel am Eigelstein, wo sie seit ihrer letzten Trennung in einem relativ abgewrackten Einzelzimmer vorerst untergekommen war. An die Fluktuation und das Gegackere im Haus hatte sie sich gewöhnt, denn einige der Damen aus dem horizontalen Gewerbe nutzten das Billighotel, um dort einem vermeintlich betuchten Freier ihren Körper für 15 bis 45 Minuten zu verkaufen. Unter diesen Umständen hatte man als Hotelgast kaum eine Chance, den sexuellen Lauten in den angrenzenden Zimmern zu entgehen.
Nachdem MMS ihren Wagen geparkt hatte, ging sie über den Felix-Rexhausen-Platz, weiter über den Eigelstein zur Rezeption und ließ sich vom tätowierten, blondgefärbten Südeuropäer den Zimmerschlüssel geben.

Auf dem Weg nach oben kam ihr auf der schmalen, knarzenden Holztreppe eine blutjunge bulgarische Prostituierte in Begleitung eines grauhaarigen untersetzten Südländers entgegen. Ob er den Blickkontakt zu MMS aus Scham vermied, würde wohl sein Geheimnis bleiben. Immerhin trennten ihn und die Liebesdienerin mal locker drei Jahrzehnte.
MMS dachte sich ihren Teil und als sie im Zimmer war, goss sie sich als Erstes das Glas randvoll mit Alkohol, um die bösen Geister zu vertreiben. Sie setzte sich die Kopfhörer auf und ließ sich aufs Bett fallen. Ohne Musik auf den Ohren hätte sie sich wohl den einen oder anderen Höhepunkt im Nebenzimmer anhören müssen. Und das war gerade heute überhaupt nicht ihr Ding.

Kapitel 56

Als Lars Findeklee Samstagmittag am Flughafen Düsseldorf landete, schaltete er als Erstes sein Mobiltelefon wieder ein, dass er vor knapp 13 ½ Stunden in Tokio deaktiviert hatte.
Erwartungsvoll schaute er aufs Display und die eingehenden Nachrichten, die sich mit diversen Tönen und Melodien ankündigten. Aber leider war nicht die erhoffte Nachricht von Peggy darunter, weder per SMS noch bei WhatsApp. Auch auf der Mailbox - nichts.
Innerhalb weniger Tage gleich doppelt vom Jetlag gepeinigt, wollte er aber nicht gleich nach Hause fahren. Auf seine Sigrid hatte er sowieso keine Lust. Er musste zu Peggy, mit ihr über alles reden. Jede Minute hatte er an sie denken müssen, während er mit den Japanern über den Preis der Rinderherde und die weiteren Geschäftsbeziehungen diskutiert hatte. Voller Hoffnung hatte er sein Mobiltelefon ins japanische Netz NTT

DoCoMo eingebucht, um bloß keine Nachricht von Peggy zu verpassen. Aber leider war seine Hoffnung umsonst gewesen. Stattdessen hatte ihn Sigrid damit genervt, dass wegen Peggy die Polizei bei ihr gewesen sei und er dafür sorgen solle, dass dies nicht nochmal vorkäme, sonst könne er was erleben.

In seinem Ferrari rief er in WhatsApp Peggys Kontakt auf und schrieb: *Hallo, mein Schatz! Ich vermisse dich so sehr! Können wir reden … uns sehen? Ich muss dich sehen. Bitte melde dich!"*

Hinter den Text setzte er noch unzählige Herzchen und einen traurigen Smiley. Er verschickte die Nachricht und wartete.

Nach knapp zehn Minuten ohne die so sehnlichst erhoffte Antwort war seine Geduld erschöpft und er fuhr aus dem Parkhaus heraus Richtung Autobahn. Seine Stimmung war auf dem Tiefpunkt; seit Jahren fühlte er sich das erste Mal den Tränen nahe. Während er auf der A3 in Richtung Köln untypischerweise auf dem rechten Fahrstreifen regelrecht vor sich hinschlich, sprang plötzlich kurz vor der Raststätte Ohligser Heide sein Herz vor Freude. Grund war die Melodie auf seinem Smartphone. Peggys Melodie! Ohne den Blinker zu setzen raste er auf die Raststätte und rief die Nachricht auf.

„Ich vermisse dich auch. Aber ich bin unsicher. Kannst du mir diese Unsicherheit nehmen?"

Aufgeregt und mit leicht zittrigen Fingern tippte er seine Nachricht: *„Süße, ich bin wieder in Deutschland. Auf der Autobahn kurz vor Köln. Bin vorhin gelandet. Ich musste ja nach Japan. Darf ich vorbeikommen? Bitte!!!"*

„Na gut! Ich bin zuhause." ☺

„Ich liebe dich, Peggy! Bis gleich! Ich fahre, so schnell ich kann."

Von einer Sekunde auf die andere fiel Lars Findeklee zurück in sein altes Fahrmuster. Er trat das Gaspedal durch und bahnte sich mit penetrantem Betätigen der Lichthupe und dichtem Auffahren seinen Weg über die Autobahn, um dann prompt gleich zweimal hintereinander auf der Leverkusener Autobahnbrücke geblitzt zu werden.

Kapitel 57

Etwa zur selben Zeit schlich sich Giuseppe Pincetta still und heimlich in seine Wohnung. Er ging davon aus, dass seine Frau nicht da wäre, legte aber auf ein unerwartetes Zusammentreffen keinen gesteigerten Wert und beeilte sich dementsprechend. Den Koffer mit Klamotten für eine Woche hatte er bereits gepackt, als er plötzlich hinter sich die Stimme seiner Frau vernahm: „Was hast du denn vor?“
Erschrocken drehte er sich um. „Ich … ich brauche ein wenig Abstand. Das Ganze ist mir ehrlich gesagt im Moment etwas zu viel. Ich weiß nicht, ob ich dir jemals verzeihen kann. Verdammt, du hast mich mit meinem eigenen Cousin beschissen!“
Wie einer erstklassigen Schauspielerin schossen ihr sofort Tränen in die Augen. Sie wiederholte die gleichen Beteuerungen, die Pincetta schon ein paar Mal gehört hatte: „Es ist einfach passiert. Ich kann es mir auch nicht erklären. Ich wollte es wirklich nicht! Wenn ich es rückgängig machen könne, würde ich es sofort tun. Das war der größte Fehler ihres Leben!“
Pincetta verlor die Geduld. Mit dem rechten Arm fuchtelte er wie ein Dirigent vor ihrem Gesicht herum. „Einfach passiert? Wochenlang? Verarschen kann ich mich selbst! Ich habe eure schmalzigen Nachrichten doch gelesen. Mir kommt jetzt noch die Galle hoch, wenn ich daran denke!“
„Pino, Schatz, bitte!“ Sie wollte seinen Arm berühren.
Pincetta zog ihn ruckartig zurück. „Nix Schatz! Nenn mich nicht so. Das klingt gerade richtig billig aus deinem Mund! Mein Entschluss steht fest. Ich brauche Abstand. Und wenn du

das nicht willst, können wir auch gleich zum Scheidungsanwalt gehen!"
„Aber wo willst du denn hin? Wie kann ich dich erreichen?"
„Mal sehen! Erstmal bei einem Kollegen. Über Handy bin ich erreichbar, aber ich wüsste nicht, worüber wir jetzt reden sollten. Es ist vorerst alles gesagt. Basta!"
„Ach ja? Etwa der Kollege, bei dem du seit Tagen übernachtest? Ich bin nicht blöd, Pino! Wer ist sie?"
„Was soll das denn jetzt? Du machst *mir* Vorwürfe? *Du* hast meinen Cousin gevögelt! Ausgerechnet diesen Gockel, der für seine Romanzen mit verheirateten Frauen bekannt ist. Die ganze Familie lacht seitdem über mich! Vielen Dank nochmal dafür!"
„Wir haben ja wohl beide Fehler gemacht!"
„Kann sein, kann nicht sein. Aber das ist verdammt nochmal kein Grund, meinen Cousin zu vögeln!"
Sie konterte entsprechend. „Und ich kann eins und eins zusammenzählen, mein Lieber. Du glaubst wahrscheinlich, dass es zwischen uns besser wird, wenn du es jetzt mit einer deiner Kolleginnen treibst. Wer ist sie? Kenne ich sie? Ist es Melanie?!"
„Du siehst Gespenster. Ich brauche einfach ein bisschen Abstand, verstehst du das nicht?" Pincetta sah sich gerade nicht in der Lage, seiner Frau reinen Wein einzuschenken. Stattdessen nahm er seinen Koffer und ließ sie im sprichwörtlichen Regen stehen.
Komischerweise machte es ihm in diesem Moment nichts aus, dass er vor den Scherben seiner Ehe stand. Vielmehr überwog sein Verlangen, schnell zu Yesim zurückzufahren.

Kapitel 58

Als Lars an Peggys Wohnblock ankam, blickte er erwartungsvoll nach oben. Im Vorbeifahren war es ihm nicht möglich gewesen, genau die 14. Etage abzuzählen, geschweige denn von seiner Sitzposition aus jemanden am Fenster zu erkennen.
Dagegen hatte es Peggy deutlich leichter. Sie konnte von oben den schwarzen Sportwagen sehen, als dieser um die Ecke bog und von Lars vor dem Haus geparkt wurde. Als sie ihn erblickte, hüpfte ihr Herz, obwohl sie einerseits noch immer ziemlich sauer auf ihn war. Aber andererseits (und dieses Gefühl überwog) freute sie sich sehr, dass er gleich bei ihr sein würde. Trotzdem nahm sie sich fest vor, dem Rat von Pincetta zu folgen. Als Lars aus dem klapprigen Aufzug gestiegen und in ihre Wohnung gekommen war, gab es eine überschwängliche Begrüßung. Nichtsdestotrotz wollte Peggy erst ihre Sorgen loswerden. „Lars, nicht, dass du wieder davonläufst, aber ich will Gewissheit."
„Liebling, das mache ich bestimmt nicht nochmal."
„Bitte sei ehrlich. Deine Frau hat behauptet, ich sei nur eine von vielen Fickaffären, die du so nebenbei hättest. Ist das wahr?"
„So ein ausgemachter Blödsinn. Du bist mein Ein und Alles, Peggy! Sigrid bedeutet mir schon lange nichts mehr."
„Ich rede nicht von deiner Frau. Sag mir jetzt sofort, ob du noch andere Freundinnen hast. Falls ja, kannst du sofort aufstehen und gehen!"
Da es ja bei der Frau mit der süßen Stimme nicht geklappt hatte und die beiden Prostituierten aus der Blow-Job-Bar in Tokio bestimmt nicht unter die Frage fielen, konnte er Peggys Frage locker mit Nein beantworten, ohne lügen zu müssen.
„Ist das auch wirklich die Wahrheit?" Peggy schaute ihn mit großen, hoffnungsvollen Augen an.

Zärtlich strich er ihr über die Wange. „Ich schwöre dir, Sigrid hat dir einen Bären aufgebunden. Die will uns doch nur auseinanderbringen. Du darfst ihr so was nicht glauben. Du glaubst mir doch hoffentlich?!"

„Und was ist mit heiraten? Du hast gesagt, dass wir irgendwann heiraten werden!"

„Wir werden irgendwann heiraten, das hab ich dir doch versprochen. Aber erst muss ich einige Dinge regeln. Ich liebe dich."

Peggy erinnerte sich noch an Pincettas Worte und wollte es genau wissen: „Auch wenn du dann arm wie eine Kirchenmaus wärst?"

„Hä?! Was soll das heißen?" Lars Findeklee rutschte von einer Pobacke auf die andere, setzte ein neutrales Gesicht auf und versuchte, seine Überraschung zu kaschieren. „Du weißt doch, dass ich Kohle ohne Ende habe. Ich mein, guck mal aus dem Fenster. Da steht mein neuer Ferrari. Der ist nicht geleast oder so was."

„Trotzdem! Der Kommissar, der hier war, hat rumgetönt, dass du keinen Cent bekommst, wenn du dich scheiden lässt. Du hättest einen Ehevertrag. Stimmt das?"

Lars fing nun an rumzudrucksen. Ihm war es überhaupt nicht recht, dass Peggy davon erfahren hatte und nun blöde Fragen stellte. Was nun? Mit Peggy eine Familie gründen? Nein, das hatte er niemals ernsthaft vorgehabt. Zwar verspürte er definitiv mehr Gefühle für sie als für seine üblichen Eroberungen, aber dafür sein Luxusleben aufgeben? Niemals! Er würde so weitermachen wie bisher: Sigrid so wenig wie nötig vögeln und ansonsten seine luxuriöse Freizeit mit Peggy und möglicherweise auch noch anderen Sexpartnerinnen genießen. Daher entschied er sich für die Flucht nach vorn. „Ja, es gibt diesen Scheißehevertrag. Ja, und?"

„Dann stimmt es also doch?“
„Also, bei einer Scheidung bekomme ich leider wirklich nicht viel“, gab Lars zu, nur um sich gleich wieder in Lügen zu verstricken. „Aber das ist doch total egal. Ich habe so viel Geld auf die Seite geschafft, da spielt das überhaupt keine Rolle mehr! Und langsam glaube ich sowieso, dass du mich nur wegen des Geldes haben willst!“
„Nein. So ist es nicht. Ich habe doch nur … ich wollte doch nur …“
Lars Findeklee wollte die Situation nun noch ein letztes Mal für sich nutzen. Er wusste , dass nach diesem Gespräch für ihn die Sache mit Peggy sowieso erledigt war. Sie war eine tolle Frau und irgendwie liebte er sie auch – glaubte er zumindest –, aber er brauchte finanzielle Sicherheit. Und seine sexuellen Freiheiten sowieso.
„Ist schon gut, mein Engel.“ Lars ging auf sie zu, umarmte und küsste sie. „Ich will dich. Jetzt.“

***

Nachdem Lars seinen Willen bekommen hatte, zog er sich sofort wieder die Hose hoch. „Ich muss dann mal.“
Peggy war schockiert. „Aber … ich dachte … Wir…“
„Du hast ein bisschen zu viel gedacht, *Schatz*! Such dir einen anderen Blöden, dem du das Geld aus der Tasche ziehen kannst.“
„Aber … ich liebe dich doch … Dein Geld ist mir egal … Das wollte ich damit eigentlich sagen.“
Aber Lars Findeklee hatte die Beziehung zu Peggy zusammen mit dem letzten Höhepunkt gedanklich abgeschlossen. In seiner Phantasie malte er sich schon aus, ob es mit der Frau mit der süßen Stimme nicht doch klappen könnte. „Ach, komm schon,

Peggy. Das mit uns war ein Fehler. Du findest jemanden, der dich so liebt, wie du es verdient hast. Das bin aber nicht ich."
„Lars!!" Peggy stand kurz vor einem Nervenzusammenbruch. Ihre Beine versagten, die Knie wurden ihr weich und sie fühlte sich, als ob ihr jemand ein Messer mehrfach tief in den Körper gerammt hätte.
„Ja, ich weiß, dass ich so heiße. Hättest mal so meinen Namen schreien sollen, als ich es dir besorgt habe."
„Du verdammte Drecksau! Du hast mich nur ausgenutzt!" Sie griff nach dem erstbesten Gegenstand in ihrer Nähe und schmiss diesen nach ihm. Er konnte der heranfliegenden Fernbedienung gerade noch ausweichen.
„Na toll! Jetzt zeigst du dein wahres Gesicht. Kein Wunder, dass Ronny dich ständig verdroschen hat. Ruf mich bloß nie wieder an." Lars schlug die Tür hinter sich zu.
Während der Fahrt im Aufzug überlegte er noch einen kurzen Moment, ob er irgendwas falsch gemacht haben könnte. Unten angekommen war dieser Gedanke aber schon wieder verflogen. Zufrieden mit sich und der Welt stieg er in seinen Sportwagen und fuhr los. Er freute sich schon auf Montag, wenn er endlich den Geschäftstermin wahrnehmen und bei dieser Gelegenheit gleich die Sekretärin klarmachen könnte.
Peggy kauerte am ganzen Körper zitternd auf dem Boden im Wohnzimmer. Mit verheultem Gesicht schleppte sie sich ins Bad, öffnete den Spiegelschrank und griff nach den Rasierklingen. In ihrer Verzweiflung schob sie den linken Ärmel hoch und setzte eine Klinge zum Längsschnitt an. Nur einen winzigen Augenblick später säumte ein kleines Blutrinnsal die scharfe Klinge.

Kapitel 59

Es war Montagmorgen und die Ermittlungen wurden fortgeführt. Pincetta grinste unaufhörlich von einem Ohr zum anderen, während MMS ein Gesicht wie sieben Tage Regenwetter machte. Jede Frage, die er ihr stellte, beantwortete sie nur widerwillig und brummelig. Auch seine vorsichtige Frage, was denn eigentlich los sei, hatte MMS rüde abgewehrt. Da Pincetta seine Kollegin mittlerweile gut kannte, beließ er es dabei.
MMS hatte ihrerseits vorerst keine Lust, anderen zu erzählen, dass es am Wochenende zu einem Treffen zwischen ihr und Ahmet Schmitz nicht mehr gekommen war. Sie hatte auf seinen Anruf gewartet, der war aber nicht gekommen. Sie wiederum hatte selbst nicht anrufen wollen. Auf keinen Fall sollte er denken, sie liefe ihm nach.
Gegen 08:00 Uhr klingelte Pincettas Telefon. Auf dem Display sah er die Rufnummer von Yesim.
„Hallo Schatz, vermisst du mich schon?“
„Ja, auch! Aber, Pino, es ist was Schlimmes passiert!“
„Was denn?“
„Peggy liegt im Krankenhaus! Sie hat wohl versucht, sich die Pulsadern aufzuschneiden!“
„Wie jetzt?“
„Sie liegt auf der Intensivstation im Krankenhaus in Porz. Elias hat sie im Badezimmer gefunden, als er nach der Disko nach Hause kam. Da war sie schon mehr tot als lebendig. Das ist die Kurzfassung. Ich fahre jetzt sofort zu ihr.“
„Okay. Gib mir ein paar Minuten. Wir kommen auch gleich.“
Nachdem er aufgelegt hatte, erklärte er MMS kurz, was passiert war und fragte, ob sie mitkommen wolle. Die beiden gaben Egbert Elver Bescheid und machten sich sofort auf den Weg.

Während der Fahrt fragte MMS: „Weißt du denn, ob Peggy Pietsch überhaupt vernehmungsfähig ist?"
„Keine Ahnung, Melanie. Das werden wir ja gleich sehen. Wenn wir richtig Pech haben, dürfen wir noch nicht einmal zu ihr."
„Na toll! Und dann?"
„Weiß ich jetzt auch noch nicht. Wenn Yesim zu ihr darf, kann sie sie doch fragen, was wir wissen wollen."
„Spinnst du jetzt, sag mal?! Nur weil du sie vögelst, gehört sie noch lange nicht zum KK 11."
Pincetta gefiel überhaupt nicht, was er da gerade von seiner Kollegin gehört hatte. Er konterte kühl: „Wenigstens *habe ich* gevögelt. Du anscheinend nicht, so unentspannt, wie du dich gerade aufführst! Dafür kann ich aber nichts."
Ob des Salzes, welches er mit seinen Worten in MMS' Wunden gestreut hatte, giftete sie zurück: „Ach, weißt du, Pummelchen, wenn ich nur irgendwen zum Ficken bräuchte, so wie du, wäre das ganz sicher kein Problem. Aber zum Glück ticke ich anders. Und *ich* betrüge niemanden!"
Den Rest der Fahrt herrschte eisiges Schweigen. Eine blöde Situation, denn im Grunde mochten sich die beiden.
Am Krankenhaus angekommen erfragten Pincetta und MMS am Empfang den Weg zur Intensivstation. Dort mussten sie klingeln. Eine junge Krankenschwester fragte die Ermittler, weshalb sie hier waren und empfahl ihnen anschließend, diesbezüglich den Oberarzt zu fragen.
Sie schloss die Tür. Einen kurzen Moment später erschien Oberarzt Dr. Kremer an der Pforte. „Hören Sie, eigentlich darf ich das gar nicht erzählen, aber Frau Pietsch ist noch ziemlich geschwächt. Sie hat eine Menge Blut verloren. Es grenzt an ein Wunder, dass sie überhaupt noch lebt; ihr Sohn hat sie in letzter Sekunde gefunden. Können Sie nicht ein anderes Mal wieder-

kommen, wenn es der Patientin besser geht? Sie ist noch in einem sehr schwachen Zustand!"

„Wir haben nur ein paar Fragen. Wenn wir merken, dass es nicht geht, dann gehen wir auch sofort wieder. Versprochen."

„Ich weiß natürlich, dass Sie nur ihre Arbeit machen, aber aus ärztlicher Sicht braucht sie jetzt absolute Ruhe und keine Aufregung durch irgendwelche Fragen der Kriminalpolizei."

„Aber es ist wirklich wichtig, Dr. Kremer", hakte MMS nach. „Sie ist hier doch ärztlich versorgt und in guten Händen hier. Lassen wir sie doch selbst entscheiden, ob sie mit uns reden will."

„Also gut. Bitte warten Sie hier. Ich frage sie, aber wenn sie nein sagt, dann halte ich mich daran."

„Gut. Okay!"

Als Dr. Kremer außer Sicht war, sagte Pincetta zu MMS, dass man noch immer Plan B habe und Yesim dann fragen könne. MMS sagte nichts dazu und war froh, dass sich die Idee erübrigte, denn Dr. Kremer öffnete die Tür und bat die beiden herein. Er mahnte aber nochmals, dass es nicht zu lange dauern dürfe.

Schon vom Gang aus konnten die beiden Yesim sehen, die auf einem Stuhl neben Peggys Bett saß und mit ihr sprach.

Aufgrund der Örtlichkeit und der angespannten Situation unterließen Yesim und Pincetta eine romantische Begrüßung. MMS war da jedoch weniger diplomatisch. „Yesim, könntest du uns bitte kurz mit Frau Pietsch allein lassen? Wir haben ein paar Fragen. Und das ist intern und geht nur die Mordkommission etwas an."

Yesim warf Pincetta einen Blick zu, der aber nur mit den Schultern zuckte.

„Ihr seid doch bekloppt", sagte Yesim. „Mehr sag ich dazu nicht. Ich glaube, ich geh besser mal einen Kaffee trinken." Sie stand auf. Beim Hinausgehen touchierte sie leicht, aber absichtlich die Schulter von MMS.

Diese wandte sich nun an die blasse Patientin. „Peggy, Sie haben dem Arzt ja gesagt, dass es für Sie in Ordnung ist, wenn wir Ihnen ein paar Fragen stellen?“ Peggy Pietsch nickte. Man sah, dass es sie Kraft kostete.

„Es geht um den Tausch Ihres Dienstes am Tag des Anschlags. Und um die Bluse, die das Opfer Carina M. am Tattag getragen hat. Was können Sie uns dazu sagen?“

Mit schwacher Stimme antwortete Peggy Pietsch: „Wir haben ganz kurzfristig getauscht. Das haben wir vorher schon oft gemacht. Gegenseitig. Warum fragen Sie?“

„Eine Frage noch vorweg, bevor ich antworte: Haben Sie beide rein äußerlich eine gewisse Ähnlichkeit? Ich meine vor allen Dingen, wenn Carina M. auch noch Ihre Bluse anhatte?“

Pincetta entging nicht, dass das EKG nun heftiger ausschlug und die Werte nach oben gingen.

„Carina und ich sind ein ähnlicher Typ, ja. Wir haben uns öfter mal gegenseitig Klamotten ausgeliehen. Das macht man doch unter Freundinnen so.“

„Wie kurzfristig haben Sie denn den Dienst für letzte Woche Montag getauscht?“

„Am gleichen Tag. Ich habe sie morgens angerufen und gefragt.“

„Warum?“ MMS beobachtete Peggy Pietsch aufmerksam.

„Weil Lars plötzlich doch Zeit hatte.“ Peggy fing an zu weinen und das EKG piepste immer lauter.

„Lars Findeklee?“

Während Peggy Pietsch nur noch unter Tränen nicken konnte, kam Dr. Kremer in den Raum. „Sie müssen nun leider gehen. Aus medizinischer Sicht kann ich nicht mehr länger verantworten, dass der Patientin weitere Fragen gestellt werden.“

Kapitel 60

Als Pincetta und MMS wieder im Alfa Romeo saßen, begannen abermals die Spekulationen über mögliche Tatmotive.

„Na, Pino, bist du immer noch nicht davon überzeugt, dass es vielleicht jemand gezielt auf Peggy Pietsch abgesehen haben könnte?"

„Also, eigentlich kann ich mich nach wie vor mit der Theorie nicht so recht anfreunden, dass jemand einen Sprengsatz zündet und viele Menschenleben riskiert, nur um *eine einzige bestimmte Person* aus dem Weg zu räumen."

„Wieso? Du hast doch selbst in der Frühbesprechung von dem Typen in Berlin erzählt, der durch die Autobombe ums Leben kam. Was ist daran jetzt anders?"

„Das ist doch nicht dasselbe! Der saß schließlich allein im Auto und da wurde niemand anderes verletzt."

„Da hast du Recht, Pino, aber auch da hätte doch genauso gut statt ihm seine Frau das Auto fahren können. Und am Ende hätte sie noch ihre drei Kinder im Wagen gehabt. Solche Verwechslungen nehmen manche Täter eben in Kauf."

Beide schwiegen ein paar Momente.

Dann meinte Pincetta: „Da hast du schon recht. Und Stichwort Verwechslung: Wo wir jetzt hören, dass das Opfer und Peggy Pietsch sich schon so ähnlich sehen und dann auch noch dieselbe Bluse tragen? Ich weiß nicht, vielleicht könnte das doch tatsächlich so gewesen sein. Das wäre allerdings schon ziemlich eiskalt. Und diese Rechtsradikalen und die sonstigen Flüchtlingsunterkunftsgegner sollten wir dabei auch nicht gänzlich aus den Augen verlieren."

„Ach, darum kümmert sich doch der Staatsschutz. Das brauchen wir nicht auch noch zu machen. Lass uns lieber mal überlegen, wer ein Motiv für den Mord an Peggy Pietsch haben könnte, und dann arbeiten wir uns vor."

„Sollen wir Egbert und Praxenthaler über unsere Theorie informieren? Was meinst du, Kollegin?"
„Nö, vielleicht verläuft unsere Theorie ja auch im Sande. Wenn uns keiner fragt, sagen wir erstmal nichts. Die halten uns sonst noch für bekloppt. Das ist ja schon ziemlich abenteuerlich."
„Ja, und? 'ne bessere Idee haben die schließlich auch nicht."

Kapitel 61

Als Björn Zuckermann schon zum zweiten Mal innerhalb einer knappen Woche vom Staatsschutz gebeten wurde, zum Präsidium zu kommen, war er innerlich sofort auf Krawall gebürstet. Außerdem war ihm natürlich bewusst, dass sich diese Abteilung über ihn halb tot gelacht haben musste.
Tatsächlich gelang es Ulla Schiefer nicht gänzlich, ein Grinsen zu unterdrücken, als Björn Zuckermann ihr Büro betrat. Immerhin hatte Zuckermann damals am Telefon noch über die „blöde Bullenschlampe mit Pottschnitt und dickem Hintern" gelästert.
Nun bemühte sich Zuckermann bei der Begrüßung, soviel Verachtung wie möglich in seinen Blick zu legen. „Sie schon wieder. Hat die Polizei eigentlich nichts anderes zu tun, als mich ständig einzuladen?"
Die Ermittlerin blieb gelassen. „Sie sind für uns ein potentieller Zeuge. Ich kann Sie so oft vorladen, wie ich es für richtig halte. Das liegt nicht in Ihrem Ermessen, Herr Zuckermann!"
„Wissen Sie was, Frau Schiefer? Ich habe keinen Bock auf Ihre blöden Spielchen. Und Ihre Lakaien brauchen Sie gleich auch nicht mehr hinter mir herzuschicken. So wie die rumlaufen, müssen Sie sich nicht wundern, dass die auffallen. Anfänger!"

„Ich möchte mich heute nicht mit Ihnen über meine Kollegen unterhalten. Mir geht's um die Festnahme Ihres Bekannten Martin Hick. Sie wissen, über wen ich spreche, oder?"
„Und ob ich das weiß. Die Polizei hat grundlos auf ihn geschossen."
„Von wegen grundlos! Immerhin hatte er einen Rucksack mit Sprengstoff dabei und hat gedroht, dass der explodieren würde."
„Das behaupten Sie! Mir wurde zugetragen, dass er nur auf die Gefahr aufmerksam machen wollte, um eben keine Explosion zu verursachen. Wohlgemerkt durch Ihre Kollegen, die meinen Parteikollegen zusammengeschlagen und auf den Boden der Straßenbahn geschmissen haben! Am Boden haben die dann auch gegen seinen Kopf getreten, bevor sie ihm ins Bein geschossen haben. Dafür gibt es Zeugen."
Ulla Schiefer spürte, dass es keinen Sinn ergeben würde, mit Zuckermann die Situation zu diskutieren. „Herr Zuckermann, wir waren beide nicht dabei. Warten wir doch einfach ab, was die Ermittlungen ergeben, okay?"
„Das Ergebnis ist doch schon jetzt klar. Ich bin nicht blöd und Sie täten gut daran, es nicht immer wieder anzunehmen. Aber meinetwegen! Was wollen Sie eigentlich von mir?"
Ulla Schiefer ließ einige Augenblicke verstreichen, bevor sie antwortete: „Ich will, dass Sie mir sagen, ob Martin Hick vor der Flüchtlingsunterkunft die Bombe in den Mülleimer gelegt und gezündet hat. Ich will, dass Sie mir sagen, wofür der Sprengsatz gedacht war, den Ihr lieber Parteigenosse dabeihatte."
„Sonst nichts? Na, dann kann ich ja gehen. Ich habe nämlich nichts zu sagen."
Bevor Zuckermann seinen gewichtigen Körper vom Stuhl erheben konnte, herrschte Ulla Schiefer ihn an: „Sitzenbleiben!"
„Wie bitte?!"

„Sie haben schon verstanden – sitzenbleiben! Wir sind noch nicht fertig!"
Der schwergewichtige Funktionär wirkte verdutzt. Auf seiner Stirn glänzten unzählige Schweißperlen.
Unnachgiebig verfolgte die Ermittlerin ihr Ziel und wagte sich mit ihrem nächsten Satz auf gefährliches Terrain. „Herr Zuckermann, wie würden wohl Ihre Parteigenossen und die Wähler der FDK darauf reagieren, wenn bekannt würde, dass Sie eine Vorliebe für kleine Jungs aus Thailand haben?"
Zuckermann lief hochrot an. „Das wagen Sie nicht!", schrie er. „Sie dürfen das niemandem erzählen! Und wenn Sie es doch machen, zeige ich Sie wegen Verletzung meiner Privatsphäre an! Legen Sie also schon mal genügend Geld beiseite!"
Sie zuckte gelassen mit den Schultern. „Ich habe auch nicht gesagt, dass *ich* das jemandem erzähle, sondern es nur mal in den Raum geworfen. Ich frage Sie also noch einmal, in aller Freundschaft: Hat Martin Hick was mit dem Anschlag zu tun und welches Objekt war das nächste Ziel? Sonst …"
„Sonst was?! Das ist Erpressung! Das dürfen Sie nicht!"
„Wer sagt denn was von Erpressung? Ich stelle Ihnen doch nur einige Fragen. Sie müssen sie ja nicht beantworten. Es liegt ganz an Ihnen." Ulla Schiefer grinste Zuckermann maliziös an.
„Ich will einen Anwalt sprechen! Sofort!"
Ulla Schiefer warf das gelbe Branchenbuch vor ihn auf den Tisch. „Hier! Suchen Sie sich selbst jemanden. Wenn der dann eingetroffen ist, erklären wir ihm ganz genau, worum es geht. Und zwar ALLES."
Björn Zuckermann ließ das Branchenbuch liegen. Stattdessen legte er sein Gesicht in seine Hände und fluchte unverständlich. Ulla Schiefer ließ ihm diesen Moment. Dann fragte sie: „Was ist denn jetzt, Herr Zuckermann? Anwalt ja oder nein?"

Nach einer gefühlten Ewigkeit platzte es aus ihm heraus: „Der Martin hat mit dem Anschlag nichts zu tun!"
Ulla Schiefer war überrascht. „Wie jetzt?"
„Wie ich es gesagt habe. Der Martin hat mit dem Anschlag nichts zu tun."
„Und die beiden Brandanschläge zuvor? Was ist damit?"
Zuckermann zuckte hilflos mit den Schultern, aber Ulla Schiefer wollte sich nicht für blöd verkaufen lassen. „Herr Zuckermann, wir können auch an dieser Stelle aufhören. Wie gesagt, Sie müssen nicht mit der Polizei, sprich mit mir, reden. Aber ich gebe zu bedenken, dass es sicherlich auch die eine oder andere undichte Stelle bei der Polizei gibt. Sie verstehen, was ich Ihnen zu sagen versuche?"
„Ist ja schon gut. Es könnte sein, dass er was damit zu tun hat. Aber *ich* habe mit der ganzen Sache nichts zu tun."
„Hat Martin Hick Ihnen davon erzählt oder woher wissen Sie das?"
„Er hat es überall rumerzählt, als er mal wieder besoffen war und in unserer Kneipe unbedingt damit angeben musste. Ich habe sein Geschwätz nicht überprüft. Und mir war es auch egal, ob er die Brandsätze damals wirklich selbst gezündet hat oder nicht oder nur damit rumgeprahlt hat. Hauptsache, dieses Pack hat seinen Denkzettel bekommen. Von wem auch immer."
Ulla Schiefer bohrte in den nächsten anderthalb Stunden immer weiter. Während sie gewissenhaft ihren Job erledigte, fragte Zuckermann schließlich nur noch genervt: „Wie oft wollen Sie mir die gleichen Fragen eigentlich noch stellen?"
„Gar nicht! Ich werde Ihnen wohl glauben müssen, dass Sie nichts über den Anschlag wissen und auch nichts darüber, warum Martin Hick einen Sprengkörper im Rucksack dabeihatte und wo er damit hinwollte."
Zuckermann nickte selbstgefällig. „Zum x-ten Mal: Ja, so ist es."

Nachdem die Ermittlerin das Vernehmungsprotokoll ausgedruckt hatte, knallte sie ihm es auf den Tisch. „Hier, unterschreiben!"
„Ich unterschreibe erst, wenn ich gelesen habe, was Sie aufgeschrieben haben."
„Trauen Sie mir etwa nicht?"
„Ihnen trauen? Das soll wohl ein schlechter Witz sein!"
Wortlos griff Zuckermann nach dem Kugelschreiber, den Ulla Schiefer ebenso hingeknallt hatte, und unterschrieb auf der letzten Seite.
„So, sind wir jetzt fertig? Kann ich jetzt gehen?"
„Gleich! Unterschreiben Sie bitte die anderen Seiten auch. Ich möchte nicht, dass Sie später behaupten, dass da was anderes steht, als Sie gesagt haben. So haben wir immer ein Original."
„Jetzt trauen Sie *mir* wohl nicht."
Nachdem er das Gebäude verlassen hatte und offenbar in Richtung Köln-Arcaden ging, informierte Ulla Schiefer wieder die Observationskräfte.

Kapitel 62

Ulla Schiefer und die beiden Ermittler der Mordkommission hatten sich für mittags verabredet, um sich gegenseitig auf den aktuellen Sachstand zu bringen.
Nun saßen die drei satt und zufrieden im Besprechungsraum der Mordkommission zusammen. Pincetta, der in der Mittagspause eine Riesenportion Spaghetti Bolognese und ein großes Stück Tiramisu mal wieder regelrecht inhaliert hatte, kämpfte eisern gegen das berüchtigte Suppenkoma. Immer wieder fielen ihm die Augen zu, bevor er sofort wieder seinen Kopf hochriss, natürlich im festen Glauben, dass dies niemand bemerken würde.
Als Erste berichtete Ulla Schiefer über das letzte Gespräch mit Björn Zuckermann und dessen Angaben zu Martin Hick.
MMS hörte aufmerksam zu und hakte dann nach: „Und du glaubst diesem Fiesling? Der lügt doch, wenn er den Mund aufmacht."
„Teils, teils. Dass der mir nicht die ganze Wahrheit erzählt hat, ist mir schon klar. Immerhin ist der nicht nur total rechts, sondern auch noch Politiker. Da potenziert sich das Ganze noch. Aber der Sprengsatz, den wir bei Martin Hick im Rucksack gefunden haben, hat tatsächlich nicht viel mit dem Sprengsatz im Mülleimer gemeinsam. Und was die beiden Brandanschläge anbelangt, hat er mir immerhin Hick ans Messer geliefert."
„Was denkst du, warum er dir das überhaupt erzählt hat? Ich kann mir gar keinen Grund vorstellen, wieso er ohne Not mit einem solchen Geständnis überhaupt rausrückt."
„Keine Ahnung." Ulla Schiefer wollte ihren beiden Kollegen vorerst nichts von Zuckermanns sexuellen Vorlieben erzählen. Stillschweigend hoffte sie, dass sie dieses „Geheimnis" zu einer

anderen Gelegenheit nochmal nutzen könnte. „Und was habt ihr bislang herausbekommen?"
MMS berichtete über die Spur „Peggy Pietsch" und auch über die Findeklees und Peggys Ex-Mann Ronny. Die Theorie der Verwechslung von Peggy Pietsch und Carina M. verschwieg sie allerdings geflissentlich.
Ulla Schiefer blieb skeptisch. „Das ist zwar sehr interessant, aber ich kann mir beim besten Willen nicht vorstellen, dass diese Findeklee mit dem Anschlag etwas zu tun haben könnte. Diese Bettgeschichte zwischen ihrem Mann und dieser Peggy Pietsch hat nach meinem Dafürhalten keinen Bezug zu unserem Fall. Und sonst habt ihr nichts herausbekommen?"
„Doch. Wir haben bei unserer Klinkenputzerei einen Hinweis auf einen schrulligen Flaschensammler bekommen, der sich selbst ‚Collector-Schotte' nennt. Den haben wir sogar relativ schnell antreffen und befragen können."
Ulla Schiefer mimte die aufmerksame Zuhörerin. Sie behielt für sich, dass sie diese Information schon unter vier Augen von Tom Steinhuder bekommen hatte. Ihr wäre es überhaupt nicht recht, wenn jemand aufgrund ihres heißen Drahts zur Presse falsche Rückschlüsse ziehen könnte. Es wäre schließlich nicht das erste Mal, dass geheime Informationen auf dunklen Kanälen der Presse zugespielt worden wären. „Und was hat es mit diesem ‚Collector-Schotten' auf sich? Hat er jemanden gesehen?"
„Das wäre schön! Gesehen hat er niemanden, aber er ist kurz nach 17:00 Uhr am besagten Mülleimer gewesen und hat darin nach Flaschen gesucht. Dabei hat er einmal so durch den Mülleimer gewühlt und außer Müll nichts Verdächtiges gefühlt. Das grenzt doch unser Zeitfenster extrem ein."
„Mag sein. Vielleicht hat er aber auch den Sprengsatz einfach nicht berührt oder diesen nicht als solchen erkannt."

„Glaube ich nicht. Immerhin sind diese Kartuschen rund und länglich und ich behaupte mal, dass die sich im ersten Moment auch nach Flaschen anfühlen. Das hätte unser Flaschenprofi sicher bemerkt und uns gesagt."
Ulla Schiefer rümpfte ein wenig die Nase und legte die Stirn in Falten. „Ich gehe mal davon aus, dass ihr den Mann auf links gedreht und in sämtlichen unserer Datenbanken überprüft habt? Nicht, dass er uns am Ende an der Nase herumführt und den Sprengsatz selbst deponiert hat?"
„Ich kenne sogar die Größe seiner Unterhosen. Frage beantwortet? Außerdem sind die Straßen dort seit Jahren seine Einnahmequelle. Es würde nicht den geringsten Sinn ergeben, wenn er etwas damit zu tun hätte. Der Mann ist ein polizeilich unbescholtenes Blatt, der hat nichts damit zu tun. Oder glaubst du wirklich, er sei ein ‚Schläfer' im Schottenrock?"
Das Kopf-Kino, das diese Bemerkung hervorrief, ließ die Beamten in schallendes Gelächter ausbrechen.

Kapitel 63

Wie schon beim letzten Mal suchte Ulla Schiefer unangemeldet das Büro von Staatsanwalt Praxenthaler auf und klopfte nicht gerade zaghaft an die Tür. Nach einem hörbar genervten „Herein" trat sie ein und baute sich entschlossen direkt vor dem Tisch auf.
Praxenthaler ließ sich demonstrativ nach hinten gegen die Stuhllehne fallen und rollte hinter der Brille mit den Augen. „Sie schon wieder! Hätten Sie nicht wenigstens vorher anrufen können? Ich habe überhaupt keine Zeit. In meiner Funktion jagt ein Termin den nächsten." Er blickte ungeniert auf seine teure Armbanduhr und dachte an das bevorstehende Golf-

training mit seinem langjährigen Anwaltsfreund, mit dem er vor Jahren zusammen eine Wohn- und Lerngemeinschaft gebildet hatte.
„Dann werden Sie sich wohl die Zeit nehmen und Ihre ‚dringenden' Termine ein wenig verschieben müssen, Herr Staatsanwalt."
„Dringend" malte Ulla Schiefer dabei mit Anführungsstrichen in die Luft.
Praxenthaler atmete tief ein. Seine Stimme klang betont überheblich. „Liebe Frau Schiefer! Was ist denn so eilig, dass es nicht bis morgen Zeit hat?"
„Sie wollten, dass ich Ihnen Beweise gegen Martin Hick liefere. Ich habe Beweise. Hat das immer noch bis morgen Zeit?."
Praxenthaler schien mit einem Mal hochgradig interessiert. „Dann schießen Sie mal los. Ich bin ganz Ohr."
Ulla Schiefer legte ihm das Vernehmungsprotokoll auf den Tisch und tippte mehrmals vehement mit ihrem Zeigefinger darauf: „Das ist die unterschriebene Aussage von Björn Zuckermann, nach der Martin Hick herumerzählt hat, dass er für die beiden Brandanschläge auf das Flüchtlingsheim verantwortlich sei. Der hat mit seinen Taten im Suff gegenüber Gleichgesinnten geprahlt."
Praxenthaler blätterte Seite um Seite des Vernehmungsprotokolls und las es dabei in Windeseile quer. „Hier steht aber kein Wort zum Sprengstoffanschlag?"
„Ich weiß! Aber ganz ehrlich: Ich persönlich glaube auch immer noch nicht, dass er was damit zu tun hat. Dieser Hick ist zwar ein rechtes Arschloch, aber er ist eher so ein Brandstifter. Meiner Meinung nach ist er zu dämlich, um eine komplexere Bombe zu bauen. Die Sprengvorrichtung in seinem Rucksack hätte nur minimalen Schaden angerichtet. Das wissen Sie im Grunde auch."

Praxenthaler spürte augenblicklich wieder seine Halsschlagader anschwellen. Dennoch blieb er sachlich. „Was wollen Sie jetzt von mir?“

„Ich will noch immer Martin Hicks Telefonate mithören. Ich will wissen, mit wem er sich Mails schreibt. Ich will wissen, mit wem er chattet. Das volle Programm. Und all das will ich, nachdem Sie einen Haftbefehl erwirkt haben und dieser ihm schön am Krankenbett verkündet wird. Ich verspreche mir davon regen Telefonverkehr und viele Informationen.“

„Meinetwegen.“

„Danke, Herr Praxenthaler.“

„Bitte, bitte. Und … Schiefer?“

„Ja?“

„Gute Arbeit.“

„Danke! Wann kann ich damit rechnen, loszulegen?“

„Ich kümmere mich sofort darum, aber ich kann natürlich nicht die Entscheidung des Amtsgerichts vorwegnehmen.“

„Darum mache ich mir ehrlich gesagt keine großen Sorgen. Wenn wir Hick die beiden Brandanschläge hieb- und stichfest nachweisen können, dann sehen wir den hoffentlich die nächsten Jahre nicht wieder. Ganz zu schweigen von dem ganzen Krempel an Waffen und explosiven Stoffen, den wir in seiner Wohnung gefunden haben. Das dürfte mit in die Waagschale fallen und sich strafverschärfend auswirken.“

„Na, Ihren Optimismus möchte ich haben, Frau Schiefer.“

Kapitel 64

Sigrid Findeklee saß mit einigen Mitarbeitern der Fleischfirma in einer Besprechung, als ihr Mobiltelefon plötzlich vibrierte. Offenbar hatte sie vergessen, den Flugmodus einzuschalten. Als sie den Anruf schon wegdrücken wollte, las sie „Mr. X“ auf dem Display. Etwas Originelleres war ihr seinerzeit nicht eingefallen, als sie das Pseudonym in ihren Kontakten gespeichert hatte. Eigentlich hasste sie es, in einer Besprechung unterbrochen zu werden, aber diesen Anruf musste sie entgegennehmen. Kurzerhand, sie war schließlich die Chefin, log sie den anderen vor, dass sie auf diesen Anruf eines Rinderzüchters aus Japan die ganze Zeit gewartet habe.
Schnurstracks ging sie in ihr Büro. „Na endlich! Wieso habe ich so lange nichts von dir gehört? Weißt du eigentlich, was das für ein mieses Gefühl ist, nicht zu wissen, ob alles nach Plan verläuft?“
„Sorry, aber es ging nicht.“
„Erzähl keinen Quatsch. Wieso sollte das nicht gehen?“
„Frag nicht! Es ist besser, wenn du es nicht weißt.“
Sigrid Findeklee gehörte aber nicht zu den Frauen, die sich von einem Mann sagen ließen, was sie wissen dürfe und was nicht. „Jetzt hör mal gut zu, mein Lieber! Ich muss hier wohl mal etwas klarstellen! Ich bezahle *dich* und nicht umgekehrt! Nochmal die Frage: Wieso habe ich so lange nichts von dir gehört?“
Hörbar widerwillig antwortete der Anrufer: „Ich habe etwas getestet, damit es beim nächsten Mal klappt. Eine tausendprozentige Sache, ohne Risiko. Diesmal wird …“
„Stopp!“, unterbrach Sigrid Findeklee. „Ein zweiter Versuch ist nicht mehr nötig! Die Sache hat sich zwischenzeitlich von selbst erledigt. Wir sollten also auf keinen Fall unnötig Aufmerksamkeit produzieren. Immerhin waren die Bullen schon bei mir

und auf einen weiteren Besuch kann ich getrost verzichten. Also tu, was ich dir sage! Verstanden?!“
Nun klang die Stimme des Anrufers schon wütend. „Was soll das heißen? Erledigt? Ich erfülle immer meine Aufträge! Wir sind noch nicht fertig!“
Sigrid Findeklee traute ob der Widerworte ihren Ohren nicht. „Jetzt hör mal gut zu, mein Lieber! Wenn ich sage, dass es erledigt ist, dann ist es erledigt! Darüber wird nicht diskutiert!“
Nach einer gefühlten Minute des Schweigens folgte ein resigniertes Seufzen. Der Mann am anderen Ende der Leitung konnte mit resoluten Frauen einfach nicht umgehen. „Wenn du es sagst! Ist mir jetzt auch egal. Dann kann ich ja jetzt bei dir meinen neuen Job antreten.“
„Das soll wohl ein Witz sein! Du erfüllst den einfachsten Auftrag nicht und willst auch noch eine Belohnung dafür? Du kannst froh sein, dass du überhaupt die Anzahlung behalten darfst.“
„Du hast mir einen Job versprochen, wenn ich mich um das Problem Peggy kümmere!“
„Es ist alles gesagt! Ruf mich nie wieder an!“ Sigrid Findeklee drückte das Gespräch weg und ging zurück ins Konferenzzimmer. Sie entschuldigte sich für die Unterbrechung und führte die Besprechung fort, als ob nichts gewesen wäre.
In „Mr. X“ stieg jedoch eine unbändige Wut auf. Vor seinem geistigen Auge sah er schon die Trauerfeier für Sigrid Findeklee. Sie würde schon sehen, was sie davon hatte …
Aber alles zu seiner Zeit. Jetzt goss er sich erstmal das Glas randvoll mit schottischem Whisky ein. Nach und nach leerte er das Glas und genoss die anfängliche Süße, die schweren Torfnoten, die Tabak- und Espressoaromen.
Ronny Pietsch füllte sein Glas sofort nach. Eins war sicher: Auch heute würde er sich mit dem exklusiven Ardbeg wieder ins Delirium saufen.

Kapitel 65

Diesmal hatte Björn Zuckermann es nicht geschafft, das Observationsteam abzuhängen. Die ständigen Etagenwechsel mit den Rolltreppen, das Aufzug fahren und das Verstecken in Geschäftseingängen beeindruckten die Beamten in ihren dunklen Anzügen nicht. Sie hatten selbst in den Arcaden nicht einmal ihre schwarzen Sonnenbrillen abgenommen. Schließlich standen sie einem thailändischen Schnellimbiss gegenüber und mussten zuschauen, wie sich Björn Zuckermann fünfmal den Teller bis zum Rand vollpackte und alles in sich hineinschlang. Schon beim Anblick der Mengen an Essen, die er verputzte, wurde ihnen speiübel.
Nachdem er den Heimweg angetreten hatte und zuhause von seinem Wohnzimmerfenster aus durch die Gardinen nach unten auf die Straße blickte, dachte Zuckermann, dass, wenn es nur fünf Minuten garantierte Straffreiheit gäbe, er jetzt hinuntergehen und die beiden erwürgen würde. Stattdessen setzte er sich vor seinen Computer und verfasste eine Beschwerde an den Polizeipräsidenten und an die Staatsanwaltschaft, dass die ganze Observation unrechtmäßig sei und er nun die Presse über die Stasimethoden der Polizei informieren würde. Dies sei ein Eingriff in seine Freiheit und in die Unabhängigkeit der Politik. Anschließend überlegte Zuckermann, wie er jetzt am besten vorginge. Zunächst musste er in jedem Fall dafür sorgen, dass Martin Hick erfuhr, dass ihn jemand bei der Polizei verzinkt hatte. Er würde ihm weismachen, dass sein Kontakt bei der hiesigen Kripo ihm diese Information gesteckt hätte. Da Martin Hick nicht nur brutal und versoffen, sondern auch selten dämlich war, würde er ihm mit Sicherheit jedes Wort glauben.
Auch Gernot war nicht gerade der Hellste. Dennoch hatte Zuckermann vor diesem Psychpathen ungleich größere Angst.

Er nahm allen Mut zusammen, lieh sich bei seinem Nachbarn unter einem Vorwand dessen Mobiltelefon und rief Gernot Hick an, um ihm von dem vermeintlichen Verräter seines Bruders zu erzählen.
Bereits nach zwei Sätzen hörte Gernot Hick kaum noch zu. „Wenn ich rauskriege, welches Schwein meinen Bruder an die Bullen verzinkt hat, ist er schon so gut wie tot! Das schwöre ich. Den mach ich sowas von kalt!"
„Gernot, das bringt uns im Moment nicht weiter. Wir müssen überlegen, was wir tun. Vor allen Dingen, was *du* tust. Er ist *dein* Bruder. Wenn wir nichts unternehmen, wandert er für Jahre in den Knast. Also überleg gefälligst und stelle deine Revanche hinten an. Es geht hier nicht um dich."
„Revanche? Was laberst du für einen gequirlten Scheiß? Ich bin doch kein verdammter Hooligan. Ich will keine Revanche, sondern ich bringe das Verräterschwein um. Und zwar *ganz langsam*. Zentimeter für Zentimeter ziehe ich dem die Haut ab, kaue darauf rum und spuck sie ihm in seine dreckige Fresse. Diese miese Drecksau wird sich noch wünschen, nie geboren worden zu sein, so wahr ich Gernot Hick heiße!"
„Gernot, sag mal, hörst du mir überhaupt zu?"
„WAS!?"
„Habe ich doch eben gesagt, aber du schreist ja nur rum. Wir müssen deinem Bruder helfen, sonst verschwindet er für Jahre im Knast. So viel steht mal fest. Also krieg dich gefälligst mal ein!"
Zuckermann war selbst überrascht, als Gernot Hick für einen Moment verstummte und erst dann antwortete: „Und was schlägst du vor, du Klugscheißer?"
„Nicht am Telefon. Ich weiß nicht, ob die das Telefon meines Nachbarn hier auch schon abhören. Das besprechen wir unter vier Augen. Nur wir beide! Aber wir haben nicht viel Zeit. So

wie ich diese Bullenschlampe vom Staatsschutz einschätze, ist sie schon auf dem Weg zum Staatsanwalt."
„Wo denn dann, wenn nicht bei dir?"
„Ich denke, wir können's bei mir riskieren, wenn du über die Rückseite durch den Hintereingang kommst. Vor meinem Haus stehen sie wieder. Und nimm den Akku aus dem Handy, sobald du im Haus bist."
„Hä, wozu das denn?"
Zuckermann erklärte Gernot geduldig, dass die Kripo alles und jeden abhören konnte, wenn sich ein Akku im Handy befand, und sie außerdem in der Lage waren, über die eingebaute Kameralinse alles im betreffenden Raum zu filmen und zu fotografieren. „Also, hol bloß den Akku raus. Bis gleich!"
„Eins sage ich dir, Björn: Mach mir nicht nochmal die Tür mit diesem Tarzan-Dingsda auf. Ich habe heute noch Alpträume von dem Anblick. Und muff die Bude nicht wieder mit dieser Creme voll."
„Ja ja. Pass du lieber auf, dass dich die Bullen nicht sehen, und denk an den Akku."
Du Arschloch, wollte Zuckermann noch hinzufügen, traute sich aber nicht.

Kapitel 66

MMS holte sich die Tüte mit den Bekleidungsstücken von Carina M. aus der Asservatenkammer und breitete sie im Besprechungsraum aus. Bislang kannte sie die Kleidungsstücke nur von Fotos, lediglich Pincetta war seinerzeit bei der Obduktion dabei gewesen. Im ersten Moment wusste sie selbst noch nicht, was die nach Tod riechende Bekleidung hier wirklich bringen sollte.

„Hey, Pino! Wir sollten Peggy Pietsch fragen, wann sie die rote Bluse selbst zum letzten Mal getragen hat. Und ob sie die sehr oft anhatte."

„Was soll das bringen?"

„Mensch, Pino! Du bist doch seit Neuestem Verfechter der Verwechslungstheorie. Wenn die Pietsch diese rote Bluse oft angezogen hat, wäre das ein stützendes Indiz dafür. Dann könnte der Täter oder die Täterin doch tatsächlich gedacht haben, dass er nicht Carina M., sondern Peggy Pietsch sieht. Die Bombe zündet und *bumms*!"

„Klingt gut, Kollegin. Soweit waren wir aber schon. Wir brauchen eher mal ein Motiv, dann finden wir auch den Mörder. Oder, wie du so schön sagen würdest, vielleicht auch die Mörderin." Dieses Gendern, das MMS manchmal betrieb, fand Pincetta eher lächerlich. An der Gleichstellung der Geschlechter hatte er ungefähr so viel Interesse wie an Häkeln.

„Wir finden schon das Motiv. Früher oder später kommt so was immer ans Licht. Vielleicht haben wir ja etwas Entscheidendes übersehen."

„Also weiter Recherchieren, Auswerten und Rückschlüsse ziehen. Apropos: Hat eigentlich mal jemand die Ergebnisse der Funkzellenabfrage rund um die Flüchtlingsunterkunft ausgewertet? Die Verkehrsdaten müssten doch schon längst da sein.

Sonst müssen wir mal jemandem auf die Füße treten. Es geht hier schließlich nicht um einen Eierdiebstahl."
„Ich glaube, die sind erst heute Morgen eingetroffen."
„Na toll! Dann ist es wohl das Beste, wenn wir beide uns direkt selbst um die Funkzellenauswertung kümmern und analysieren, ob uns ein Verdächtiger seine telekommunikative Visitenkarte am Tatort hinterlassen hat."
MMS schaute ihren Kollegen ungläubig an. „Verdächtiger? Na, du bist ja sehr optimistisch. Es wäre schon ein Erfolg, wenn wir überhaupt einen Ermittlungsansatz finden würden."
„Sei mal nicht so pessimistisch, Kollegin. Wenn wir hier keinen ‚cross-over-Vergleich' durchführen können, dann müssen wir eben sozusagen ‚zu Fuß' ein Selektionsmuster erstellen. So schwierig ist das nun auch wieder nicht, nur sehr zeitaufwändig."
„Für mich sieht das eher nach blindem Aktionismus aus. Das bringt doch gar nichts. Wir haben keinen Pack-an. Oder habe ich etwas nicht mitbekommen?"
Pincetta, der sich seit Jahren mit der Thematik der Funkzellenauswertung beschäftigte, versuchte die Zweifel seiner jungen Kollegin zu beseitigen. „Erinnerst du dich noch an den Mooshammer-Mord oder an den tödlichen Holzklotz-Wurf auf der Autobahn? Da tappten die Ermittler auch erst mal im Dunkeln und hatten keinerlei Hinweise auf die Identität eines Beschuldigten. Oder auch einer Beschuldigten."
„Ist ja schon gut. Du klingst wie mein Kriminalistik-Dozent an der Fachhochschule. Zeig mir lieber, was ich jetzt machen soll."
Pincetta teilte die umfangreichen Tabellen auf und erklärte ihr, dass sie auch sämtliche Standby-Daten mit auswerten müsse, da man nicht zwangsläufig davon ausgehen könne, dass tatsächlich ein Telefongespräch stattgefunden hat.

Kapitel 67

Lars Findeklee hatte seinem Ruf mal wieder alle Ehre gemacht und nach dem Meeting mit dem neuen Geschäftspartner die Telefonistin mit der süßen Stimme in der Mittagspause kurz und heftig, wie ein berühmter Tennisspieler, vernascht. Allerdings nicht in der Besenkammer, sondern im Kopierraum.

Auf der Rückfahrt zur Firma ging ihm jedoch der letzte Streit mit Peggy immer wieder durch den Kopf. Er hatte sie wirklich sehr gemocht. Letzten Endes hatte ihn eigentlich nur der Ehevertrag davon abgehalten, sich von Sigrid zu trennen und mit Peggy ein neues Leben anzufangen. Um zu verhindern, dass ihm dies künftig noch einmal passierte, fasste er einen Entschluss. Aber vorher wollte er noch der Sache auf den Grund gehen, woher in Teufels Namen dieser Kommissar von dem Ehevertrag gewusst hatte. Wie könnte er das herauskriegen? Bei Peggy würde er jetzt mit seiner Frage, selbst wenn sie die Antwort wüsste, garantiert auf Granit beißen. Da gab's nur eins: Er musste Sigrid zur Rede stellen. Dass ihr Haus-und-Hof-Notar Dr. jur. Löwenstein seine Schweigepflicht gebrochen haben könnte, wo dieser doch immer so korrekt war, konnte er sich kaum vorstellen.

Mit diesen Gedanken im Kopf trat er das Gaspedal bis zum Anschlag durch und raste in Richtung Köln.

Kapitel 68

Es waren rund zwanzig Minuten seit ihrem Telefonat vergangen, als Gernot Hick vor Zuckermanns Wohnungstür stand und gegen die Tür hämmerte.
Zuckermann riss die Tür auf. „Soll die gesamte Nachbarschaft alles mitkriegen? Oder willst du den Bullen unten eine Einladung schicken? Kannst denen ja gleich telegraphieren!"
Blitzschnell packte Gernot Hick Zuckermann am Kragen, versetzte ihm gleichzeitig einen leichten Schlag unter das schwabbelige Doppelkinn und schob ihn in die Wohnung. Mit seinem rechten Bein trat er gegen die Tür, sodass sie zufiel. „Sag mal, bist du lebensmüde, mich so anzuschnauzen!?" Er schob den Fettwanst rücklings durch die Diele und bugsierte ihn bis zum Sofa, wo dieser auf die Sitzfläche plumpste.
Zuckermann schaute ängstlich zu ihm hoch. „Bitte beruhig dich doch."
„Ich bin ruhig, verdammt nochmal! Sonst hätte ich dir eben richtig eine aufs Maul gehauen. Klar?"
Björn Zuckermann nahm Hicks extrem geweitete Pupillen wahr. Wahrscheinlich hatte er wieder angefangen, Crack oder Heroin zu rauchen. Also versuchte Zuckermann, den direkten Augenkontakt zu vermeiden und blickte gen Boden.
Gernot Hick kam zur Sache: „So! Was hast du für eine tolle Idee, wie wir meinen Bruder aus der Scheiße retten können?"
„Ganz einfach! Er muss als Erstes raus aus dem Krankenhaus. Wenn das geschafft ist, verstecken wir ihn, besorgen falsche Papiere und schaffen ihn außer Landes."
„Und wie sollen wir das anstellen? Der wird doch von zwei Bullen bewacht!"
Zuckermann erläuterte ihm seinen Plan. „Ich hab mir das so vorgestellt: Ich gehe als Erster zur Station und verwickle die

Bewacher in ein Gespräch. Auch mich lassen die bestimmt nicht durch. Und genau in diesem Moment schleichst du dich als Arzt verkleidet ins Zimmer, fährst deinen Bruder im Rollstuhl raus und bringst ihn nach draußen zum Auto. Na, wie klingt das?"
Gernot Hick bekam einen Lachanfall. „Ich und Arzt. Jau! Klasse! Ich wollte schon immer Arzt werden mit meinen heilenden Händen! Glaubst du denn wirklich, das funktioniert so einfach?"
„Ablenkung ist alles. Das wird funktionieren! Aber wir sollten uns absichern. Kannst du noch irgendwie an eine Waffe kommen und die mitbringen? Nur für den Fall!"
„Machst du Witze? Ich wäre zu dieser Party sowieso nicht ohne Knarre gekommen. Du siehst ja, was die Bullen mit Martin gemacht haben. Das passiert *mir* nicht."
„Dann sollten wir keine Zeit verlieren. Die können ihn jederzeit ins Gefängniskrankenhaus verlegen. Wir müssen schneller sein. Wie schnell kannst du dir die Knarre besorgen?"
Gernot Hick griff nach hinten in seinen Hosenbund und zog einen Revolver heraus. „Kaliber 38. Spezial! Schnell genug?"

Kapitel 69

Ulla Schiefers Telefon klingelte. Die eingeblendete Rufnummer erkannte sie sofort. „Hallo, Herr Praxenthaler. Ich hoffe, Sie haben gute Neuigkeiten."

„Frau Schiefer, ich habe selbstverständlich alles getan, was in meiner Macht steht. Ich habe den zuständigen Richter mit Engelszungen beredet und davon überzeugt, dass die Telefonüberwachung und die gleichzeitige Verkündung des Haftbefehls am Krankenbett taktisch sinnvoll sind. Den Beschluss für die Telefonüberwachung leite ich Ihnen sofort per E-Mail weiter."

Ulla Schiefer erklärte sich bereit, direkt nach dem Gespräch alles Notwendige in die Wege zu leiten, damit das Telefon von Martin Hick alsbald abgehört werden könnte. Sie lechzte danach, diesen asozialen Rechtsradikalen für lange Zeit aus dem Verkehr zu ziehen. Keinesfalls wollte sie sich dabei allein auf die Aussage von Zuckermann verlassen, zumal sie diese ja mehr oder weniger von ihm erpresst hatte. Sollte dies jemals bekannt werden, wäre sie höchstwahrscheinlich nicht nur ihren Job los, eine solche Aussageerpressung hätte ihr selbst ein bis zehn Jahre Knast einbringen können.

Und dass die Interne nur auf so was wartete, war allgemein als Gerücht bekannt. Ein gewisser Herbert Faselmann hatte unlängst wegen Nötigung gegen sie ermittelt. Eine weitere Anzeige, so hatte er unmissverständlich betont, könnte das Ende ihrer Karriere bedeuten. Der kleinwüchsige Faselmann mit seinem von Mami gestrickten Wollpulli, seiner Cordhose und seinem seitlich gestriegeltem Haar war allgemein als pedantisch bekannt; eine Handvoll seiner Ermittlungen führten jährlich meist zu Entlassungen.

Ulla Schiefer hatte gehört, dass Faselmann zuletzt sogar eine haltlose Strafanzeige gegen den Polizeipräsidenten bis ins

Kleinste verfolgt und diesen letztlich sogar zur Vernehmung vorgeladen hatte. Seinen Vorgesetzten, die ihn zur Verhältnismäßigkeit ermahnen wollten, hatte er mit Anzeigen wegen Strafvereitelung gedroht, falls diese sich in seine Ermittlungen einmischen würden. Vor dem Gesetz seien schließlich alle gleich, da würde er nirgendwo eine Ausnahme machen.
Zumindest wusste Ulla Schiefer, woran sie bei Herbert Faselmann war.

Kapitel 70

Mit unterschiedlichen Absichten machten sich Gernot Hick und Björn Zuckermann sowie Ulla Schiefer, Hubert Praxenthaler und der zuständige Richter mehr oder weniger zeitgleich auf den Weg zum Krankenhaus.
Zuckermann fuhr den Wagen, während Gernot Hick in einer Tour die Trommel seines Revolvers drehte. Dieses metallische Geräusch trieb Zuckermann fast in den Wahnsinn. „Kannst du jetzt mal aufhören damit? Steck die Knarre weg oder willst du, dass uns eine Zivilstreife anhält? Außerdem haben wir einen Plan und der beinhaltet eigentlich keine Waffe. Die soll nur für den Notfall sein."
„Beruhig dich und guck lieber auf die Straße."
Den Rest der Fahrt wechselten die beiden kein Wort miteinander.

***

Ulla Schiefer sowie Praxenthaler und der Richter kamen im dichten Berufsverkehr nicht schnell voran. Bis zum Krankenhaus würden sie noch zehn bis fünfzehn Minuten brauchen.

Aber Ulla Schiefer blieb gelassen, denn im Grunde kam es auf zwanzig Minuten früher oder später nicht an. Die Telefonüberwachung war bereits aktiv und so würde ihr nichts entgehen.

***

Zuckermann und Hick stellten ihren Wagen auf der Rückseite des Krankenhauses am Lieferanteneingang ab. Dort war zwar eigentlich Halteverbot, aber dafür gab es hier keine Überwachungskameras. Sie verabredeten, dass Zuckermann wie ein Besucher vorn durch den Haupteingang gehen und Gernot Hick sich über den Lieferanteneingang Zugang verschaffen sollte. Auf dem Weg nach oben sollte er sich noch einen Arztkittel und den Rollstuhl besorgen.

Der Plan schien aufzugehen. Zuckermann verwickelte die beiden Beamten in ein Gespräch und gleichzeitig verschaffte sich Gernot Hick, mittlerweile als Arzt verkleidet, Zutritt zum Krankenzimmer seines Bruders. Er schob den Rollstuhl durch die Zimmertür, ohne dass groß jemand Notiz davon zu nehmen schien.

Martin Hick schlief offenbar. Gernot schlich ans Bett und presste seinem Bruder die Hand auf den Mund. Als Martin erschrocken die Augen aufriss, legte Gernot sich den Zeigefinger auf die Lippen.

„Was ist los? Was tust du da?", flüsterte Martin.

Gernot fackelte nicht lang. Er zog die Kanüle aus Martins Hand und schaltete die Apparaturen ab, damit kein Alarm ausgelöst wurde. „Wir müssen sofort weg, Brüderchen. Irgendwer hat dich bei den Bullen verpfiffen. Die wollen dich in den Gefängnisknast verlegen."

„Verpfiffen? Was denn?"

„Dass du die Brandsätze ins Flüchtlingsheim geschmissen hast, wo letztens die Bombe hochgegangen ist. Und dann noch das

Zeug, was die bei dir gefunden haben! Junge, die wollen dich wegsperren! Björn und ich sind gekommen, um dich zu holen. Ich lasse doch meinen Bruder nicht im Stich."
„Björn?" Martin Hick wurde plötzlich ganz blass.
„Ja. Was ist denn? Komm, beeil dich! Die Bullen sind gleich da und bringen dich weg."
„Björn ist doch der Einzige, der von den Brandsätzen gewusst hat. Immerhin hat er das ja angeordnet. Wer also soll mich verpfiffen haben? Hat er das auch gesagt?"
„Keine Ahnung! Er hat die Info von einem Kontakt bei den Bullen. Ist doch auch scheißegal jetzt. Wir müssen los." Gernot zerrte seinen Bruder aus dem Bett, hievte ihn auf den Rollstuhl, öffnete einen Spaltbreit die Tür und prüfte, ob die Luft rein war. Dann drehte er sich zu Martin um. „Alles klar. Gleich sind wir hier raus."
Zuckermann, der noch immer in einer stürmischen Diskussion mit den Beamten war, um diese vom Geschehen abzulenken, beobachtete hinter deren Rücken die Flucht der beiden Brüder. Eiligen Schrittes schob Gernot den Rollstuhl vor sich her, in dem sein Bruder saß, der noch gar nicht begriffen hatte, was gerade um ihn herum eigentlich passierte.
Als die Brüder fast die Fahrstühle am Ende des Krankenhausflures erreicht hatten, setzte Zuckermann seinen eigentlichen perfiden Plan um.

Kapitel 71

Egbert Elver kam ins Büro. „Hört mal, Leute! Bislang habe ich unseren werten Chef, die Pressestelle und Gott und die Welt vertrösten können, dass wir bald brauchbare Ergebnisse präsentieren. Aber jeden Tag werde ich erneut zum Rapport gebeten. Können wir denen bald mal was Brauchbares sagen?"
„Tut uns leid, Egbert, wir tun, was wir können."
„Das erwarte ich auch, Pino. Aber so langsam müsstet ihr mal in die Pötte kommen. Wir müssen Ergebnisse liefern und denen die Verantwortlichen präsentieren."
MMS warf Pino einen Blick zu. „Sollen wir es ihm sagen?"
Egbert Elver horchte auf. „Was sagen?"
Pino fühlte sich ein wenig überrannt. „Nun ja ..."
„Ja, was denn jetzt? Ich bin ganz Ohr! Was wollt ihr mir sagen?" Egbert Elver kam sich vor wie im Kindergarten.
MMS atmete tief durch. „Wir haben da eine etwas gewagte Theorie ..."
„Ja? Und welche? Lasst euch doch nicht so lange bitten!"

Wenige Minuten später hatten die beiden Ermittler ihren Chef eingeweiht.
„Und ihr glaubt wirklich, dass sich da jemand einfach in der Person geirrt hat?"
MMS nickte. „Das ist im Moment für uns die einzig logische Erklärung in diesem Fall."
Egbert Elver hatte seine Stirn in Falten gelegt. „Na, prima! Und was ist mit dem Jungen? Das war doch einfach nur Glück, dass der nicht tot ist."
„Das hab ich auch erst gedacht", schaltete sich Pincetta ein. „Aber überleg doch mal: Genau in diesem Heim wurden schon zwei Brandanschläge verübt. Und in der ganzen Republik

passiert ständig irgendwas in Flüchtlingsunterkünften. Mit der Bombe wollte jemand auf Nummer sicher gehen. Alle um das eigentliche Opfer herum sind dann eben Kollateralschäden. Und die Öffentlichkeit denkt, das Ganze ist ein Anschlag von Rechtsradikalen."

„Und das willst du jetzt als Erklärung liefern?"

„Schweren Herzens – aber ja!"

„Schön! Aber das hieße ja dann auch, dass diese Peggy Pietsch hoch gefährdet ist und wir jederzeit damit rechnen müssen, dass ein weiterer Anschlag auf sie verübt wird!"

„Könnte ja sein!", kommentiere MMS.

Egbert Elver war noch nicht überzeugt. „Hätte! Könnte! Vielleicht! Was sagt der Staatsschutz dazu? Denken die in die gleiche Richtung?"

Auf diese Frage erntete er nur ein doppeltes Schulterzucken seiner Ermittler.

„Also, ich sag euch jetzt mal was! Gebt gefälligst Gas und klärt diesen Fall, sonst ziehe ich euch davon ab und setze andere daran. Und ihr könnt dann zur Abwechslung mal wieder den Verkehr regeln. Unglaublich!" Egbert Elver machte auf dem Absatz kehrt und verließ das Büro.

„Siehste, Kollegin. Jetzt weißt du, warum du besser den Mund gehalten hättest."

MMS zeigte Pincetta wortlos den Mittelfinger.

Kapitel 72

„Ach, wissen Sie was, meine Herren? So wie es scheint, hat sich mein Anliegen wohl sowieso gerade erledigt." Zuckermann blickte in zwei fragende Gesichter. Bevor einer der Beamten einen Satz sagen konnte, fügte Zuckermann hinzu: „Der Arzt dahinten hat eben Martin Hick abgeholt und fährt ihn zum Fahrstuhl. Warum er es wohl so eilig hat? Merkwürdig! Oder haben Sie vielleicht eine Ahnung …?"

Zuckermann hatte genau das erreicht, was er beabsichtigt hatte: Die beiden Polizisten wendeten sich sofort ab, eilten dem vermeintlichen Arzt nach und riefen: „Polizei! Stehenbleiben! Wo wollen Sie mit dem Mann hin?"

Das Krankenhauspersonal und die Patienten auf dem Flur nahmen zwar Notiz vom lauten Rufen der Polizisten, aber niemanden schien in irgendeiner Form einzugreifen. Einzig ein älterer Herr mit lichtem Haarkranz, Frotteebademantel und Schlappen machte einen hastigen Schritt zur Seite. Gleichzeitig riss er seinen fahrbaren Infusionsständer mit, woraufhin die Flüssigkeit im Beutel heftig hin- und herschwappte.

Gernot Hick hingegen hielt ob der Rufe und der schnellen Schritte in seinem Rücken kurz den Rollstuhl an und überlegte, ob er nicht doch lieber umkehren sollte, entschied sich aber dagegen. Ganz langsam bugsierte er den Rollstuhl weiter in Richtung Aufzug und zischte seinem Bruder zu: „Das schaffen wir schon, vertrau mir!"

Kaum hatte er es ausgesprochen, da hörte er die schnellen Schritte der Beamten auf dem harten Linoleumboden immer näher kommen. Er wusste, dass er jetzt handeln musste. Ansonsten würde sein Bruder noch heute in den Knast wandern. Und er selbst würde ganz sicher wegen dieses Fluchtversuchs verhaftet.

„Herr Doktor! Bleiben Sie sofort stehen! Wo wollen Sie mit unserem Gefangenen hin? Sie müssen uns …"
Gernot Hick drehte sich blitzschnell um und nutzte den Überraschungsmoment aus. Bevor der Beamte den Satz zu Ende sprechen konnte, blickte er in das Mündungsfeuer des Revolvers, den Gernot Hick unter seinem Arztkittel herausgezogen hatte. Mit versteinerter Miene krümmte er den Finger am Abzug.
Auf einen ohrenbetäubenden Knall folgte sogleich der Einschlag des Projektils in die Brust des Beamten. Mit einem kurzen Schmerzensschrei fiel er wie ein gefällter Baum hintenüber und schlug hart mit dem Kopf auf dem Boden auf.
Sein Kollege reagierte geistesgegenwärtig, so wie er es in etlichen Trainingseinheiten im Schießkino gelernt hatte. Blitzschnell ging er in einem Türdurchgang in Deckung, zog seine Dienstwaffe aus dem Holster und gab gezielte Schüsse auf den Oberkörper von Gernot Hick ab.
Dieser hatte die entstandene Panik noch gar nicht mitbekommen: Die auf dem Flur befindlichen Patienten und das Krankenhauspersonal hatten sich allesamt schreiend auf den Boden geworfen, schützten nun mit Armen und Händen ihre Köpfe und hielten sich die Ohren zu.
Nachdem die Schüsse verhallt waren, färbte sich der weiße Arztkittel von Gernot Hick an mehreren Stellen rot. Ohne auch nur noch ein Wort zu sagen, sackte Gernot auf die Knie, blickte ungläubig in Richtung des Beamten, der mit der Waffe auf ihn zielte, und spuckte Blut. Einen Wimpernschlag später kippte er bäuchlings und leblos auf den kalten Boden.
Als sich der Beamte dem regungslos am Boden liegenden Gernot Hick nähern wollte, ließ sich Martin Hick aus dem Rollstuhl zu Boden gleiten. Ohne ein Wort griff er zum Revolver, der neben seinem Bruder lag.

„Lassen Sie sofort die Waffe fallen!“, rief der Beamte.
Martin Hick reagierte nicht. Er rüttelte an der Schulter seines Bruders. „Gernot! Mach jetzt keinen Scheiß! Gernot! Sag was, verdammt nochmal!“
Ein paar Momente später hatte selbst Martin Hick begriffen, dass für seinen Bruder jede Hilfe zu spät kam. Schweißperlen rannen ihm übers Gesicht, bevor sie auf dem Boden zerplatzten. Wie durch Watte gedämpft konnte er so gerade noch die Aufforderung hören, dass er die Waffe fallen lassen sollte. Er blickte den Flur entlang und sah den Beamten mit der Waffe im Anschlag, welcher in seine Richtung brüllte. „Letzte Warnung! Lassen Sie sofort die Waffe fallen oder ich schieße!“
Die Blutlache unter dem Körper seines Bruders hatte sich mittlerweile bis zu Martin hin ausgebreitet. Mit Tränen in den Augen blickte er auf seine blutverschmierte linke Hand. Er schien tatsächlich zu überlegen, was er nun tun sollte.
„Waffe fallen lassen! Sofort! Letzte Warnung!“
„Scheißbulle“, schrie Martin Hick und feuerte in dessen Richtung.
Wenige Momente später war es mucksmäuschenstill auf dem Krankenhausflur. Martin Hick lag regungslos neben seinem Bruder auf dem Boden. Eins der Projektile hatte sich durch seinen Hals gebohrt, ein weiterer Einschuss befand sich in seiner Brust. Die Körper der beiden Brüder lagen in einem See aus Blut, der sich immer weiter ausbreitete.
Während der Beamte, der zurückgeschossen hatte, in der Deckung hockte, kam der angeschossene Polizist wieder zu Bewusstsein. Die schusssichere Weste unter seinem Diensthemd hatte ihm das Leben gerettet. Bis auf einen gehörigen Schreck und ein paar schmerzhafte Prellungen würden die Schüsse keine Folgen für ihn haben. Er tastete nach seinem Digitalfunkgerät, drückte mit zittrigen Fingern die Sprechtaste

und rief mit geschwächter Stimme um Unterstützung nach einem Schusswechsel mit zwei Toten.

Kapitel 73

Als Ulla Schiefer, Hubert Praxenthaler und der Haftrichter aus dem Aufzug stiegen, fielen ihre Blicke auf die am Boden liegenden Gebrüder Hick. Geistesgegenwärtig drängte Ulla Schiefer ihre beiden Begleiter zurück in den Aufzug, zog gleichzeitig ihre Waffe und lugte aus dem Auszug heraus auf den Flur, bis sie die beiden Uniformträger erblickte. „Ulla Schiefer, Staatsschutz! Wir kommen jetzt raus!"
Mit Hubert Praxenthaler und dem Haftrichter verließ sie den Aufzug und steckte die Pistole zurück ins Holster. „Alles okay? Seid ihr verletzt?" Während ihre Sorge dem getroffenen Kollegen galt, bemerkte sie aus dem Augenwinkel, dass Praxenthaler offenbar vor allem darum bemüht war, seine teuren Schuhen nicht mit Blut zu besudeln. Ungeschickt stakste er wie ein einbeiniger Flamingo um die Blutlachen auf dem Boden herum. Hierfür hatte Ulla Schiefer nur ein Kopfschütteln übrig.
Der getroffene Beamte riss sich das Hemd auf, öffnete unter argen Schmerzenslauten die Klettverschlüsse seiner Weste und zog sie sich vom Körper. Die bleiernen Projektile aus Gernot Hicks Revolver fielen zu Boden und verursachten mit ihrem metallischen Geräusch bei allen Anwesenden großes Unbehagen. Ulla Schiefer atmete tief durch. „Gott sei Dank hast du die Weste angehabt, Kollege. Sonst würden hier jetzt drei Tote auf dem Flur liegen."
Sie hatte den Satz gerade beendet, als der Beamte schlagartig in sich zusammensackte und einen Heulkrampf bekam. Offenbar hatte er erst jetzt das Ausmaß des Geschehens realisiert.

Die Ermittlerin sah sich hastig um: „Kann sich vielleicht endlich mal ein Arzt um meinen Kollegen kümmern? Stehen Sie doch nicht alle wie die Ölgötzen herum!"
Danach wandte sie sich an den anderen Beamten, der noch immer wie versteinert in der Deckung hockte. Behutsam nahm sie ihm die Waffe aus der Hand. „Es ist vorbei. Kannst du uns sagen, was hier eigentlich passiert ist?" Sie deutete auf Martin Hick und seinen als Arzt verkleideten Bruder. Sie hatte beide sofort erkannt.
Stotternd erzählte der Kollege, was sich zugetragen hatte. Als der Name Björn Zuckermann fiel, schaute Ulla Schiefer suchend den Krankenhausflur entlang. Weiter hinten erblickte sie den Funktionär, wie er dämlich grinsend gegen die Scheibe am Stationsfenster lehnte. Als noch weitere Einsatzkräfte eingetroffen waren, überließ sie den Kollegen deren Obhut und eilte zu Zuckermann. „Darf ich Sie fragen, was hier vorgefallen ist?"
„Das sehen Sie doch selbst, Frau Oberhauptkommissarin. Zwei tote Hicks und ein angeschossener Polizist."
„Ja. Wirklich jammerschade, dass ausgerechnet derjenige jetzt tot am Boden liegt, den Sie verpfiffen haben. Ganz zu schweigen von seinem psychopathischen Bruder, der Ihnen wahrscheinlich den Hals umgedreht hätte, wenn das jemals bekannt geworden wäre. Wie praktisch!" Ulla Schiefer schäumte vor Wut.
„Höre ich da einen gewissen Ton des Bedauerns aus Ihrem Mund, Frau Oberhauptkommissarin?"
„Das Einzige, was ich bedauere, ist, dass nicht eine verirrte Kugel Ihren fetten Wanst durchlöchert hat. Hinter all dem stecken Sie doch, Sie durchtriebenes Arschloch!"
„Wie bitte?! Würden Sie das nochmal wiederholen!?"
„Sie haben mich schon verstanden!"
„Kann ich dann jetzt gehen? Ich habe nämlich noch einen *wichtigen* Termin."

„Sie bleiben solange hier, bis ich Ihnen sage, dass Sie gehen können. Klar?!"
„Das dürfen Sie gar nicht. Ich habe nichts gemacht und kann gehen, wann und wohin ich will. Und wie gesagt habe ich noch einen wichtigen Termin."
„So? Was sollte denn jetzt ach so wichtig sein?"
„Ich muss mir die Haare schneiden lassen." Zuckermann setzte das hämischste Grinsen auf, das er zu bieten hatte.
Ulla Schiefer ließ sich nicht einschüchtern. „Ach, *Friseurtermin* nennt man das jetzt, wenn man sich den Hintern versohlen lässt? Interessant!"
Zuckermann räusperte sich. „Also! Ich darf doch sehr bitten. Wir hatten eine Abmachung!"
Ulla Schiefer atmete tief durch. „Ja, die haben wir. Wollen Sie denn jetzt noch immer zum Friseurtermin?" Sie neigte ihren Kopf zur Seite und grinste hämisch mit mehrfachem Lidschlag zurück.
Zuckermann stampfte wie ein wütender Erstklässler mit dem rechten Fuß auf den Boden. „Sie sind doch ...! Also gut, ich werde versuchen, den Termin zu verschieben."
„Ich bitte darum!"

Kapitel 74

In weniger als einer Stunde war zwar wieder einigermaßen Ruhe auf der Krankenhausstation eingekehrt, aber von normalem Betrieb war man noch Lichtjahre entfernt.

Egbert Elver war neben den Mordermittlern persönlich hingefahren, um sich einen eigenen Eindruck zu verschaffen. Er war ein alter Hase und wusste nur zu gut, dass er stets im Bilde sein musste, falls seine Vorgesetzten Fragen hatten.

Während der Erkennungsdienst sämtliche Spuren akribisch sicherte und der Fotograf den Tatort aus verschiedenen Blickrichtungen festhielt, unterhielten sich Egbert Elver und Hubert Praxenthaler über das, was passiert war, und besprachen dabei die weiteren Ermittlungsschritte.

„Auf jeden Fall sollte die Obduktion der Hick-Brüder umgehend erfolgen und außerdem die Vernehmung aller Personen, die zum Zeitpunkt der Schießerei auf dem Flur waren. Das hat Priorität."

„Das ist sowieso Standard, Herr Praxenthaler. Aber was mir noch viel wichtiger ist: Was kann ich denn dem Kollegen sagen, der ja wohl eindeutig aus Notwehr gehandelt hat? Wollen Sie, dass gegen ihn ermittelt wird?"

Der Staatsanwalt dachte einen Moment nach. „Sagen Sie ihm, dass wir erst alle Aussagen abwarten, aber wir bei derzeitiger Sachlage von einer klassischen Notwehrsituation ausgehen. Und wenn das so bleibt, sehe ich keinen Grund, gegen den Beamten ein Ermittlungsverfahren zu eröffnen. Höchstens pro forma wegen der Statistik! Und dann mit sofortiger Einstellung des Verfahrens."

Egbert Elver war damit sehr zufrieden. „Das finde ich mal eine richtig gute Entscheidung im Sinne des Kollegen. Im Grunde können wir sogar froh sein, dass es so ausgegangen ist. Es gibt keine verletzten Unbeteiligten, vom erlittenen Schrecken mal abgesehen. Und dies ist dem Beamten zu verdanken, der in dieser knallharten Situation die Nerven behalten und dafür gesorgt hat, dass nichts Schlimmeres passiert ist. Eigentlich müsste man ihm einen Orden verleihen."

Praxenthaler rückte mit dem Zeigefinger seine Brille zurecht und räusperte sich. „Also, *das* ginge mir dann doch zu weit."

Egbert Elvers Mobiltelefon läutete. Es war Ulla Schiefer, die mal wieder Björn Zuckermann vor sich sitzen hatte, ihn aber dieses Mal für die Mordkommission befragte. „Zuckermann gibt an, dass er mit seinem eigenen Wagen zum Krankenhaus gefahren ist und dass dieser da angeblich auf der Rückseite stehen soll. Die Straße ist nicht bekannt." Gegenüber Elver verschwieg sie geflissentlich, dass Zuckermann den Observationskräften durch die Lappen gegangen war. Sonst hätte sie ja auch den genauen Abstellort gekannt.

„Okay. Von mir aus kann die Karre ruhig da stehen bleiben. Oder hat der Typ etwa Angst, dass er eine Knolle bekommt?"

„Was Zuckermann will oder nicht will, interessiert mich nicht im Geringsten. Aber ich würde gern wissen, ob es dort eine Videoüberwachung gibt. Irgendwie glaube ich kein einziges Wort von seinem Gelaber. Er druckst ständig herum. Normalerweise redet er doch ohne Punkt und Komma."

„Inwiefern passen seine Angaben nicht ins Bild?"

„Ich kenne, pardon, kannte diese Hick-Brüder und ich kenne Zuckermann. Die Brüder waren sehr einfach gestrickt und schlicht, um nicht zu sagen dämlich. Auf so einen Fluchtversuch wäre ein Gernot Hick nie im Leben selbst drauf gekommen. Der hätte eher die Kollegen direkt angegriffen oder wäre sofort mit der Waffe im Anschlag angetanzt. Aber Verkleidung und Rollstuhl? Nein! So ein semiprofessionelles Vorgehen passt so gar nicht zu ihm."

„Alles klar, Kollegin. Verstehe. Ich veranlasse sofort, dass das überprüft wird."
„Danke! Wenn ich Recht habe, kriegen wir Zuckermann wegen Beteiligung an einer Gefangenbefreiung dran."

Kapitel 75

Während der Tatort im Krankenhaus noch bis in die Abendstunden weiter aufgenommen wurde, wartete Lars Findeklee in seinem Büro darauf, dass endlich alle Angestellten das Firmengebäude verlassen hatten. Die Raserei mit dem Auto dorthin hatte ihm überhaupt nichts gebracht, außer der wenig freudigen Erwartung weiterer Bußgeldbescheide und eines baldigen Fahrverbots.
Je näher der Zeitpunkt rückte, an dem er Sigrid endlich zur Rede stellen könnte, desto größer wurde seine Anspannung. Er wollte unter keinen Umständen, dass dieses Gespräch mit seiner Gattin so enden würde wie die meisten bisher. Gegenüber den Kunden von FIN DE KLEE konnte Lars den eloquenten und charmanten Typ abgeben, aber gegen seine eigene Frau hatte er verbal keinerlei Chance. Er war sich jedoch sicher, dass heute *er* das Sagen haben würde.
Mit ein paar Gläschen Schnaps aus seiner Bar hinterm Spiegelschrank und einer Line Koks brachte er sich in die richtige Stimmung. Nachdem er die Line dekadent mit einem 500-Euro-Schein gezogen hatte, fühlte er sich euphorisch, frei und unbesiegbar. In seinem Leben vor Sigrid war er nahezu jedes Wochenende Stammgast auf Gang-Bang-Partys gewesen, bei denen es zum guten Ton gehörte, sich bis zum Anschlag vollzukoksen, um immer wieder seinen Mann zu stehen. Eigentlich hatte er sich einst geschworen, nie wieder diese Droge zu

nehmen. Aber heute brauchte er den Kick, um seinen Plan in die Tat umzusetzen.
Während nach und nach alle Angestellten das Bürogebäude verließen, schlich unbemerkt Ronny Pietsch aufs Gelände und machte sich mit einem Schraubendreher an einem Toilettenfenster auf der Rückseite des Gebäudes zu schaffen. Mit einem kräftigen Ruck hebelte er das Fenster mit einem krachenden Geräusch aus der Verankerung. Noch ein kurzer Blick in alle Richtungen, ob es jemand bemerkt hatte, dann kletterte er blitzschnell hinein. Geschickt landete er auf den Füßen und stellte fest, dass er sich hier offenbar im Frauenklo befand. Aber das störte ihn kein bisschen. Er musste sich sowieso nur ein Weilchen verstecken, bis die Luft rein war, bevor er Sigrid Findeklee aufsuchen und zur Rede stellen konnte. Den Ausgang des Gesprächs wollte er spontan von dessen Verlauf abhängig machen. Notfalls hatte er den Speed Block noch im Kofferraum seines Wagens und das Trockeneis wäre schnell besorgt. Seine Gedanken drehten sich im Kreis, aber am Ende wusste er, dass er nichts mehr zu verlieren hatte. Er war pleite, Peggy und sein Sohn hassten ihn, und seine Leber würde auf Dauer auch kapitulieren und ihn unter die Erde bringen. Und mit diesen Argumenten wollte er Sigrid Findeklee überzeugen, sich lieber an die Abmachung zu halten.

Kapitel 76

Die Auswertung der Telefonverkehrsdaten blieb vorrangig an Giuseppe Pincetta hängen. Aber vorher wollte er noch unbedingt etwas essen. „Gehe mal schnell in die Pause! Bin total unterzuckert."

Nach dem großen Teller mit Pasta Bolognese und doppelt Parmesan aus der nahegelegenen Pizzeria löffelte er noch zwei Gläschen Crème Brulée, aromatisiert mit Tahiti-Vanille, an seinem Schreibtisch. Parallel dazu überprüfte er die Eintragungen in der Excel-Tabelle und suchte die sprichwörtliche Nadel im Heuhaufen.

MMS hatte sich mit ihrem Vorschlag der Arbeitsteilung durchgesetzt und war auf dem Weg ins Krankenhaus zu Peggy Pietsch. Sie wollte von ihr erfahren, wie oft Peggy die rote Bluse vor dem Tausch selbst getragen hatte – und vor allem, wann dies zuletzt gewesen war.

Als MMS Peggy Pietsch diese Frage stellte, konnte sie förmlich sehen, wie es plötzlich in Peggys Kopf wie wild ratterte. Einen Moment später wurden ihre Augen feucht. Dicke Tränen suchten sich in langen Bahnen ihren Weg zu ihrem Kinn und tropften aufs Bett. „Ich … ich bin also wirklich schuld an Carinas Tod?"

„Wie kommen Sie denn darauf, Frau Pietsch? Davon kann doch überhaupt keine Rede sein. Schuld hat einzig und allein der- oder diejenige, der oder die für die Bombe verantwortlich ist."

„Carina! Oh mein Gott, es tut mir so leid."

„Was genau tut Ihnen denn leid?"

Mit tränenerstickter Stimme und Schniefen antwortete Peggy Pietsch: „Na, dass ich mit ihr meinen Dienst getauscht habe. Wenn ich Sie richtig verstehe, dann ist sie nur tot, weil ich frei hatte. Ich bin nicht blöd. Irgendwer hat sie gesehen und mit mir verwechselt."

„Aber wer, Peggy? Sagen Sie mir, wer einen Grund dafür haben könnte, Sie tot zu sehen? Wer hätte etwas davon?“ Mit durchdringendem Blick sah sie in Peggys Gesicht; sie hatte nicht vor, ihren Blick abzuwenden, bevor sie eine Antwort bekam.
„Ich weiß es doch nicht! Aber vielleicht hat ja die Frau von Lars doch einen Killer angeheuert, weil sie in mir eine Gefahr sah!“
Obwohl MMS und Pincetta diese Theorie schon einmal mehr oder weniger verworfen hatten, war sich die junge Ermittlerin aktuell nicht mehr sicher, ob man diese Möglichkeit gänzlich ausschließen konnte. „Eifersucht war schon oft ein Motiv“, bestätigte sie. „Bei den meisten Tötungsdelikten geht es um Liebe oder Geld. Verletzte Eitelkeit, Abweisung oder Kränkung können einem schon mal die Sinne vernebeln und einen etwas Unüberlegtes tun lassen, was man im Normalzustand niemals machen würde.“
„Das wissen Sie natürlich viel besser, Frau Seibl. Immerhin ist diese Frau ja auch zu mir nach Hause gekommen und hat mir Geld angeboten, wenn ich Lars verlasse. Aber so eine bin ich nicht. Ich lasse mich doch nicht kaufen.“
MMS legte die Stirn in Falten. „Wir werden der Sache wohl nochmal nachgehen müssen. Mal ins Unreine gesprochen: Es könnte doch sein, dass Frau Findeklee es einfach gewohnt ist, dass man mit Geld alles regeln kann. Und bei Ihnen hat das nicht geklappt. Dann investiert sie das Geld eben in einen Auftragskiller und löst das Problem auf diese Weise.“
„Dann glauben Sie jetzt also auch, dass mich diese Alte umbringen lassen wollte?“
„Das würde ich so jetzt nicht unterschreiben, aber es gibt nichts, was es nicht gibt. Wenn es aber tatsächlich so wäre, dann hätte sich das doch jetzt erledigt, wo es zwischen Ihnen und Lars Findeklee offenbar aus ist.“
Zum ersten Mal seit Beginn des Gesprächs erhellten sich für einen kurzen Moment Peggy Pietschs Gesichtszüge. Sofort ver-

düsterten sie sich jedoch wieder. „Das stimmt! Aber Carina ist und bleibt tot."
MMS erfuhr im weiteren Gespräch noch all die Dinge, die sie unbedingt hatte erfahren wollen: Peggy Pietsch hatte die rote Bluse regelmäßig getragen, wenn sie zur Arbeit ins Flüchtlingsheim ging. Und am Freitag vor der Explosion war dies das letzte Mal gewesen.

Giuseppe Pincetta starrte auf die unübersichtlichen Datenmengen, die er zwischenzeitlich hin- und hersortiert hatte. Keine der festgestellten Rufnummern war zweimal aufgelistet. Im Umkehrschluss bedeutete dieses Ergebnis für den Ermittler einen Haufen Arbeit, nämlich ein Selektionsmuster zu erstellen und dabei auch alle Standby-Daten zu berücksichtigen. *Wäre ja auch viel zu einfach gewesen, wenn die angrenzenden Funkzellenabfragen im „cross-over-Vergleich" direkt zum Erfolg geführt hätten. Aber nein, wieso sollte es denn auch diesmal einfach sein,* dachte er sich.
Seinem Pastabauchgefühl folgend fing er also mit den ersten 50 von 223 Rufnummern an, für die er die Anschlussinhaber feststellen lassen wollte. Aufgrund seiner Erfahrung wusste er, dass mit der vollständigen Beantwortung zum einen heute nicht mehr zu rechnen war und zum anderen wie jedes Mal auch viele Anwohnertreffer dabei sein würden. Aber dies empfand der Ermittler mehr als Vor- denn als Nachteil.
Nachdem er die 45. Rufnummer in die Abfragemaske eingetragen hatte, schwammen allerdings die Zahlen vor seinen Augen. Nach der 50. machte er eine Bildschirmpause, um ein wenig Augenpflege zu betreiben. Er ging in die Teeküche und schüttete sich eine Tasse mittelmäßigen Kaffee ein.
Als sein Telefon klingelte, war es seine Kollegin MMS, die auf dem Rückweg vom Krankenhaus war.

„Hi, Pino! Ich bin's. Hast du schon was herausgefunden?"
„Nö. Aber vielleicht wissen wir gleich mehr, falls wir für ein paar Rufnummern noch die Anschlussinhaber mitgeteilt bekommen und einen Namen sehen, der uns anspringt. Und bei dir? Was sagt die Pietsch?"
MMS erzählte ihm mit wenigen Sätzen den Gesprächsinhalt und wie Peggy Pietsch auf sie gewirkt hatte.
„Ich sehe das auch so", pflichtete Pincetta ihr bei. „Wir sollten dieser Findeklee nochmal auf den Zahn fühlen. Für meinen Geschmack war die ziemlich aalglatt. Und dann dieser unnötige Vortrag über dieses japanische Rind!"
„Reg dich ab. Dass die aalglatt rüberkommt, ist doch normal. Immerhin führt die ein riesiges internationales Fleischimperium mit was weiß ich wie vielen Angestellten. Das finde ich nicht ungewöhnlich. Privat ist die wahrscheinlich ganz anders. Aber ich finde es ungewöhnlich, dass sie Peggy Pietsch persönlich aufgesucht und ihr 10.000 Euro geboten hat, damit sie die Finger von ihrem Mann lässt. Das passt nicht ins Bild!"
„Welches Bild? Die Alte meint doch, dass man mit Geld alles kaufen kann. Für mich passt das sogar sehr gut."
„Du vergisst aber eins dabei, mein Lieber." MMS hielt inne.
Pincetta wurde ungeduldig: „Und das wäre?"
„Es gibt doch den Ehevertrag. Sie hat bis auf diesen widerlichen Womanizer doch nichts zu verlieren. Wenn er sie verlässt, bekommt er doch angeblich keinen Cent. Ich habe diesen Gedanken immer wieder mal im Kopf gehabt, weil mir irgendwas daran komisch vorkommt und ich denke, dass man uns keinen reinen Wein eingeschenkt hat. Ich habe diesen Gedanken nicht weiterverfolgt, weil er mir nicht wichtig genug war, aber nach dem Gespräch mit der Pietsch heute sehe ich das in einem anderen Licht. Es passt nicht zusammen mit den Angaben, die

man uns hier weismachen will. Wir müssen der Sache mit dem Ehevertrag nochmal auf den Grund gehen."
„Machen wir."

Kapitel 77

Lars Findeklee konnte auf seinem Computer sehen, dass sich der letzte Angestellte vor gut zehn Minuten im Zeiterfassungssystem ausgebucht hatte und außer ihm und Sigrid nun niemand mehr im Gebäude war. Das Kokain hatte mittlerweile seine Wirkung voll entfaltet. Lars' Selbstbewusstsein war auf dem Höhepunkt und er verspürte so gut wie keine Hemmungen mehr, das zu tun, was er jetzt tun musste. Euphorisch kippte er den Rest des Glases hinunter, verließ das Zimmer und stürmte ohne Anzuklopfen ins Büro seiner Ehefrau, als diese gerade dabei war, eine Rufnummer ins Telefon zu tippen.
„Leg auf! Wir müssen reden! Jetzt sofort"
Sigrid Findeklee erschrak. Ihr fiel natürlich sofort auf, dass mit ihm etwas nicht stimmte. Er kam ihr regelrecht fremd vor. Nach der Schrecksekunde ergriff sie jedoch das Wort und hob abweisend ihre freie Hand. „Lass mich noch eben diesen Anruf machen. Das ist wichtig! Danach können wir immer noch reden."
Schnellen Schrittes ging Lars auf sie zu, riss ihr den Hörer aus der Hand und schlug ihn mit den dröhnenden Worten „Ich habe gesagt, du sollst auflegen!" mit voller Wucht gegen ihre linke Schläfe. Dann knallte er den Hörer auf das Telefon.
Sigrid Findeklee stieß einen Schmerzensschrei aus und griff sich an den Kopf. Zunächst hatte sie nur Sterne gesehen und auch jetzt schien sie kurz vor der Bewusstlosigkeit. Benommen wankte sie mit ihrem Oberkörper auf dem Stuhl leicht hin und

her. So hatte sie Lars noch niemals zuvor erlebt. Diese hassverzerrte Grimasse versetzte sie regelrecht in Panik – ein Gefühl, das sie kaum kannte. Unter großen Schmerzen kniff sie die Augen zusammen und massierte die äußerst druckempfindliche Stelle an ihrem Kopf.
„Woher verdammt nochmal weiß die Polizei, dass es einen Ehevertrag gibt?"
Lars' gebrüllte Frage drang dumpf wie ferner Donner in ihr Ohr. Als sie wieder in der Lage war, die Augen zu öffnen, sah sie in seine extrem geweiteten Pupillen.
Wieder schrie er sie an. Wieder war es die gleiche Frage.
„Lars, ich weiß nicht, was …" Bevor sie den Satz beenden konnte, sprang Lars mit einem Satz um den Tisch herum, riss an ihrem Stuhl und knallte sie rücklings damit zu Boden. Sigrid landete heftig auf dem Rücken und schlug mit dem Hinterkopf unsanft auf dem Boden auf.
Als sie wieder in Lars' Richtung blickte, sah sie sein Gesicht ungefähr ein dutzend Mal verschwommen vor sich. Völlig in Rage ergriff er mit beiden Händen fest den Kragen ihres Business-Anzugs und schüttelte sie. Sie sah aus wie eine zu fest angestupste Wackelpuppe. „Du weißt nicht?! Du weißt es nicht?! DU LÜGST! Du sagst mir jetzt sofort, was ich wissen will, sonst …" Er formte seine rechte Hand so fest zu einer Faust, dass die Knöchel weiß durchschimmerten, und hielt sie ihr vors Gesicht. Trotz der erlittenen Schmerzen kehrten ihre Sinne langsam zurück. Am Ringfinger ihres Mannes sah sie den glänzenden, goldenen Ehering.
Lars Findeklee war so sehr auf Sigrid fokussiert, dass er gar nicht bemerkte, wie sich jemand angeschlichen hatte, die Situation mit seinem Smartphone filmte und dabei grinste.
„Ha! Was willst du jetzt machen? Willst du mich umbringen? Weichei!", stieß Sigrid Findeklee hervor. Ihr Schädel dröhnte

schlimmer als bei der stärksten Migräne, aber sie war eben keine der Frauen, die sich von einem Mann unterkriegen lassen würden. An dieser Tatsache würden auch ein paar Schläge nichts ändern. Aber kaum hatte das letzte ihrer Worte die Lippen verlassen, als Lars seine geballte Faust auf ihr Kinn hämmerte. Augenblicklich tropfte Blut aus ihrem Mundwinkel; durch den Schlag hatte sie sich die Zunge aufgebissen. Hasserfüllt sah sie Lars an. „Schlag nur weiter, Lars. Schlag zu! Töte mich, wenn es unbedingt sein muss! Dann hast du gar nichts mehr!" Obwohl sie unter Tränen Blut spucken musste, gelang es ihr gleichzeitig, ihren Mann auszulachen. „Nun mach schon, du Held! Oder hast Du Schiss?! Waschlappen!"
Der Satz „dann hast du gar nichts mehr" hatte Lars trotz seiner Verfassung erreicht. Er stoppte seinen nächsten Schlag in ihr Gesicht, presste aber stattdessen seine Faust gegen ihre Wange.
„Was soll das heißen, dann hab ich gar nichts mehr? Wenn ich dich jetzt umbringe, gehört die Firma und alles andere mir!"
Sigrid Findeklee merkte, wie sie trotz ihrer körperlichen Unterlegenheit langsam wieder die Oberhand gewann. Die höllischen Schmerzen in ihrem Kopf blendete sie aus. „Glaubst du!?"
Wie von Sinnen rieb er nun die Knöchel seiner Faust in ihr Gesicht. „Jetzt sag endlich, was du damit meinst, sonst …!"
„Glaubst du etwa, ich weiß nicht, dass du mich wegen diesem Flittchen verlassen wolltest?! Mich, der du alles zu verdanken hast, du Mistkerl!"
Langsam ließ die Wirkung des Kokains nach. Urplötzlich verspürte Lars eine innere Unruhe, gepaart mit unglaublicher Aggressivität und depressiven Schüben. Außerdem verließen ihn langsam die Kräfte. Dennoch schlug er heftig mit der Faust mehrere Male neben ihrem Kopf auf den Boden und schrie: „Ich schwöre, ich bringe dich um! Ich schlage dich tot und lasse

es wie einen Überfall aussehen!" Kleine Speicheltropfen flogen in Sigrids Gesicht.
„Dann mach endlich, wenn du die Eier dafür hast! Danach wirst du nichts mehr besitzen!" In seinem Gesicht sah sie jetzt einen Hauch von Unsicherheit. Sie war ihm wieder überlegen, soviel stand fest. „Elender Schlappschwanz! Ich hab es doch gewusst! Und jetzt runter von mir. Du widerst mich an!"
Mit seiner Reaktion hatte sie aber wohl nicht gerechnet. Wie von einer fremden Macht gesteuert holte Lars aus und schickte sie mit vier heftigen Boxhieben ins Land der Träume. Erst danach wälzte er sich ächzend von ihr herunter und lehnte sich mit dem Rücken gegen den Schreibtisch.
Während er apathisch ins Leere blickte, kamen ihm die krudesten Gedanken. Eine wahnsinnige Angst legte sich wie ein bleierner Schal auf seine Schultern. Früher hatte Lars solche Probleme nicht gehabt, wenn die Wirkung des Kokains nachließ. Ein paar seiner früheren Freunde hatten jedoch regelrechte Wahnvorstellungen sowie akustische und optische Halluzinationen durchlitten, bis hin zur Depression mit Selbstmordgedanken, weil sie die vielen Reize nicht mehr aushalten konnten. Auf diese Weise hatte er vor Jahren während einer Gang-Bang-Party einen seiner besten Freunde verloren. Dieser war vom Balkon aus dem 23. Stock gesprungen und hatte unentwegt „lasst mich, lasst mich in Ruhe" geschrien, bevor er auf dem Asphalt aufgeschlagen war und sein Gehirn sich wie ein riesiger rot-breiiger Farbklecks auf dem Gehweg verteilt hatte. Nach diesem Erlebnis hatte Lars damals beschlossen, nie wieder Kokain zu ziehen.
Ronny Pietsch hockte derweil noch immer in seinem Versteck und filmte. Inständig hoffte er, dass der Akku seines Smartphones nicht vorzeitig schlappmachen würde, denn die Batterieleistung betrug nur noch 17%. Solch eine Gelegenheit

käme wahrscheinlich nie wieder. Mit diesem Filmchen hätte er seinen alten Kumpel Lars in der Hand. Und diesen Umstand würde er ganz sicher zu seinem Vorteil nutzen. Am liebsten wäre es ihm, wenn Lars seine Frau umbringen würde. Das würde ihm zwar den Spaß nehmen, es selbst zu tun, aber irgendwie gefiel es ihm auch, vom Logenplatz aus dabei zuzugucken. Hauptsache, diese verlogene Alte würde ihre gerechte Strafe bekommen. Wenn Lars das nicht zu Ende brächte, dann würde er das selbst übernehmen. Aus seiner Sicht hatte Sigrid Findeklee es mindestens dreimal verdient, so wie sie ihn verarscht hatte.

Als Sigrid Findeklee langsam wieder zu Bewusstsein kam, öffnete sie einen Spalt weit die Augen. Ihr Blick fiel auf Lars, der noch immer an den Schreibtisch angelehnt neben ihr saß. Mit schwacher Stimme sprach sie ihn an: „Ich habe vorgesorgt. Du machst einen schlimmen Fehler."

Lars Findeklee schaute zu ihr herüber. „Ja, ich weiß. Der Ehevertrag. Ich bin nicht doof. Den scheißverfickten Vertrag habe ich schließlich mit unterschrieben."

Sie schüttelte kaum merklich den Kopf. „Nein. Den habe ich nicht gemeint."

„Was denn dann, verdammt nochmal?!"

„Löwenstein! Ich war bei ihm. Nach meinem Tod geht das ganze Vermögen an eine Stiftung. Und zwar alles. Einfach alles."

„Du lügst doch."

„Dann bring mich doch um, wenn du so sicher bist."

Lars Findeklee sprang plötzlich auf und rannte wie ein wildes Tier im Kreis. „Du …! Du …!"

„Na! Was willst du jetzt tun, du Held?"

„Ich glaube dir kein Wort! Du willst doch nur dein erbärmliches Leben retten!"

„Glaubst du?! Dann wirf mal einen Blick in die obere Schublade. Da liegt nämlich eine Kopie meines Testaments."
Nachdem Lars die Kopie hervorgeholt und überflogen hatte, ließ er sich aufs Sofa sinken und fing an zu schluchzen.
Sigrid, die nun ein weiteres Mal Oberwasser bekam, stieß hervor: „Kannst dich schon mal daran gewöhnen, arm zu sein. Du bist mit Nichts gekommen und wirst mit Nichts gehen. Werde doch glücklich mit dieser armseligen Peggyschlampe. Verdammte Hure. Hat doch mehr Schwänze geblasen, als sie warm gegessen hat." Sie lachte triumphierend; nur zu gut wusste sie, welche Knöpfe sie bei ihm drücken musste, um ihn zu drangsalieren.
Das war alles zu viel für Lars. Er war nicht dafür gemacht, Sachen dieser Art einfach einzustecken. Und so kam es, wie es kommen musste. Mit einem heiseren Schrei sprang er vom Sofa auf und trat ihr mit voller Wucht gegen den Kopf. Auf dem Display von Ronny Pietschs Smartphone sah dieser Tritt aus wie ein professionell geschossener Elfmeter. Immer und immer wieder trat er zu und brüllte wirr vor sich hin. Erst nach dem vierten Tritt hielt er inne. Er hörte das immer leiser werdende Röcheln aus Sigrids Mund, das nach ein paar Minuten ganz verstummte.
Etwa zur gleichen Zeit gab Ronnys Smartphone einen Piepton von sich, bevor das Display schwarz wurde. Erschrocken blickte Lars zur Seite. Da stand Ronny, der mit einem zufriedenen Lächeln sein Smartphone einsteckte. „Prima, alles im Kasten."
„Was – was machst du denn hier? Wieso bist du hier?" Lars wusste überhaupt nicht, wie ihm geschah.
Ronny Pietsch überlegte für einen kurzen Moment, ob er Lars die Wahrheit sagen sollte. Sollte er ihm gestehen, dass er eigentlich hier eingebrochen war, um Sigrid Findeklee zur Rede zu stellen und sie gegebenenfalls zu töten? Sollte er ihm sagen, dass

er in ihrem Auftrag Peggy hatte ermorden sollen und die Bombe im Mülleimer platziert hatte und der Tod von Carina nur auf einer dämlichen Verwechslung beruhte? „Ich bin eigentlich hier, weil Sigrid mir einen Job angeboten hatte. Und nun werde ich Zeuge, wie du sie umbringst. Lars, Lars! Was ist denn nur los? So kenne ich dich ja gar nicht." Scheinheilig schüttelte er den Kopf.

„Wi… wieso hast du das gefilmt?", stammelte Lars. „Ich verstehe nicht. Hier … hier stimmt doch was nicht!"

Ronny Pietsch ging auf ihn zu, schaute ihm direkt in die Augen und legte ihm scheinbar freundschaftlich eine Hand auf die Schulter. „Keine Sorge, mein Freund. Niemand hier wird das erfahren. Ich kann dir helfen."

„Ich wollte das nicht! Wirklich nicht. Ich weiß auch nicht, wie das passieren konnte, aber Sigrid …"

Ronny Pietsch unterbrach das Gejammer seines alten Schulfreunds. „Mach dir keinen Kopf, mein Lieber. Wie gesagt, ich helfe dir da raus."

„Ronny, ich …" Lars sackte erleichtert in sich zusammen. „Danke!"

Kapitel 78

Yesim Arslan betrachtete voller Vorfreude ihre selbstgemachte Lasagne mit extra viel Käse im Backofen, als Pincetta nach Hause kam. „Was duftet denn hier so wunderbar?“

Als er die Küche betrat, lief ihm allerdings nicht allein wegen der Lasagne das Wasser im Mund zusammen. Yesim trug eine nahezu durchsichtige, knapp geschnittene Kochschürze. Schwarze Lederstiefel reichten bis über ihre Knie und ihre langen schwarzen lockigen Haare verdeckten den oberen Teil ihres knackigen Hinterteils. Sonst trug sie nichts.

Nach dem leidenschaftlichen Begrüßungskuss stachen nicht nur ihre Brustwarzen durch den dünnen Stoff, auch Pincettas Hose war einer Stelle ziemlich eng geworden. Die beiden blickten sich tief in die Augen.

„Lust auf ’nen Quickie vorm Essen?“

„Ich dachte schon, du fragst nie“, hauchte Yesim, drehte sich elegant um und beugte sich mit ihrem Oberkörper auf die Arbeitsplatte.

Keine drei Minuten später piepte die Backofenuhr und Yesim konnte ungehindert die Lasagne aus dem Ofen holen.

Pincetta schaute ihr zu und schwärmte. „Du bist echt unglaublich! Ich glaube, ich bin im siebten Himmel!“

***

Während Yesim Pincetta ein Stück Lasagne auf den Teller legte, erkundigte sie sich nach dem Stand der Ermittlungen. Unter dem Deckmantel der Verschwiegenheit erzählte Pincetta von MMS’ Besuch bei Peggy Pietsch und der Auswertung der Telefondaten.

„Also", fragte Yesim, „wenn ich das richtig verstehe, sollte tatsächlich eigentlich Peggy bei dem Attentat sterben?"
Pincetta hob beschwichtigend die Hände. „Langsam, bella principessa. Das ist nur eine von vielen möglichen Theorien. Ich persönlich habe noch immer meine Probleme damit. Eigentlich möchte ich es nicht glauben, dass jemand eine Bombe zündet, nur um einen einzigen Menschen zu töten. Aber mittlerweile halte ich zumindest nichts mehr für ausgeschlossen."
„Und wieso nicht?"
„Weil ich bei der Mordkommission eins gelernt habe: Es gibt nichts, was es nicht gibt! Menschen können extrem niederträchtig, falsch und verlogen sein."
„Tja, Pino, willkommen im Club. Das weiß ich auch so, dazu muss ich nicht erst bei der Mordkommission arbeiten. Aber es könnte doch tatsächlich sein, dass es sich um einen Nachahmer handelt, der die derzeitige politische Lage ausnutzt. Ich mein, guck dich doch mal um. Es vergeht doch keine Woche, wo nicht irgendwas im Zusammenhang mit Flüchtlingen passiert. Entweder sind sie Täter oder Opfer, aber irgendwas ist immer. Und Anschläge auf Flüchtlingsheime hat es dabei auch immer gegeben. Ich finde, dass man dies doch zur Verschleierung des wahren Motivs wunderbar nutzen kann. Niemand würde das wahre Motiv in Erwägung ziehen, weil solche Anschläge leider fast an der Tagesordnung liegen. Oder?" Ihre dunklen Augen funkelten und glänzten, als sie ihn ansah.
„Ja klar kann das sein. Hab ich auch schon dem Chef gesagt. Aber wer würde Peggy Pietsch derart hassen, dass er für ihren Tod auch noch den Tod vieler Unschuldiger in Kauf nimmt? Das ist schon eine ziemlich krasse Vorstellung, oder nicht?"
Yesims Miene verdüsterte sich. „Meine erste Wahl wäre bei sowas immer Ronny, dieses brutale Arschloch! Wenn einer einen

Grund hatte, dann er. Vielleicht, weil er noch etwas zu Ende bringen musste?“

Pincetta musste bei der Vorstellung von Ronny Pietsch als Bombenleger lachen. „Dieser alte Säufer? Ein Attentäter? Nee, lass mal. Der ist doch zu dumm, um aus dem Bus zu gucken.“

„Säufer hin oder her, als Elektroingenieur dürfte er zumindest in der Lage sein, so eine Bombe zu bauen und sie so präzise einzustellen, dass er damit gezielt morden kann. Mit Fernbedienung und so.“

Pincetta starrte Yesim wie elektrisiert an. „Elektroingenieur? Das höre ich zum ersten Mal. Interessant!“

„Ey, sag mal, was macht ihr eigentlich den ganzen Tag bei der Mordkommission?“ Sie schüttelte verständnislos den Kopf. „Das ist doch wohl Usus, dass man alle Beteiligten von A bis Z durchleuchtet.“

„Ja, ja, ist ja gut. Vielleicht hat MMS das ja auch gemacht oder mir ist es irgendwie entfallen.“

„Komm, mein Lieber! Jetzt rede dich nicht heraus. Gib zu, dass ihr auf meine Hilfe angewiesen seid.“ Sie zwinkerte ihm zu.

Er lächelte und nahm zärtlich ihre Hand. „Nicht wir. Nur ich.“

Kapitel 79

MMS wollte nun doch noch einen zweiten Anlauf in Sachen Ahmet Schmitz unternehmen. Auch auf die Gefahr, dass er denken könnte, sie liefe ihm nach.

Sie wählte seine Nummer und hörte das Freizeichen. Plötzlich nahm eine weibliche Stimme den Anruf entgegen. Etwas perplex stellte sich MMS nicht als Melanie, sondern als Kommissarin Seibl vor.

„Ahmet ist gerade mit unseren Söhnen beim Fußball", sagte die Stimme am anderen Ende der Leitung. „Kann ich ihm vielleicht was ausrichten?"

In diesem Moment gingen MMS unglaubliche Killergedanken durch den Kopf, die für Ahmet Schmitz kein gutes Ende nahmen. Schon wieder so ein Fremdgänger! Offenbar zog sie solche Typen an wie ein Magnet.

„Äh, nein. Nicht nötig. Ist nicht so wichtig, ich rufe wieder an."

„Sagen Sie mir bitte nochmal Ihren Namen, dann schreibe ich ihm einen Zettel und er kann Sie zurückrufen."

„Glauben Sie mir, das wollen Sie nicht!"

„Wie jetzt? Wie meinen Sie das?"

„Ach, vergessen Sie es. Nicht so wichtig!" MMS drückte das Gespräch weg. Wenn ihr das Smartphone nicht lieb und teuer gewesen wäre, hätte sie es in diesem Moment vor Wut an die Wand geworfen. *So ein Schweinepriester! Flirtet mit mir rum und ist verheiratet.*

Vor lauter Überraschung war ihr gar nicht die Idee gekommen, dass alles nur ein harmloses Missverständnis gewesen sein könnte: Ahmet hatte sein Telefon bei seiner Ex-Frau vergessen, als er seine Söhne zum Fußball abgeholt hatte – jene Irina, von der er MMS sogar noch erzählt hatte.

Als MMS zuhause auf dem Sofa saß und eine Flasche Rotwein in sich reingeschüttet hatte, fühlte sie sich hundeelend und unsagbar traurig. Warum nur geriet sie immer an die falschen Männer?
Sie schloss für ein paar Sekunden die Augen. Als sie sie wieder öffnete, rannen ihr Tränen die erhitzten Wangen herunter. Ihr Beruf hatte sie über die Jahre äußerlich hart gemacht, aber im Grunde ihres Herzens sehnte sich auch MMS nach der *einen,* großen Liebe …

Kapitel 80

Vor ein paar Minuten noch hatte Lars Findeklee wie verrückt immer und immer wieder gegen den Kopf seiner Frau getreten und dabei geflucht wie ein Wahnsinniger. Ihr Gesicht hatte er soweit zertreten, bis nicht einmal mehr engste Verwandte in der Lage gewesen wären, das Matschgesicht als Sigrid Findeklee zu identifizieren. Jetzt aber stand er mit einem blutverschmierten rechten Schuh und völlig verschwitzt wie ein Häufchen Elend vor Ronny und jammerte kleinlaut mit Tränen in den Augen. „Ich … ich hab das nicht gewollt … Ich hab doch gar nicht gewusst, was ich tue …" Ungläubig und ein wenig geistesabwesend schaute er auf seine Handinnenflächen, während ihm Tränen über seine Wangen rollten und er unaufhörlich die Nase hochzog.
Ronny riss langsam der Geduldsfaden. „Jetzt reiß dich mal zusammen, Lars! Ich habe doch gesagt, dass ich dir helfe. Verdammte Hacke, hörst du mir überhaupt zu?"
Mit gesenktem Kopf antwortete Lars leise: „Aber … aber Sigrid ist tot und ich … Bin ich jetzt ein Mörder?"

„Nein, bist du nicht! Du hattest doch gar keine andere Wahl. Sie hat dich doch regelrecht darum angebettelt, dass du sie kalt machst. Hast ihr nur einen Gefallen getan."
„Was mach ich denn jetzt bloß?"
„Zunächst müssen wir alle Spuren hier beseitigen. Und vor allen Dingen musst du all deine Klamotten verbrennen, die du gerade anhast."
„Und was machen wir mit ihr?"
„Wir wickeln die Leiche in Folie ein und schaffen sie erstmal hier weg. Wir könnten sie irgendwo in Köln auf ihrem Nachhauseweg ablegen und es wie einen Raubmord aussehen lassen. Oder ... mir fällt da grad was ein." Ronny dachte einen Moment nach.
„Oder was?", fragte Lars nervös.
„Mensch! Dass ich da nicht gleich drauf gekommen bin!"
„Worauf?!" Lars platzte fast vor Ungeduld. Seine Angst vor einer Entdeckung wuchs von Sekunde zu Sekunde, während Ronny anscheinend die Ruhe weg hatte.
„Das ist doch eine Fleischfabrik. Ihr habt doch hier sicher riesige Fleischwölfe?"
Kaum hatte Ronny die Frage ausgesprochen, als sich Lars die Hand vor den Mund hielt und ein wenig hineinkotzte, bevor er es noch gerade schaffte, den anschließenden Schwall im nächstgelegenen Mülleimer zu platzieren. Als sein Magen bereits leer war, spuckte er noch unentwegt schleimigen Speichel hinterher. Ronny schüttelte den Kopf. „Jetzt reiß dich verdammt nochmal zusammen! Wir könnten die nackte Leiche doch zusammen mit einer Schweine- oder Rinderhälfte schreddern, oder, Lars?"
„Und dann? Wie stellst du dir das vor? Da wären ja dann Knochen mit drin. Das fällt doch sofort auf."
„Ach was. Die fleischige Masse spendest du halt dem Kölner Zoo. Das können die doch bestimmt an die Löwen verfüttern.

Der Zoo ist doch immer froh, wenn es mal eine so großzügige Spende gibt. Ein Festschmaus für die flauschigen Kätzchen."

„Nein, Ronny! Ich habe mal gehört, dass die Polizei sehr hellhörig wird, wenn jemand so mir nichts, dir nichts verschwindet. Und Sigrid ist doch weiß Gott keine Obdachlose, die sich einfach mal so vom Acker macht. Das können wir nicht machen. Am Ende lande ich deswegen noch im Knast. Nee, das geht so nicht!"

„Schon gut, reg dich ab, Mann! War ja nur eine Idee. Wir lassen die Leiche anders verschwinden und verwischen sämtliche Spuren. Das kostet dich aber was extra."

Lars sah ihn fragend an.

„Erstens: Ich will hier in der Firma einen festen Job als leitender Mitarbeiter. Zweitens: Ich will sofort 500.000 Euro auf ein ausländisches Nummernkonto. Das dürfte ja wohl kein Problem sein."

Lars' Kopf wurde immer klarer. Plötzlich kam ihm der Gedanke, dass er sich unbedingt das Testament bei Dr. Löwenstein besorgen musste. Das Testament im Schreibtisch war ja offenbar nur eine Kopie. Aber er konnte natürlich nicht einfach dort hereinspazieren und danach fragen. Und erstmal musste er sowieso dafür sorgen, dass Ronny ihn nicht doch noch verpfiff. „Ich kann dich hier nicht als leitenden Angestellten einstellen, Ronny. Das verstehst du doch! Aber du kriegst eine Million, wenn du die Leiche verschwinden lässt und mir Sigrids Testament besorgst. Na, wie klingt das?"

„Okay!" Ronny nickte. Er hatte den Streit um das Testament ja nicht nur mitgehört, sondern sogar gefilmt. „Aber die ersten 500.000 Euro will ich direkt."

„Gib mir die Kontonummer und ich kümmere mich in den nächsten Tagen darum. Das muss ich verschleiern, sonst haben wir bald diese Aasgeier von der Steuerfahndung am Hals. Und du gibst mir das Video oder löschst es in meinem Beisein."

Unerwartet packte Ronny Lars mit der rechten Hand an den Hals und drückte ihn gegen die Wand. „Jetzt pass mal gut auf! Du kannst froh sein, dass wir uns so lange kennen, sonst wäre das eben das Letzte gewesen, was du zu mir gesagt hättest. Ich bin kein Scheißerpresser, merk dir das! Noch so ein Spruch und du kannst sehen, wie du die Scheiße hier alleine beseitigst, kapiert?!"

Lars nickte nur. Durch den heftigen Druck gegen seinen Hals war er nicht in der Lage, zu sprechen. Als Ronny seine Hand wegnahm, hustete er mehrfach und schnappte nach Luft.

***

Bis tief in die Nacht hatten die beiden Männer das Büro derart aufgeräumt, dass niemand beim Betreten auf die Idee gekommen wäre, dass Sigrid Findeklee in diesen vier Wänden ein schmerzhaftes und langwieriges Ende gefunden hatte.

Lars hatte Ronnys Rat befolgt und seine Bekleidung völlig zu Asche verbrannt. Er hatte dazu den firmeneigenen Grillplatz hinten am sogenannten kleinen Gärtchen genutzt, wo jedes Jahr die Würstchen und Steaks für das Sommerfest gegrillt wurden. Von außerhalb des Geländes war dieser Platz nicht einsehbar und so tendierte die Gefahr einer Entdeckung gen Null.

Die Leiche von Sigrid Findeklee lag eingewickelt in einer Folie in einem der vielen Lieferwagen der Firma. Unter großem Ächzen hatten Ronny und Lars die Tote durchs Treppenhaus nach unten getragen und sich gewundert, wie schwer so eine kleine Person sein konnte.

Wenn hinterher ein wenig Blut auf der Ladefläche zu sehen sein sollte, wen würde das schon wundern?

***

Ronny zerrte die Tote eilig von der Ladefläche und zog sie ins angrenzende Gebüsch ganz in der Nähe ihres Hauses. Er ging davon aus, dass entweder ein frühmorgendlicher Jogger oder ein Hund beim Gassi gehen die Leiche aufstöbern würde. Um eine falsche Fährte zu legen, hatte er sie mit gespreizten Beinen und ohne Slip drapiert, so dass die Polizei wohl zunächst von einem extrem gewalttätigen Sexualmord ausgehen würde, bei dem zudem noch die Wertgegenstände des Opfers geraubt worden waren. Der eingetretene Kopf und die eingeführte Flasche würden die Ermittler sicher erst einmal ein wenig verwirren, diese aber schließlich bestimmt auf eine Tat im Drogenrausch schließen lassen. Wobei sie da ja noch nicht mal so falsch liegen würden.

Früher oder später aber würden die Ermittler die Identität der Leiche klären und dann müsste Lars einfach die Nerven behalten, wenn die Polizei bei ihm aufkreuzte. Gefühlt hundert Mal hatte Ronny ihm alles eingebläut. Auf die Frage, weshalb er sie nicht als vermisst gemeldet habe, sollte Lars antworten, dass es hierfür überhaupt keinen Grund gegeben hätte. Sigrid sei schließlich erwachsen gewesen und wenn sie sich mal zwei Tage nicht habe sehen lassen, so wäre das nicht das erste Mal in ihrer Ehe so gewesen. Schließlich habe man geschäftlich viel um die Ohren. Die Polizisten wüssten ja gar nicht, wie hart umkämpft der Markt um das Kobe-Rind eigentlich sei. Jedenfalls habe er kein Interesse daran, sein Privatleben auszubreiten. Das ginge die Polizei sowieso nichts an.

Dann sollte Lars in Tränen ausbrechen und sich Selbstvorwürfe machen, dass er nicht für seine Frau da gewesen sei und so weiter. Zum Schluss sollte er die Polizei mit feuchten Augen bitten, ihm zu sagen, wo und wann er sie noch einmal sehen könnte. Dann sollte er die Beamten wegschicken, weil er allein sein wollte. Tja, und dann …

Kapitel 81

Am nächsten Morgen saß MMS mit dickem Brummschädel und einer dampfenden Tasse starken Kaffee im Büro. Offenbar war das letzte Glas Rotwein „schlecht“ gewesen. Bei Kommissar Pincetta hingegen schien das krasse Gegenteil der Fall zu sein. Sein penetrantes Pfeifen eines seiner Liebessongs von Adriano Celentano spiegelte seinen schönen Abend mit Yesim Arslan wider.

„Boah! Pino! Kannst du mal mit der bescheuerten Pfeiferei aufhören? Das kann ja kein Mensch aushalten.“

Pincetta setzte sich aufrecht, grinste breit und flötete noch lauter.

„Du bist so ein Arsch, weißt du.“

„Okay, okay, ich hör ja schon auf. Und am besten frage ich auch gar nicht nach. Dein Gesichtsausdruck spricht Bände.“

„Du mich auch, Pino! Du mich auch.“

Ein paar Minuten später, als MMS wieder mit geschlossenen Augen dasaß und „meditierte“, triumphierte Pino lautstark. „Ja! Ja! Bingo!“

MMS öffnete die Augen und schaute ihn an. „Was denn?“

„Tja, wie ich's gesagt habe: Es macht zwar viel Arbeit, aber wie man sieht, hat sich die Funkzellenabfrage mal wieder gelohnt. Du hast genau einen Versuch zu erraten, wer unter den ersten 50 Anschlussinhabern ist und noch nicht mal ansatzweise in der Nähe der Flüchtlingsunterkunft wohnt.“

„Ronny Pietsch?“ MMS' Trägheit wandelte sich in Neugierde.

„Die Kandidatin hat 100 Punkte.“

„Und wann genau war der da?“

„Sein Handy wurde sogar gleich zweimal registriert: Kurz nach 16:00 Uhr und unmittelbar zum Zeitpunkt der Explosion. Danach nicht mehr.“

MMS warf ein: „Dann hat der Collector-Schotte die Wahrheit gesagt."
„Daran hatte ich auch keinen Zweifel. Als ob der absichtlich seine Einnahmequelle in die Luft jagen würde!"
„Wir sollten das sofort dem Chef und Praxenthaler erzählen. Und Praxenthaler muss uns sofort einen Haftbefehl ausstellen."
„Das machen wir! Aber erst schreibe ich die Ermittlungsergebnisse in einem Bericht nieder. Du weißt ja, wie die sind. Ohne Papierlage fällt Praxenthaler die Entscheidung zu einer solchen Maßnahme nicht leicht. Und wenn wir es erst erzählt haben, können sie auf einmal den Bericht nicht schnell genug haben und fangen an zu nerven. Da schreibe ich das lieber direkt auf und habe alles parat."

***

Egbert Elver war begeistert und auch Praxenthaler gratulierte übers Telefon zu diesem Ergebnis. Elver hatte ihn live dazugeschaltet.
„Wie sieht es mit einem Haftbefehl für Ronny Pietsch aus?", fragte MMS.
„Gibt es schon eine Schriftlage, die Sie mir zumailen können, Frau Seibl?"
MMS sah zu Pincetta rüber, dessen Blick sagte: *Na, habe ich es nicht gleich gesagt?*
„Na logo, alles schon fertig. Wir kommen gleich mit der Akte rüber. Können wir Ronny Pietsch auch schon zur Fahndung freigeben? Und wie sieht es mit einer Handyortung aus?"
„Nein! Ich will das erst schwarz auf weiß lesen."

Kapitel 82

Auch beim Staatsschutz bahnte sich ein Ermittlungserfolg an. Ulla Schiefer hatte in weiser Voraussicht bei der Bußgeldstelle das Kennzeichen von Björn Zuckermanns Fahrzeug abgefragt und um Auflistung aller Verkehrsverstöße der letzten Wochen gebeten, bei denen dieses Fahrzeug eine Rolle spielte. Als sie den relativ dünnen Umschlag der Stadt Köln öffnete und das Anschreiben querlas, starrte sie plötzlich auf das beigefügte Radarfoto. Aufgenommen worden war es am Tag der versuchten Gefangenenbefreiung, genauer gesagt, kurz vor der Schießerei im Krankenhaus. Kommissar Zufall gab es eben doch.

Ihr Herz hüpfte vor Freude, als sie auf dem Radarfoto zweifelsfrei Björn Zuckermann am Steuer und Gernot Hick als Beifahrer erkannte. Als ob das noch nicht Beweis genug für Zuckermanns Lügengeschichte gewesen wäre, konnte man bei genauem Hinsehen auch die Waffe in Hicks Hand erkennen, mit der er während der Fahrt herumgespielt hatte. Sofort griff sie zum Telefon und rief Praxenthaler an.

„Guten Morgen, Frau Schiefer. Das ist jetzt innerhalb weniger Minuten schon der zweite Anruf aus dem Präsidium. Ich habe noch nicht einmal mein Brötchen zu Ende gegessen, geschweige denn mir eine zweite Tasse Kaffee geholt. Was verschafft mir denn die Ehre Ihres Anrufs?“

Ulla Schiefer interessierten seine persönlichen Frühstücksprobleme nicht sonderlich, weshalb sie sofort zum Punkt kam. Sie erzählte von dem Radarfoto, was darauf zu sehen und wann es aufgenommen worden war.

Offenbar hatte der Staatsanwalt an diesen Erfolg schon nicht mehr geglaubt. Er klang ungewohnt zaghaft. „Und … und daran gibt es keinen Zweifel? Das war genau der Tag … und die beiden sitzen in dem Auto, das am Krankenhaus stand? Und dieser Hick fuchtelt tatsächlich mit einer Waffe herum?"

„Yep! Sie haben es schön zusammengefasst. Jeglicher Zweifel ist ausgeschlossen! Ich habe hier einen Fotobeweis, der wohl eindeutig genug ist. Ein Bild sagt immer mehr als tausend Worte, oder? Das wird ja wohl auch das Gericht von Zuckermanns Schuld überzeugen, um das Ekelpaket endlich einzulochen."

Praxenthaler hatte sich offenbar wieder gefasst. „Dann machen Sie bitte folgenden Aktenvermerk: Die Festnahme von Björn Zuckermann ist hiermit angeordnet! Also los, Frau Schiefer, holen wir uns diesen Drecksack und dann setzen wir ihn auf den Stuhl. Sagen Sie mir bitte sofort Bescheid, wenn Sie ihn haben. Das lass ich mir nicht entgehen, wenn der auspackt und Ross und Reiter nennt."

Nachdem der *schöne Hubert* aufgelegt hatte, grinste er sich im Spiegel an. In naher Zukunft sah er sich schon die Glückwünsche des Behördenleiters entgegennehmen. Dann wäre es hoffentlich nur eine Frage der Zeit, bis er in den Rang eines Oberstaatsanwaltes gehoben werden würde. Sein Ziel war endlich in greifbare Nähe gerückt.

Er nahm die Flasche Single Malt aus seiner Schreibtischschublade, goss sich einen großen Schluck ins Glas und prostete seinem Spiegelbild zu. „Hast es verdient, Hubi! Bist ein geiler Typ! Mama wird stolz auf dich sein."

***

Auf der hermetisch abgeriegelten Etage des geheim arbeitenden Staatsschutzes herrschte große Aufregung. Die Verhaftung des führenden Funktionärs der „Freien Denker Köln" im Zusammenhang mit einer von ihm inszenierten Schießerei im Krankenhaus würde definitiv bis über die Landesgrenzen hinaus für

tagelange Schlagzeilen in Funk und Fernsehen sorgen. Politische Äußerungen aus sämtlichen Lagern würden einmal mehr Twitter und Facebook beherrschen und alle selbsternannten Hobbyrichter würden ihren sprichwörtlichen Senf dazugeben. Hauptsache, die eigene Meinung öffentlich äußern – oder alternativ die Meinung, mit der man am meisten punktete.
Es dauerte keine fünf Minuten, bis Ulla Schiefer zwei Teams vom Staatsschutz für die Verhaftung zusammengestellt hatte. Allein die Namensnennung des Festzunehmenden reichte schon, um wahre Freudenstürme auszulösen. Auf diesen Moment hatten viele schon lange gewartet. Aus Sicht des Staatsschutzes hatte sich dieser schleimige, arrogante rechtsgesinnte Funktionär schon viel zu oft aus der Verantwortung stehlen können. Damit wäre es hoffentlich nun vorbei.
Die beiden Kollegen in ihren dunklen Anzügen und mit den nicht weniger dunklen Sonnenbrillen feixten darüber, ob es bei der Festnahme vielleicht wieder eine pikante Situation geben würde. Die jüngeren Kollegen, die noch nicht so lange auf der Dienststelle waren, konnten sich keinen rechten Reim drauf machen, wieso der eine der beiden Kollegen dem anderen in einer peitschenden Bewegung in Richtung Hintern schlug und sich dabei kaputtlachte.

***

Gegen 09:00 Uhr war es dann endlich soweit. Ulla Schiefer stand versteckt vor Zuckermanns Hauseingang und fühlte eine unglaubliche Genugtuung.
Der Festnahmetrupp verschaffte sich durch Klingeln bei anderen Mietern Zutritt zum Hausflur. Oben an der Wohnung angekommen, stellten sich jeweils zwei Beamte rechts und links des Türrahmens auf, während einer der Anzugträger mit dem

Handballen gegen das Türblatt donnerte. Als nach einigem Klopfen keine Reaktion erfolgte, rief er lautstark: „Polizei! Herr Zuckermann, öffnen Sie die Tür oder wir kommen gewaltsam rein!"

„Moment! Moment! Ich muss mir erst etwas überziehen. Hören Sie bitte auf, gegen die Tür zu schlagen. Das ganze Haus wird ja rebellisch."

Die beiden Anzugträger verdrehten bei dem Wort „überziehen" die Augen und grinsten breit. Dann aber donnerte der Beamte wieder gegen das Türblatt. „Sie öffnen sofort die Tür oder wir treten sie ein. EINS ... ZWEI ..."

Zuckermann riss die Tür auf und blickte in die Mündungen mehrerer Pistolen. „Ach! Ihr schon wieder! Verdammt nochmal! Kann man denn nicht mal auf seinem eigenen Klo in Ruhe zu Ende scheißen?"

Die Beamten in den dunklen Anzügen schauten sich gegenseitig an und lachten lauthals. Nicht aufgrund dieses blöden Spruchs, eher da Zuckermann mit nichts anderem bekleidet war als mit einem Tarzan-Lendenschurz ...

Ulla Schiefer, die dieses groteske Bild erst einmal verarbeiten musste, ergriff nach einer kurzen Schrecksekunde das Wort: „Herr Zuckermann! Ich nehme Sie vorläufig fest wegen versuchter Gefangenenbefreiung und Anstiftung zum Mord!"

Er schaute sie grimmig an. „Mädchen! Sie kapieren es einfach nicht, oder? In einer Stunde bin ich wieder zuhause und kann mich weitersonnen, während Sie heulend im Büro sitzen und sich fragen, wen dieser Zuckermann eigentlich noch alles so kennt. Und ob Sie es selbst jemals zu was bringen werden! Wissen Sie was? Versuchen Sie es doch mal als Typberaterin. Oder? Ach, lieber nicht! Sie hätten Beratung wohl eher nötig. Hehehe." Verächtlich musterte er sie von oben bis unten.

„Labern Sie nicht herum! Ziehen Sie sich was über oder wir nehmen Sie so mit, wie Sie gerade sind! Die Schlagzeile auf der ersten Seite in sämtlichen morgigen Tageszeitungen wäre Ihnen dann sicher gewiss. Vielleicht schaffen Sie es ja sogar auf die Titelseite einer rechtsgesinnten Zeitschrift. Wer weiß? Ihre Entscheidung!" Nun grinste Ulla Schiefer verächtlich.
Mit dieser Schlagfertigkeit hatte Zuckermann offenbar nicht gerechnet. Er fühlte sich in diesem Moment derart provoziert, dass er wutschnaubend seinen massigen, wabbeligen Körper in Ulla Schiefers Richtung bewegte. Eine gewisse Ähnlichkeit mit einem wild gewordenen Seehund, der jeden Moment seine Beute attackieren würde, war nicht zu verleugnen.
Bevor er jedoch mit seinen hochgerissenen speckigen Armen auch nur in ihre Nähe kommen konnte, packten ihn die dunkelbebrillten Anzugträger mit eisenhartem Griff an den Handgelenken und wirbelten ihn mit seiner eigenen Dynamik in Richtung Horizontale. Einmal im Fallen, gab es für diese Masse kein Halten mehr. Mit einem gewaltigen *Rumms* klatschte Zuckermann auf den Parkettboden. Der Aufprall war so durchdringend erschütternd, dass das Geschirr in den Schränken klirrte.
Trotz seiner misslichen Lage war sich Zuckermann nicht zu schade, die beiden Anzugträger verhöhnen zu wollen: „Hey Jungs, ihr seid ja stürmisch. Mit euch könnte ich ja richtig Spaß kriegen. Kommt doch nochmal vorbei, wenn eure Kampflesbe nicht dabei ist." Mit seinen Lippen formte er einen Kuss in Richtung der beiden.
Unbeeindruckt von seiner anzüglichen Bemerkung drehten ihm die beiden Beamten die Arme auf den Rücken. Als sie ihm die stählerne Acht anlegen wollten, mussten sie allerdings feststellen, dass diese nie und nimmer um die fleischigen Handgelenke passen würde, ohne ihm das Blut abzuschnüren.

Während der eine Beamte auf Zuckermanns Rücken kniete, bastelte der andere blitzschnell aus zwei Plastikfesseln eine einzige große. Einen Moment später waren dann auch die Arme von Zuckermann gefesselt.
Dieser kommentierte nur sarkastisch. „Das habt ihr aber toll gemacht. Da ist die Mutti bestimmt stolz auf ihre Jungs. Könntet ihr mich verdammt nochmal hochsetzen? Die Lage ist total unbequem und ich krieg keine Luft."
Nachdem die Anzugträger ihn mit aller Kraft aufgesetzt hatten, klärte Ulla Schiefer Zuckermann über seine Rechte auf.
„Das ist doch alles mehr als lächerlich, Frau Oberhauptkommissarin. Sie haben für Ihre Behauptung doch überhaupt keine Beweise. So was nennt man Wunschdenken. Und jetzt machen Sie mich verdammt nochmal los und verschwinden aus meiner Wohnung! Dann bin ich vielleicht geneigt, die Sache hier zu vergessen. Jeder kann sich schließlich mal irren, auch wenn das bei Ihnen offenbar zur Regel geworden ist. Aber irgendwie mag ich Ihren Enthusiasmus und lasse das daher nochmal durchgehen. Und jetzt machen Sie mich gefälligst von diesen Dingern hier los! Letzte Chance! Ansonsten sind Ihre und die Karriere aller anderen hier vorbei. Was glauben Sie eigentlich, mit wem Sie es hier zu tun haben?! Ich kenne einflussreiche Leute in der Politik. Wollen Sie wirklich demnächst Parkzettel schreiben?"
Die Ermittlerin hatte sich vorgenommen, sich nicht provozieren zu lassen. Stoisch fragte sie ihn zum letzten Mal: „Wollen Sie jetzt einen Anwalt beauftragen oder nicht?"
Wohlwissend, dass Frau Schiefer sich gänzlich im Recht befand, entschloss sich Zuckermann nach kurzem Überlegen dann doch, einen Rechtsanwalt anzurufen, der sich als unrühmlicher „Szene-Anwalt" bereits einen Namen gemacht hatte: Norbert Schnittger. Dessen Credo, warum er auch die rechte Szene verteidigte, war allgemein bekannt: „Ich nehme jedes Mandat an

und sehe keinen Grund, jemanden wegen der Sache oder seiner Person abzulehnen. Das gebietet mir meine Anwaltsehre. Im Übrigen ist Justitia bekanntermaßen blind. Und schlussendlich: Geld stinkt nicht. Wer mir meinen Lebenswandel bezahlt, ist mir letztlich egal." Kein Wunder, dass Zuckermann auf Schnittger große Stücke hielt.
Während Ulla Schiefer Praxenthaler informierte, dass die Verhaftung erfolgreich verlaufen sei, verbrachten die anderen Beamten Zuckermann zum Streifenwagen. Da dieser weiterhin vollkommen unkooperativ war und Anstalten machte, Ulla Schiefer vielleicht doch noch zu attackieren, blieben seine Arme auf dem Rücken gefesselt. In dem rosafarbenen Seidenbademantel sah er aus wie der große Bruder von Miss Piggy.
Plötzlich fand er sich in einem Blitzlichtgewitter wieder. Das hektische Klicken von Fotokameras begleitete ihn auf dem gesamten Weg zum Streifenwagen. Beschämt versuchte Zuckermann, mit gesenktem Kopf sein Gesicht zu verbergen. *Verflucht nochmal! Was in Gottes Namen macht dieser Mistkerl von Steinhuder hier?*, schoss es ihm durch den Kopf. Tom Steinhuders Fotograf hielt gnadenlos drauf und ließ sich auch von Zuckermanns gezischten Worten „Verpiss dich" nicht beeindrucken. Bevor sich die Autotür schloss, fragte Tom Steinhuder noch süffisant, ob Zuckermann noch ein kurzes Statement abgeben wollte.
„Leck mich! Verdammte Lügenpresse."
„Sie geben also zu, dass Sie zusammen mit dem Rechtsradikalen Gernot Hick an dem missglückten Befreiungsversuch im Krankenhaus beteiligt waren, bei dem es zu einem Schusswechsel mit der Polizei gekommen ist?"
Nach dem Zuschlagen der Autotür konnte Steinhuder jedoch nur noch das wutschnaubende „Alles gelogen!" hören. Unbemerkt von den anderen nickten sich Steinhuder und Ulla

Schiefer zu, bevor der investigative Journalist zusammen mit dem Fotografen zurück in die Redaktion fuhr.
Mittlerweile war auch der Erkennungsdienst eingetroffen und Ulla Schiefer bat ihre Kollegen darum, alles ganz genau zu durchsuchen, zu überprüfen und zu fotografieren. Sie mutmaßte gegenüber den eifrigen Spurensuchern, dass es sicher noch weitere Beweise zu finden gäbe. Die passende Straftat würde sich wohl im Nachgang dazu ebenso finden lassen.

Kapitel 83

Als Praxenthaler das Telefonat mit Ulla Schiefer beendet hatte, wandte er sich erneut an MMS und Pincetta: „Für Sie habe ich leider nun keine Zeit mehr. Ich muss dringend los."
MMS wollte sich aber nicht so einfach abspeisen lassen. „Mit Verlaub, Herr Praxenthaler. Uns geht es nichts an, weshalb Sie so plötzlich weg müssen, aber eins sage ich Ihnen: So lassen wir uns jetzt nicht abspeisen! Wir sind wie gewünscht mit der Akte hierhergekommen. Jetzt werfen Sie gefälligst einen Blick auf unsere Ermittlungsergebnisse. Alternativ können Sie uns auch einfach die Erlaubnis zur Handyortung und öffentlichen Fahndung nach Ronny Pietsch geben. Dieser Typ ist brandgefährlich und muss aus dem Verkehr gezogen werden."
„Was glauben Sie eigentlich, wer Sie sind??" Praxenthaler schien regelrecht empört über das resolute Auftreten der Beamtin.
Pincetta sprang ihr bei: „Meine Kollegin hat vollkommen Recht. Aber wissen Sie was? Fahren Sie ruhig, wo immer Sie gerade hinwollen. Wenn Ronny Pietsch das nächste Mal zuschlägt – und das wird er ganz sicher –, können wir der Presse einen Namen zuspielen. Den Namen eines Staatsanwaltes, der das hätte verhindern können. Oder, MMS, wie siehst du das?"

„Bestens, Pino! Treffend formuliert. Lass uns gehen! Der Herr Staatsanwalt hat es ja eilig."

Praxenthaler traute seinen Ohren nicht. Er war fassungslos über die Renitenz der zwei Ermittler, machte jedoch ob der unterschwelligen Drohung rasch eine beschwichtigende Handbewegung. „Aber, aber! Die Zeit nehme ich mir dann halt jetzt noch, auch wenn ich sie eigentlich nicht habe. Also, zeigen Sie mir schon ihren Antrag."

MMS und Pino blickten sich zufrieden an. Ziel erreicht!

Keine drei Minuten später unterschrieb Praxenthaler den begehrten Ortungsantrag und die Anordnung zur Fahndung von Ronny Pietsch. „Und es gibt keinen Zweifel, dass Ronny Pietsch die Bombe gezündet hat?"

Giuseppe Pincetta schüttelte den Kopf. „Nein. Oder sagen wir mal so: Bei Betrachtung der Gesamtumstände liegt die Wahrscheinlichkeit sehr hoch. Wir dürfen nicht vergessen, dass Ronny Pietsch ein abgeschlossenes Elektroingenieurstudium hat. Er wäre also durchaus in der Lage gewesen, einen solchen Sprengsatz nebst Zünder zu bauen. Es braucht natürlich noch einiges an Vernehmungsgeschick, um ihn zu einem Geständnis zu bewegen. Aber wenn wir ihn an seiner Ehre packen oder sein wahres Motiv herauskitzeln, sehe ich eine große Chance auf ein gutes Ergebnis."

Praxenthaler verstand immer noch nicht, spiegelte aber Sachverstand vor. „Okay. Aber warum sollte er so was machen? Nach Monaten der Trennung? Das ergibt für mich irgendwie keinen Sinn."

Pincetta antwortete: „Und ob das Sinn ergibt! Das ist seine Art, verspätet Rache an seiner Frau zu üben. Rache dafür, dass sie ihn wegen seiner Gewalttätigkeit angezeigt und verlassen hat. Rache dafür, dass sein Sohn ihn jetzt hasst. Rache für sein gesamtes Versagen. Also, für mich ergibt das ganz schön viel Sinn.

Das wäre sogar für mich ein Motiv, wenn ich länger darüber nachdenke."

Praxenthaler schien beeindruckt. „Rache! Ja, Rache ist eins der ältesten Motive. Genau wie Eifersucht. Also, worauf warten Sie? Sie haben mein Okay und damit die Freigabe, all seine bekannten Rufnummern und solche, die noch bekannt werden sollten, zu orten. Schnappen Sie sich den Kerl und quetschen Sie ihn aus. Wenn er wirklich der Bombenleger ist, dann sorge ich dafür, dass er so lange weggesperrt wird, dass seine eigene Mutter ihn nicht mehr wiedererkennt, wenn er wieder rauskommt."

MMS kommentierte Praxenthalers Gefühlsausbruch kühl: „Schön gesagt. Aber erstmal müssen wir ihn kriegen."

***

Als sie wieder in seinem Alfa Romeo saßen, legte sich Pincetta die Mappe mit den Telefondaten auf seinen Schoß und tippte sämtliche bekannten Telefondaten von Ronny Pietsch in das im Armaturenbrett installierte GPS-Ortungsgerät ein. Auf der Übersichtskarte von Köln wurden auf dem 14 Zoll großen Display kurzzeitig einige Standorte angezeigt, die aber sofort wieder verschwanden.

„Mist! Nichts!"

MMS beugte sich ein wenig herüber, um mehr erkennen zu können. „Gar nichts? Hast du denn auch alles richtig eingegeben?"

„Fragte die allwissende Klugscheißerin MMS." Pincetta schüttelte verständnislos den Kopf. „Grundsätzlich muss ein Telefon angeschaltet sein. Dann muss es GPS-fähig sein und das GPS muss aktiv sein. Und das gesuchte Gerät muss quasi Sichtkontakt zum Himmel haben, also zum Satelliten. Also dreimal Muss! Aber so wie es hier aussieht, sind alle Rufnummern wohl

inaktiv. Wenigstens dieses Fahnensymbol da zeigt wohl zumindest einen seiner letzten Standorte an. Zum Glück haben wir hier im Auto nicht mehr das alte Scheißteil 2010. Sonst ginge hier nämlich gar nichts."
„Und du bist sicher, dass dieses Symbol einen seiner letzten Standorte anzeigt?"
„Nee, sicher bin ich mir nicht. Unser 2020-iger hier ist zwar ein modernes Ortungssystem, das via Satellit funktioniert. Aber woher soll ich wissen, wo diese Scheißsatelliten gerade rumkreisen? Und ganz nebenbei gesagt fehlt unserem tollen Gerät eigentlich mal ein Update, aber dafür ist ja wieder mal kein Geld da. Trotzdem finde ich, es wäre allemal einen Versuch wert, dort hinzufahren und nachzugucken. Immerhin ist das 2020 hier in der Lage, noch Restwellen aufzufangen und anzuzeigen."
Da es derzeit tatsächlich keinen weiteren Anhaltspunkt für Ronny Pietschs Aufenthalt gab, machten sich die Ermittler auf den Weg zu dem angezeigten Standort in den Kölner Norden und landeten schließlich auf dem Parkplatz der Schrebergartenkolonie des Kleingartenvereins „KGV-Rhein-Merkenich". Die Datenübertragung hatte MMS während der Fahrt vom Ortungsgerät auf ihr Smartphone synchronisiert und so gingen die beiden Mordermittler dem Signal folgend durch die verzweigten Wege der Kolonie, bis MMS plötzlich vor einer verlassen aussehenden Hütte anhielt.
Pincetta schaute sie verdutzt an: „Hier? Die Hütte da?"
„Laut Anzeige auf meinem Display müssten wir hier richtig sein. Ich muss zugeben, ich bin gerade ein wenig verblüfft. Offenbar kann unser Gerät doch mehr, als ich dachte. Früher lag die Genauigkeit einer Ortung nur in einem Radius von zehn Metern, aber unser 2020 ist ja wohl bis auf einen Meter genau. Hast du ja auch selbst gesagt, mein Lieber."

Pincetta griff nach MMS‘ Arm, als diese im Begriff war, einfach weiterzugehen. „Nicht so eilig, Kollegin! Nicht, dass der Typ nur darauf wartet, dass wir kommen. Wir wissen nicht, ob der bewaffnet ist. Lass uns das Sonderkommando rufen. Dafür sind die schließlich da."

MMS hatte ihre Pistole schon in der Hand. „Willst du jetzt etwa kneifen, oder was? Weswegen sind wir denn soweit hier herausgefahren, wenn wir jetzt nicht hineingehen? Ich warte ganz sicher nicht auf die *Eliteeinheit*! Bis die hier sind, ist der vielleicht schon weg oder sonst was! Und dann hilft uns dein Gerät im Auto auch nicht mehr."

„Komm, lass uns lieber warten! Wir teilen uns auf und behalten solange die Hütte im Auge."

„Boah! Ich glaub's ja nicht! Bist du ein Mann oder 'ne Memme? Ich muss mal ein ernstes Wort mit deiner Yesim reden. Also schön, dann warte von mir aus hier! Ich gehe jetzt da rein."

Pincetta überlegte kurz. „Stopp!"

„Was denn noch?"

„Ich komme mit. Den Ruhm überlasse ich dir doch nicht allein. Aber ab heute nenne ich dich nicht mehr MMS, sondern LMC."

„Hä?"

„Lara Maria Croft! Du weißt schon, diese schießwütige Amazone." Pincetta grinste, als sich in seinem Kopf Bilder von Angelina Jolie formten.

„Spinner! Komm jetzt und sei still."

Während sich die beiden Ermittler in geduckter Haltung mit gezückten Waffen dem Eingang näherten, kochte das Adrenalin in ihren Adern. Aus dem Innern des Schrebergartenhäuschens war bis auf ein dumpfes Brummen nichts zu hören. Sie schauten sich an und kommunizierten nonverbal. Ein kurzer eingeübter Blick, dann traten sie mit gezogenen Pistolen die dünne Tür auf und stürmten hinein.

Direkt hinter dem Eingang erschraken sie jedoch und blieben wie angewurzelt stehen. Angewidert blickten sie auf eine verwesende männliche Leiche auf dem Fußboden, während unzählige Fliegen laut surrende Runden um ihre Köpfe drehten.
„Was zur Hölle …?", stieß Pincetta hervor. Er schlug nach den Brummern, die sich auf seinen Kopf setzen wollten und den Eingang in seine Ohrmuscheln suchten.
MMS richtete derweil noch immer den Lauf ihrer Waffe auf den stark nach Verwesung riechenden Toten. „Guck mal da, das war ein Junkie. Die Spritze steckt noch im Arm. Hat sich wohl den goldenen Schuss gesetzt."
„Das sehe ich auch. Aber wenn dieser Pietsch hier gewesen ist, dann verwette ich einen Teller von Mamas bester Pasta, dass der hier seine Finger im Spiel hatte. Alles andere ergibt doch überhaupt keinen Sinn. Am besten lassen wir die Spurensicherung kommen. Die sollen die Bude hier mal auf links drehen und alles gründlich absuchen."
Als die beiden vor der Tür auf ihre Kollegen, den Leichenbeschauer und den Bestatter warteten, kamen immer wieder Leute des hiesigen Schrebergartenvereins vorbei. Zumindest wussten die Ermittler jetzt, dass genau diese Parzelle seit Monaten nicht mehr bewirtschaftet worden war. Die letzte Besitzerin war plötzlich verstorben und ein Nachmieter hatte sich noch nicht gefunden.
„Und was nun?" MMS warf Pincetta einen fragenden Blick zu.
„Tja … Fahndung und abwarten, was sonst? Wir haben sonst nichts. Keine Rufnummer, keine Standortsignale. Nichts! Scheiße!"

Kapitel 84

„Milow! Fuß!“

Martin Roschinski war in den frühen Morgenstunden mit seinem belgischen Schäferhund unterwegs. Die zwei gingen täglich diesen morgendlichen Weg. Aber heute schien etwas anders zu sein. Irgendetwas abseits des üblichen Weges hatte Milows kalte Hundenase angelockt. Als Roschinski Milow gar nicht mehr sehen konnte, sondern nur noch Knurren aus dem Unterholz vernahm, rief er energischer nach seinem Hund. Er hatte keine Lust auf ein totes Karnickel oder sonstiges Getier, welches Milow schwanzwedelnd anschleppen könnte. „Milow! Fuß!“

Als der Vierbeiner mit gesenktem Kopf näherkam, sah Roschinski die Misere. Das Fell am Kopf und an den Flanken war blutverschmiert. „Na toll! Mir bleibt auch nichts erspart. Jetzt muss ich dich gleich auch noch baden. Also komm jetzt, Milow! Wir gehen weiter!“

Roschinski ging ein paar Schritte, aber sein Hund blieb einfach sitzen und blickte nahezu sehnsüchtig in Richtung Unterholz.

„Sag mal, geht's noch? Komm endlich! Fuß!“ Anstatt dem Kommando seines Herrchens zu gehorchen, blieb Milow jedoch weiter stehen und bellte unaufhörlich. So kannte Roschinski seinen zuverlässigen Gefährten gar nicht.

„Machst du jetzt einen auf Flipper, oder was?“

Milow bellte weiter und bewegte sich langsam, immer wieder in Roschinkis Richtung guckend, zielstrebig ins Unterholz.

Roschinski schüttelte ob der unerklärlichen Sturheit seines Hundes den Kopf und ging ihm widerwillig nach, als er mit einem Mal innehielt. Von der Straße aus hatte er den Grund für Milows Verhalten nicht erkennen können, aber nun war nicht zu übersehen, was sein Hund entdeckt hatte. Geschockt blickte

Martin Roschinski auf den toten Körper einer Frau. *Das* hatte er nicht erwartet. Er erblickte den breiigen Schädel und die eingeführte Flasche zwischen den Schenkeln.
Keine fünf Minuten später traf der erste Streifenwagen ein.

Kapitel 85

Ronny Pietsch war nach ein paar Stunden Schlaf verkatert in seinem Versteck aufgewacht. Vorsichtig betastete er mit seiner rechten Hand sein Kopfkissen und war froh, dass er offenbar nicht wieder ins Bett gekotzt hatte. Immerhin hatte er kurz vorm Schlafengehen noch den Rest der Gin-Flasche mit wenigen Schlucken geleert. Er lag nun mit offenen Augen da und fühlte das dröhnende Hämmern in seinem Schädel, während er die Decke anstarrte. Vor seinem geistigen Auge begann ein kleiner Film zu laufen. Er sah sich im Büro von Sigrid Findeklee, sah den wütenden Lars, sah sich selbst mit dem Smartphone filmen und sah, wie er die Tote am Wegesrand drapierte. Ein Lächeln machte sich auf seinem Gesicht breit. Trotz heftigem Kater war Ronny Pietsch nach sehr langer Zeit mal wieder mit sich und der Welt zufrieden. In spätestens ein paar Tagen könnte er leben wie Gott in Frankreich. Sobald Lars Findeklee ihm die ersten 500.000 Euro auf sein Offshore-Konto auf den Bermudas überwiesen hatte, würde er sich die zweite Hälfte verdienen. Bis dahin würde er sich rarmachen und unter dem Radar fliegen. Nichtsdestotrotz beschloss er, mit Perücke und angeklebtem Schnäuzer getarnt schon mal die Gegend rund um das Notariat auszukundschaften, um seinen nächsten Schritt vorzubereiten.

Kapitel 86

MMS und Pincetta hatten über Funk mitgehört, dass eine weibliche, übel zugerichtete Leiche gefunden worden war. Da sie derzeit sowieso keine andere Spur verfolgen konnten, boten sie sich an, den Fall zu übernehmen und fuhren ohne Umweg dorthin. „Eine Leiche kommt selten allein", kommentierte MMS lakonisch. Für die Fahrt von der KGV Rhein-Merkenich bis zur Friedrich-Ebert-Straße in Höhe des Forstbotanischen Gartens im Kölner Süden würden die Beamten um diese Uhrzeit rund eine halbe Stunde brauchen, selbst in Pincettas sportlichem Alfa Romeo mit schrillendem Blaulicht auf dem Dach.

Während der Fahrt spekulierten sie über den Toten im Schrebergarten und dessen Ableben. Pincetta äußerte zaghaft eine Theorie: „Es könnte doch auch sein, dass dieser Junkie ein Verwandter der verstorbenen letzten Besitzerin der Parzelle ist. Dann hat er gewusst, dass er dort ungestört drücken kann."

„Nee! Lass mal! Mein weiblicher Instinkt sagt mir, dass Ronny Pietsch hier was ganz Krasses gedreht hat. Daran *will* ich jetzt einfach glauben. Und du hast doch eben selber noch Mamas beste Pasta verwettet, dass Ronny Pietsch hiermit was zu tun hat. Also hör bitte auf, jetzt alles zu beschwichtigen. Ich muss diesen Jagdinstinkt fühlen."

„Na klar, LMC!"

Die beiden Ermittler lachten.

Als sie am Fundort der Leiche eintrafen, mussten sie die Gegend nicht lange absuchen. Zwei Streifenwagen hatten mit reflektierendem Polizeiflatterband den Fundort der Leiche weiträumig umspannt. Beim Heranfahren konnten Pincetta und MMS sehen, wie sich zwei Uniformierte mit einem jungen Mann unterhielten. Dieser zeigte mit einer Hand in Richtung Absperrung, während er mit der anderen Hand eine Hunde-

leine in der Hand hielt. Sein Hund lag neben ihm auf dem Asphalt und kaute an einem Schweineohr.
Kommissar Pincetta schaltete das Blaulicht und das schrillende Martinshorn aus, bevor sie ausstiegen und zu den Streifenpolizisten gingen, die ihnen sogleich den Sachverhalt schilderten.
Dennoch wussten die Mordermittler prinzipiell immer noch nicht mehr als vorher. Trotzdem baten sie Martin Roschinski, kurz zu warten, während sie zum Fundort gingen, um sich einen eigenen Eindruck zu verschaffen.
Nach einem kurzen Moment der Stille meinte Pincetta: „Denkst du, was ich denke?"
„Dass dies hier kein Zufall sein kann?"
„Genau das. Auch wenn der Schädel ziemlich zerdeppert ist, so würde ich mal behaupten wollen, dass die Tote hier Sigrid Findeklee ist. Aber was zum Geier …?"
MMS wandte ein: „Aber wieso gibt es dann keine Vermisstenanzeige? Hier ist doch ganz gewaltig was faul. Das habe ich im Urin."
„Ich hätte es nicht besser sagen können. Wenn die Spurensicherung kommt, sollen die am besten als Erstes einen Direktvergleich machen. Dann werden wir ja sehen, ob wir recht haben oder auf dem Holzweg sind."
„Glaubst du im Ernst, dass wir Fingerabdrücke von Sigrid Findeklee in der Datenbank haben?"
„Keine Ahnung. Und selbst, wenn nicht – dann machen wir eben einen DNA-Schnelltest. Ist doch genauso gut, wenn nicht sogar noch besser."
MMS verzog das Gesicht. „Das dauert doch Stunden, wenn nicht Tage!"
„Hä? Du guckst wohl zu viele Fernsehkrimis, Liebchen. Mit dem neuen Schnelltest haben wir im direkten Vergleich eine Übereinstimmung von mindestens 75% – und das in weniger als drei Minuten."

„Okay!?"

„Okay was? Das reicht doch wohl für erste Ermittlungsansätze. Entweder kriegen wir dann Gewissheit, dass sie tatsächlich die tote Sigrid Findeklee ist – oder sie ist es nicht, dann spielt es doch eh keine Rolle. Dann ist jeder zufrieden, dass sie noch lebt und wir falsch lagen. Wo ist das Problem?"

„Und wo willst du so schnell das Vergleichsmaterial herbekommen?"

„Sobald die Spurensicherung da ist, fahren wir mal eben zur Anschrift der Findeklees. Die wohnen doch hier um die Ecke. Ich wollte schon immer mal sehen, wie die Schönen und Reichen leben. Mit all dem schnöden Mammon, Marmor und goldenen Wasserhähnen."

„Sag mal, Pino, ist alles okay bei dir?"

„Mir geht's prima. Danke der Nachfrage. Aber was ist mit dir? DNA-Schnelltest sind dir kein Begriff? Als Nächstes fragst du mich noch, ob wir außerdem gleich noch per Schnelltest den genauen Todeszeitpunkt von ihr bestimmen können."

MMS' Augen leuchteten. „Sag bloß, das geht? Oder nimmst du mich auf den Arm? Du verunsicherst mich ganz schön, das gefällt mir überhaupt nicht." Sie knuffte ihn in seinen Arm.

„Den PMI … also, den Postmortem Intervall … also, die Leichenliegezeit zwischen einem tödlichen Ereignis und dem Auffinden des toten Körpers kann zwar ein Rechtsmediziner anhand von Todeszeichen wie Leichenstarre, Leichenflecken, Insektenbefall und Körperkerntemperatur ungefähr ermitteln. Aber …"

„Aber was?"

Pincetta grinste. „Aber … ein Gerät oder eine Methode zur sofortigen Feststellung hier vor Ort ist leider noch nicht erfunden. Ätsch! Hast mich erwischt."

„Also bleibt alles beim Alten. Eingrenzung bis zu 36 Stunden nach Todeseintritt."
„So ist es. Sorry, wollte dich nur mal ein bisschen foppen."
„Na ja. Hätte ja sein können, dass du die neue Methode meinst, mit der unsere Spurensicherung anhand von Muskelgewebe im mobilen Gewebeanalysenmesser GAME bis auf 15 Minuten genau den Todeszeitpunkt direkt am Tatort berechnen kann. Vorausgesetzt, der Tod ist nicht länger als 24 Stunden her und so sieht das hier ja wohl nicht aus." MMS blickte in das verdutzte Gesicht ihres Kollegen. „Tja, wärste mal letztens besser mit zur Fortbildung gegangen."
MMS löste ihren Scherz nicht auf, beobachtete nur später, wie Pincetta unauffällig sein Smartphone hervorkramte und leise „Gewebeanalysenmesser" ins Suchprogramm sprach.
Während der weiteren Wartezeit befragte MMS ausführlich den Finder Martin Roschinski, während Pincetta die wenigen Informationen der Einsatzkräfte notierte.
Das sympathische Herrchen mit den dunklen Haaren tätschelte unentwegt seinen immer noch am Schweineohr kauenden Vierbeiner. „Ne, Milow, ohne dich wäre die Leiche nicht so schnell gefunden worden. Fein gemacht. Fein."
MMS gefiel der stattliche Roschinski. „Und Sie gehen die Runde jeden Morgen mit Ihrem Hund?", fragte sie, nicht allein aus beruflichem Interesse.
Roschinski nickte.
„Und abends? Gehen Sie da auch hier entlang?"
Wieder ein Kopfnicken. „Gestern Abend noch, so gegen 22:00 Uhr. Kurz nach den Nachrichten im WDR."
„Und da haben Sie nichts gesehen? Ist Ihnen sonst etwas Ungewöhnliches aufgefallen?"
„Na, hören Sie mal, Frau Kommissarin, zu dieser Zeit war es doch schon dunkel. Kann ich Ihnen nicht sagen, ob die Frau

dann schon da lag. Ich meine, ich hätte sie ja noch nicht mal heute im Hellen gesehen, wenn mein Milow sich nicht so komisch benommen hätte."

„Dann danke ich Ihnen erstmal für die Auskunft, Herr Roschinski. Wenn uns noch eine Frage einfällt, dann rufe ich Sie an. Wir haben ja Ihre Erreichbarkeit. Falls Ihnen noch etwas einfallen sollte …" Mit einem einem charmanten Lächeln übergab sie Roschinski ihre Visitenkarte und berührte leicht seine Finger.

***

Ein paar Straßen weiter deutete Pincetta auf die langgezogene, weiß verputzte Mauer, welche offensichtlich die Findeklees vor Blicken von außen schützen sollte. Das modern verzierte, schmiedeeiserne Tor vor der langen Zufahrt stand weit offen. Nachdem sie die kleine Zedernallee passiert hatten, standen die Ermittler mit Pincettas Alfa in einer Art Wendehammer. Der schwarze Ferrari F12 Berlinetta des Hausherrn stand neben dem Hauseingang unter einem gläsernen Carport, in dem in den Längssäulen ein Ventilationssystem und Heizstrahler integriert waren.

„Da brat mir doch einer 'nen Storch. Wenn ich mir sowas ansehe, dann glaube ich wirklich, dass ich in einer Hundehütte wohne. Meine Güte!" MMS war sichtlich beeindruckt von dem herrschaftlichen weißen Haus, welches rechts und links von zwei kleinen Türmen gesäumt wurde. Auf den Spitzen der Dächer wehten zwei Fahnen, die offenbar das Familienwappen der Findeklees zeigten.

„Krieg dich mal wieder ein. Ist doch nur ein Gebäude." Pincetta staunte zwar beim Anblick des Prachtbaus genauso wie seine Kollegin, hatte für übertriebenen Luxus jedoch letztlich nicht viel übrig. Er war stets mit dem zufrieden gewesen, was er hatte und was er sich mit dem Gehalt eines Polizisten eben leisten konnte. „Außerdem kann man sich doch sowieso immer nur in einem Raum aufhalten. Wozu also so viele Zimmer?"

„Nur ein Gebäude mit vielen Zimmern? Mehr siehst du hier nicht? Also, ich find das hier ziemlich imposant. Ich könnte hier auch ganz gut leben."

„Meine Güte! Ich wusste ja gar nicht, dass du so ein Luxuspüppchen bist. Wirf dich doch diesem Lars an den Hals, vielleicht darfst du dann mal eine Nacht hier schlafen." Pino schlug mit der flachen rechten Hand auf seine linke geballte Faust.

MMS war darüber nicht amüsiert. „Du Arsch!"

Noch bevor die beiden Ermittler klingeln konnten, öffnete Lars Findeklee die Haustür. Er war auf die beiden schon bei deren Einfahren durch die Bewegungsmelder aufmerksam geworden und hatte sie bis jetzt auf den Monitoren verfolgt. „Guten Morgen. Was machen Sie hier? Das ist ein Privatgrundstück!"

Beinahe gleichzeitig zückten die beiden Mordermittler ihre Dienstausweise und hielten sie ihm entgegen. Dabei entgingen ihnen nicht die dunklen Ränder unter Lars Findeklees Augen. Pincetta übernahm die Vorstellung: „Das ist meine Kollegin Seibl, mein Name ist Pincetta. Wir würden gern mit Frau Sigrid Findeklee sprechen. Ist sie da?"

„Meine Frau? Um was geht es?"

„Das würden wir ihr gern selbst sagen. Sie kann dann immer noch entscheiden, ob sie Sie einweihen will. Also, ist sie da?"

Lars Findeklee schossen die Anweisungen von Ronny Pietsch durch den Kopf. Auf genau diesen Moment hatte er ihn immer und immer wieder vorbereitet. Dennoch fühlte er sich unsicher, ob er dieser Situation hier standhalten oder gleich ein Geständnis ablegen würde. Letzteres würde aber unweigerlich zu seiner Verhaftung, einem Prozess und Knastaufenthalt führen. Und daran hatte der Sonnyboy nicht das geringste Interesse. Immerhin hatte er sich an das Luxusleben und die vielen Annehmlichkeiten gewöhnt. Bevor er mit Sigrid zusammengekommen war, hatte er sich als Ernährungsberater und sogenannter Marketingexperte mehr schlecht als recht über Wasser gehalten. Heute hingegen war er reich und begehrt. Also riss er sich zusammen, spulte sein einstudiertes Programm ab und improvisierte ein wenig dazu. „Nein, meine Frau ist nicht da. War das alles? Dann können Sie das Grundstück bitte wieder verlassen. Sie kennen ja den Weg." Gerade als er die Tür wieder schließen wollte, hielt Pincetta mit einem Fuß dagegen. „Moment! So einfach ist es nicht."

„Was erlauben Sie sich? Nehmen Sie gefälligst Ihren Fuß da weg oder ich rufe die Polizei!"

„Hallo?! Wir sind von der Polizei!"

„Ja! Äh! Ich meine …"

„Hören Sie, Herr Findeklee! Warum bitten Sie uns nicht einfach herein und wir erklären Ihnen in Ruhe, weswegen wir tatsächlich hier sind. Wir sind schließlich nicht aus Jux und Dollerei hierher gefahren." Pincetta beobachtete jede noch so kleine Regung in Findeklees Gesicht und sah deutlich das nervöse Zucken seiner Augenlider.

„Einen Augenblick! Was soll das heißen, warum Sie tatsächlich hier sind?"

„Können wir hereinkommen? Dann erklären wir es Ihnen."

Lars Findeklee bat sie nun endlich herein, schloss die Tür hinter ihnen und führte die beiden Mordermittler durch eine Halle, die einer Ahnengalerie gleichkam. An den Wänden hingen mehrere übergroße Portraitgemälde der verstorbenen Familienmitglieder der Findeklees. Das älteste Datum, welches Pincetta auf einem Frauenbildnis im Vorbeigehen ablesen konnte, war 1683–1744.

Kaum im Wohnzimmer angekommen fasste Pincetta den Plan, sich im Badezimmer der Findekless eine Vergleichsprobe zu besorgen, um den DNA-Schnelltest durchführen zu können. Dass dieses Vorgehen illegal war, schien ihm gerade völlig egal zu sein. Aus seiner Sicht heiligte der Zweck in diesem Fall die Mittel. Um MMS da nicht mit hineinzuziehen, weihte er sie erst gar nicht ein. „Herr Findeklee, darf ich wohl gerade mal Ihre Toilette aufsuchen? Habe wohl heute Morgen zu viel Kaffee getrunken."

Er verzog sich, schlich ins Bad, fand dort schnell eine Haarbürste und zupfte ein langes Haar davon ab. Pincetta hoffte, dass es sich um die Bürste von Sigrid Findeklee und um eins ihrer Haare handelte. Leise schloss er die Badezimmertür und ging nach nebenan aufs Gäste-WC. Auf dem kleinen Waschbecken breitete er sein Minilabor aus und beträufelte das blutverkrustete Haar der Leiche und das eben gezupfte Haar in zwei separaten Plastikröhrchen mit der dickflüssigen Testemulsion.

Vor lauter Aufregung und Anspannung musste er dann doch tatsächlich Wasser lassen. Als er nach knapp drei Minuten die Ergebnisse auf den Teststreifen miteinander verglich, lagen diese bei über 75% Übereinstimmung. Schnell ließ er die Beweise in seiner Tasche verschwinden und ging zurück zum Wohnzimmer, wo sich MMS und Lars Findeklee schweigend anblickten.

„Alles in Ordnung?", fragte Findeklee skeptisch. „Das hat ja ziemlich lange gedauert!"

Pincetta winkte ab, ganz professioneller Schauspieler. „Prostata, lange Geschichte." MMS schüttelte ob dieser Information unmerklich den Kopf. Davon hatte ihr Pincetta noch nie etwas gesagt, aber Findeklee war mit dieser Erklärung offenbar zufrieden.

Als sich nun alle drei gegenübersaßen, kam Pincetta ohne weitere Umschweife zum Punkt. Er wollte jetzt seinen Wissensvorsprung ausnutzen.
„Wann haben Sie eigentlich Ihre Frau das letzte Mal gesehen?"
Lars Findeklee wechselte sichtlich nervös seine Sitzposition. „Wieso ist das wichtig? Seit wann geht die Polizei das etwas an? Noch nie was von Privatsphäre gehört?"
„Seit gut einer Stunde geht die Polizei das etwas an! Da haben wir Ihre Frau nämlich tot aufgefunden. Gleich hier um die Ecke."
Die beiden Ermittler sahen Lars Findeklee genauestens an. Zwar war MMS überrascht über den Vorstoß ihres Kollegen, konnte sich jetzt aber denken, warum Pincetta so lange auf der Toilette geblieben war.
Lars Findeklee, der augenblicklich den zertretenen Schädel seiner Frau vor Augen hatte, fragte sich in diesem Moment, wie zum Teufel nochmal Sigrid so schnell hatte identifiziert werden können. „Das glaube ich nicht! Das muss ein Irrtum sein. Meine Frau … Sigrid … Sie ist doch …"
Pincetta blieb bei seiner harten Linie. „Tot. Richtig. Ihre Frau ist tot! Und jetzt frage ich Sie noch einmal, wann Sie sie zum letzten Mal gesehen haben. Ich hätte gerne eine Antwort!"
„Müsste ich nicht jetzt nach einem Anwalt verlangen?"
Pincetta zuckte mit den Schultern. „Das müssen Sie selbst wissen."
„Aber ich weiß doch gar nicht, wohin das hier führen soll. Brauche ich nun einen Anwalt oder nicht?"
„Zurzeit brauchen Sie keinen! Beantworten Sie einfach unsere Fragen! Also nochmal: Wann haben Sie Ihre Frau zum letzten Mal gesehen?"
„Das war gestern! Nein! Vorgestern! Das … Ich weiß es gerade nicht so genau."

MMS hakte nach: „Was soll das heißen, Sie wissen es nicht genau? Kam das denn öfter vor, dass Sie beide sich tagelang nicht gesehen haben?"
Lars Findeklee hielt dem Verhör vorläufig noch stand. „Was glauben Sie denn? Sigrid ist erwachsen und muss sich nicht bei mir abmelden. Soll ich etwa sofort eine Vermisstenanzeige aufgeben, wenn ich mal eben nicht weiß, wo sie ist? Wissen Sie eigentlich, wie hart und zeitintensiv unser Geschäft ist? Wieviel wir um die Ohren haben?"
Er wollte gerade noch erläutern, wie die Firma FIN DE KLEE dabei war, Fuß auf dem Kobe-Rind-Steakmarkt zu fassen, als Pincetta ihn unterbrach. „Sie brauchen uns das nicht zu erklären. Das hat Ihre Frau schon ausführlich getan. Danke! Erzählen Sie uns lieber, wann Sie mit Ihrer Frau das letzte Mal gesprochen haben und um was es dabei ging."
Lars Findeklee hielt sich strikt an die Anweisungen von Ronny Pietsch. Intensiv dachte er an etwas Trauriges. Auf die Schnelle fiel ihm ein missglücktes sexloses Date mit einer hübschen Dunkelhaarigen aus Düsseldorf ein. Tatsächlich brach er in Tränen aus. Er steigerte sich so sehr in diese Gemütsverfassung hinein, dass niemand hätte mehr sagen können, ob er nur schauspielerte oder nicht. Als er so richtig in Fahrt war, machte er sich mit tränenerstickter Stimme laute Vorwürfe. „Sigrid! Es tut mir leid! Es tut mir so leid."
„Was genau tut Ihnen leid? Haben Sie etwas mit dem Tod Ihrer Frau zu tun?"
Lars Findeklees Gejammer wurde nun richtig laut. „Gott, nein! Mir tut es leid, dass sie tot ist. Dass ich nicht für sie da war." Er schlug sich die Hände vors Gesicht und heulte weiter.
MMS legte ihm behutsam eine Hand auf die Schulter. „Sollen wir jemanden verständigen? Möchten Sie, dass jemand hierherkommt?"

Lars konnte es selbst kaum glauben: Die beiden Mordermittler schienen ihm seine Geschichte tatsächlich abzukaufen. Seine Zeit als Mitglied in der Theater-AG der Schule hatte sich letztlich doch noch ausgezahlt. Er zeigte Pincetta und MMS gern sein verheultes Gesicht. „Glauben Sie, ich darf meine Frau noch einmal sehen?
„Das geht leider im Moment noch nicht“, erklärte MMS. „Wir rufen Sie aber sofort an, sobald der Staatsanwalt sein Einverständnis dazu gibt. Aber ich würde Ihnen lieber davon abraten. Behalten Sie Ihre Frau so in Erinnerung, wie Sie sie kannten.“
„Ich verstehe nicht.“
„Nun ja“, pflichtete Pincetta bei, „sagen wir mal so: Ihre Frau ist kein schöner Anblick mehr. Ersparen Sie sich das lieber. Meine Kollegin hat recht, behalten Sie sie so in Erinnerung, wie Sie sie kannten.“
Lars Findeklee schluckte schwer. Dann hauchte er theatralisch: „Jetzt sagen Sie mir doch, wie meine Frau eigentlich gestorben ist.“ Er sah die Ermittler mit stark geröteten Augen an.
„Das dürfen wir nicht. Nur soviel: Sie hat starke Kopfverletzungen.“ MMS wusste noch nicht so recht, ob sie diesem Weiberheld trauen konnte oder nicht, jedenfalls hätte sie aktuell keinesfalls Täterwissen ausplaudern wollen.
Abermals vergrub Findeklee sein Gesicht in den Händen. „Ich verstehe. Könnten Sie mich jetzt bitte allein lassen?“
MMS legte noch ihre Visitenkarte auf den Wohnzimmertisch. Lars Findeklee blieb sitzen, während die beiden Mordermittler mit den Worten „Wir finden schon raus“ sich Richtung Eingangshalle begaben.
Sie verließen das Haus und zogen die Tür fest hinter sich zu.

***

Als sie im Auto saßen und der Kies unter den rollenden Reifen knirschte, fragte MMS: „Hast du wirklich diesen Schnelltest auf dem Klo gemacht?"
Pincetta grinste nur und zeigte ihr sogar noch einen kleinen Make-up-Spiegel, auf dem deutlich einige Fingerabdrücke zu sehen waren.
„Mensch, Pincetta. Ich lerne ja ganz neue Seiten an dir kennen."
„Ich weiß, ich stecke voller Überraschungen."
Die beiden fuhren wieder zum Fundort der Leiche. Für die Spurensicherung war es ein Leichtes, die Fingerabdrücke zu vergleichen. Bei der Toten handelte es sich eindeutig um Sigrid Findeklee.

***

Nachdem die Ermittler das Anwesen verlassen hatten, ging Lars schnurstracks ins Bad, wusch sich mit kaltem Wasser das Gesicht ab und grinste zufrieden sein Spiegelbild an.
Danach ging er nach oben ins Arbeitszimmer und setzte sich an den Computer. Über mehrere Strohmänner ließ er die Summe von insgesamt 500.000 Euro von den schwarzen Firmenkonten auf Ronny Pietschs Offshore-Konto auf den Bermudas überweisen.
Als Benachrichtigung schickte er ihm anschließend wie vereinbart über WhatsApp das Symbol eines vierblättrigen Kleeblattes.

Kapitel 87

Ronny Pietsch war gerade dabei, sich eine Skizze der Gegend rund um das Notariat zu zeichnen, als das Prepaid-Handy in seiner Hosentasche vibrierte. Da niemand außer Lars Findeklee diese Nummer hatte, holte er es sofort hervor und rief die Nachricht ab.

Ein Glücksgefühl durchfloss seinen Körper. Seit langem fühlte er sich endlich mal wieder wie ein Gewinner. Sofort rief er seinen Kontostand ab. Bingo! 500.000 Euro stand da als Guthaben. Dass sich die Summe dabei aus zig Buchungen zusammensetzte, war ihm völlig egal. Genauso wenig störte ihn, dass es sich bei der halben Million um Blutgeld handelte. Immerhin waren für dieses Geld drei Menschen getötet worden: Carina M., der Junkie und Sigrid Findeklee. *Ein guter Schnitt*, dachte er sich. Und wer würde den Junkie schon vermissen? Der wäre doch früher oder später sowieso an den Drogen verreckt. Also, alles prima gelaufen, dem Neustart auf den Bermudas stünde nichts mehr im Wege!

Als Antwort schickte er nur einen grinsenden Smiley zurück. Danach machte er aus der Entfernung ein Foto des Apothekenschildes „Löwenstein" und schickte es hinterher. Lars Findeklee antwortete nun seinerseits mit einem grinsenden Smiley. Mehr war auch nicht nötig, denn genau dieses Vorgehen hatten sie bis ins Detail abgesprochen, während sie das Büro von Sigrid Findeklee in Ordnung gebracht und die Leiche weggeschafft hatten.

Als Ronny Pietsch beobachtete, wie Löwensteins Gehilfinnen das Notariat verließen, machte er sich bereit. Wozu noch warten, wenn die zweite Hälfte der Million in greifbarer Nähe war? Unauffällig bewegte er sich zur „Apotheke Löwenstein" und vergewisserte sich mit einem Blick durchs Fenster, dass der

Notar allein war. Zu seinem Erstaunen war die Eingangstür noch nicht einmal abgeschlossen.
Als Dr. jur. Löwenstein seinen Besucher bemerkte, stand er auf, ging auf ihn zu und sprach ihn freundlich an. „Wir haben Mittagspause, junger Mann. Gerade ist außer mir niemand da. Vielleicht könnten Sie später wiederkommen?“
Das war genau die Information, die Ronny Pietsch erst recht nicht veranlasste, dass Notariat wieder zu verlassen. Er machte einen weiteren Schritt nach vorn.
Der alte Notar wirkte nun weniger freundlich. „Hören Sie! Wir haben geschlossen. Kommen Sie bitte in einer Stunde wieder.“
Ronny Pietsch wusste nun, dass er mindestens eine halbe Stunde Zeit hätte, das Testament von Sigrid Findeklee und vielleicht sogar noch den Ehevertrag von dem Alten zu erpressen. Falls er diesen auch noch bekommen könnte, würde er nochmal 500.000 Euro zusätzlich von Lars verlangen.
Ronny Pietsch schritt weiter auf den alten Notar zu. Als sich die beiden Männer direkt gegenüberstanden, holte Ronny aus und gab dem betagten Notar unvermittelt einen Boxhieb in den Magen und schlug ihn anschließend mit einem gezielten Faustschlag ins Gesicht zu Boden. Der 87-jährige Löwenstein konnte nicht schnell genug reagieren, geschweige denn sich gegen den übermächtigen Angreifer wehren. Schmerzerfüllt stöhnte er, als er sich am Boden krümmte. „Was … Was wollen Sie? Ist das ein Überfall? Bitte nehmen Sie einfach alles Geld und gehen Sie! Ich werde auch nicht die Polizei rufen!“
Ronny Pietsch war eigentlich nur wegen der Urkunden hier, aber wenn der Alte ihm schon Geld bot, dann würde er dies auch noch mitnehmen. „Wo ist das Geld?“
„Im Tresor!“
„Und wo ist dieser Scheißtresor?“
„In meinem Schreibtisch.“

Ronny Pietsch stieg über Dr. Löwenstein hinweg und ging zum Schreibtisch. „Wo ist der Scheißschlüssel für dieses Ding?"
Der Notar steckte die Hand in seine rechte Hosentasche und fing an zu kramen.
Ronny Pietsch trat ihm fest in die Flanke. „Nicht bewegen, Alter."
Löwenstein schnappte nach Luft und stöhnte. Keuchend presste er hervor: „In meiner rechten Hosentasche … der Schlüssel …"
„Schön liegenbleiben!" Ronny Pietsch griff in die rechte Hosentasche des Notars und öffnete anschließend mit dem Bartschlüssel den Tresor. Innerlich triumphierend steckte er einen Bündel 20-, 50- und 100-Euroscheine, ohne sie genauer zu zählen, in seine Jackentasche und wandte sich wieder Löwenstein zu. „Wo sind die Unterlagen zu Findeklee?"
„Was?"
„Die Unterlagen zu Findeklee. Wo ist das verfickte Testament von Sigrid Findeklee und dieser Ehevertrag?! Ich frage nicht noch einmal!"
Löwenstein erklärte ihm, wo er die beiden Urkunden finden würde. Hastig durchsuchte Ronny Pietsch den betreffenden Ordner und fand tatsächlich beide Dokumente. „Ist das auch wirklich alles?"
Dr. Löwenstein brachte nur ein schwaches „Ja" heraus.
Im nächsten Moment nahm Ronny Pietsch eine schwere Metallbüste, die als Dekoration im Büro auf einem Sockel stand, in beide Hände, drehte sich um und ließ sie aus Brusthöhe gezielt auf den Kopf des Notars herunterfallen. Durch das Gewicht platzte der Schädel; Gehirnmasse und Blut spritzten heraus. Um sicherzugehen, hob Pietsch die Büste noch einmal an und ließ sie ein weiteres Mal auf den Kopf des Notars krachen. Dr. Löwenstein würde jetzt definitiv tot sein.

Um seine Spuren zu verwischen, stellte Ronny den Ordner *Findeklee* zurück an seinen Platz und ließ die Tür des Tresors offenstehen. Für die Polizei würde es wie ein ganz normaler Raubmord aussehen. Seinen ursprünglichen Plan, das Notariat in Flammen aufgehen zu lassen, hatte er inzwischen verworfen. So würde er mehr Zeit für sein Verschwinden haben, denn die Gehilfinnen würden erst in frühestens einer halben Stunde zurück sein.

Als Ronny Pietsch das Gebäude verließ, schloss er von außen die Tür ab und schmiss den Schlüssel in den Gulli. Mit einem Lied auf den Lippen entfernte er sich immer weiter.

Epilog

Die Trauerfeier für Carina M. fand in Anwesenheit zahlreicher Medienvertreter sowie diverser Bundes-, Landes- und Stadtpolitiker auf dem Melaten-Friedhof statt. Allesamt brachten sie in teils standardisierten Reden ihr Entsetzen und Unverständnis zum Ausdruck und erklärten vollmundig, dass ihr Mitgefühl den Angehörigen und all denjenigen gälte, die diesen feigen Anschlag überlebt hätten. Obgleich den meisten Rednerinnen und Rednern bekannt gewesen sein dürfte, dass es bei dem „Anschlag" nicht primär um das Anschlagsziel „Flüchtlingsunterkunft" gegangen war, schlachteten sie es zu ihren Gunsten aus und betrieben unterschwellig Wahlkampf.
Einzig die Rede von Peggy Pietsch, die Carina M. als Freundin beschrieb, die sie schmerzlich vermisste, und die radebrechenden Sätze des kleinen Gamba, der zur Erleichterung aller wieder wohlauf war, klangen nicht nur in den Ohren von Tom Steinhuder ehrlich gemeint.

***

In den nächsten Tagen wurde auch die Schussabgabe auf Tariq Müller in Merkenich, die MMS seinerzeit den Abend beim Italiener mit ihrem Zumba-Trainer Miguel gekostet hatte, lückenlos aufgeklärt. Der Schütze gehörte einer Motorradbande an und wollte sich durch seine Tat seine Mitgliedschaft sichern.

***

Der Fall mit dem Sprengsatz unter dem Auto in Berlin, von dem Pincetta in der Frühbesprechung erzählt hatte, stellte sich tatsächlich als Racheakt ehemaliger Mittäter heraus, weil ihr einstiger Kumpan sie verzinkt hatte.

***

Giuseppe Pincetta und Yesim Arslan beschlossen, es miteinander zu versuchen. Er reichte die Scheidung ein und zog fest bei Yesim ein.

***

MMS holte in den nächsten Tagen sämtliche verpassten Fitnesseinheiten nach. Nebenbei hielt sie die Augen nach einer Wohnung offen, denn so langsam empfand sie die billigen Anmachen der Freier in ihrer Lobby doch als sehr nervtötend.
Als sie schon nicht mehr damit gerechnet hatte, rief Ahmet Schmitz sie an.

***

Die Beweislage gegen Björn Zuckermann war so erdrückend, dass ihn auch sein schmieriger Szeneanwalt nicht mehr vor einer Verurteilung bewahren konnte. Zwar konnte ihm das Gericht, was die Schießerei anging, keine Mittäterschaft unterstellen, aber festhalten, dass Zuckermann erwiesenermaßen der Drahtzieher der Gefangenenbefreiung gewesen war und diese bewusst zur Eskalation getrieben hatte. Seine Aussagebereitschaft zu den Brandsätzen in der Flüchtlingsunterkunft wurde ihm jedoch strafmildernd angerechnet.
Zuckermann wurde zu zwei Jahren Freiheitsstrafe auf Bewährung verurteilt und als Konsequenz hiervon von seinen Parteikollegen als Vorsitzender der FDK mit sofortiger Wirkung abgesetzt.
Seine Rückkehr in die Freiheit feierte er mit einer Tracht-Prügel-Orgie mit seinem thailändischen Ladyboy Somporn, bei der er vor lauter Erregung einen Herzstillstand erlitt und verstarb.

***

Als Ulla Schiefer vom Ableben Zuckermanns erfuhr, machte sie dies gleich zum Thema Nummer 1 in der morgendlichen Frühbesprechung, von wo sich die Nachricht wie ein Lauffeuer durch alle Abteilungen des Staatsschutzes verbreitete.
Infolge der damaligen Telefonüberwachung hatte sie tatsächlich eine Zeit lang darüber nachgedacht, ob sie an ihrem Äußeren mal etwas ändern müsste. Nach einem langen Blick in den Spiegel fand sie aber, dass ihre Kilos doch im Ganzen gut verteilt waren. Und der Pottschnitt? Na, der war doch ihr Markenzeichen!
Sie wusste, sie war mit sich zufrieden und würde sich vorerst für niemanden verändern müssen. Erst recht nicht für Zuckermann, diesen perversen Fettwanst.

***

So sehr sich die Ermittler und Forensiker auch bemühten, sie konnten den Mord an Sigrid Findeklee nicht einwandfrei aufklären. Untersuchungen ergaben, dass der Täter zur Vernichtung sämtlicher Spuren die Leiche offenbar regelrecht in Bleichmittel ertränkt hatte.

Auch der Junkie wurde lediglich als „gewöhnlicher Drogentoter“ in die Statistik aufgenommen. Das Trockeneis hatte keine Spuren hinterlassen. Die Gerichtsmediziner führten den Tod auf eine Überdosis zurück.

***

Ronny Pietschs Rechnung schien aufzugehen: Die Polizei ging bei Dr. Löwensteins Tod tatsächlich von einem Raubmord aus. Im Anschluss an den Überfall hatte Ronny das Testament und den Ehevertrag an der vereinbarten Stelle deponiert.

Er machte sich keine Sorgen darüber, ob Lars dann noch zahlen würde; immerhin war Ronny noch immer im Besitz des belastenden Videos.
Einige Stunden später war Ronnys Guthaben um eine weitere Million Euro gewachsen. Über WhatsApp versicherte er Lars, dass er das Video nun gelöscht habe und er nie wieder etwas von ihm hören würde.
Ohne Umwege machte er sich auf den Weg zum Flughafen Frankfurt, flog auf die Bermudas, mietete sich in einem Luxushotel ein und ließ sich ein paar Prostituierte und reichlich Alkohol aufs Zimmer schicken.

***

Lars Findeklee genoss seine Unabhängigkeit, seinen Reichtum und die vielen neuen Eroberungen, die den Weg in sein Bett fanden. Schon während der Trauerfeier für Sigrid Findeklee hatte er eine der Hostessen des edlen Bestattungsunternehmens auf der Damentoilette gevögelt.
Als er eines Morgens durch stürmisches Klingeln geweckt wurde, blickte er neben sich auf den nackten Busen von … Ja, wie hieß die Blondine denn noch gleich? Egal. Er würde sie sowieso heute Abend gegen eine andere ersetzen.
Er warf sich den Bademantel über und ging mit nackten Füßen zur Tür.
„Sind Sie Herr Lars Findeklee?“
Er blickte in das Gesicht eines älteren Mannes im grauen Anzug.
„Ja. Wieso?“
„Ich bin Gerichtsvollzieher und hier, um ihnen amtlich mitzuteilen, dass Sie das Haus verlassen müssen.“
Lars Findeklee wurde es mit einem Mal heiß und kalt. „Was!?“
Der Gerichtsvollzieher hielt ihm das Testament von Sigrid Findeklee vor die Nase. „Ihre verstorbene Gattin hatte zu

Lebzeiten verfügt, dass all ihre Besitztümer dieser Stiftung zugutekommen sollen. Dazu gehört auch dieses Anwesen hier. Sie sind gewissermaßen enterbt. Ich darf Sie bitten, sich umgehend von hier zu entfernen."

In Lars Findeklees Kopf ratterte es. Wie konnte das sein? Ronny Pietsch hatte ihm doch die Urkunden besorgt.

Wie hätte er auch wissen können, dass die Gehilfinnen, die Ronny Pietsch vor seinem Zusammentreffen mit Dr. Löwenstein hatte weggehen sehen, auf dem Weg zum Nachlassgericht gewesen waren? In ihrem Gepäck hatten sie sämtliche beglaubigte Urkunden, auch die Originale von Testament und Ehevertrag. Wäre Ronny Pietsch nur einen Tag früher zu Dr. Löwenstein gegangen, so wäre die Rechnung fehlerlos aufgegangen.

So aber stand Lars vor dem Nichts. Er versuchte noch, das Unvermeidliche aufzuhalten. „Machen Sie sofort, dass Sie von meinem Grundstück verschwinden, sonst rufe ich die Polizei!"

„Sehr witzig. Das ist nicht mehr *Ihr* Grundstück. Ich gebe Ihnen 24 Stunden Zeit, Ihre persönlichen Sachen zu packen und das Anwesen zu verlassen. Und ich meine *nur* persönliche Sachen. Lassen Sie alle Wertgegenstände im Haus."

„Und wenn nicht?"

„Herr Findeklee, ich mache so etwas nicht zum ersten Mal. Glauben Sie mir, das wollen Sie nicht wissen."

Mit traurigem Blick schaute Lars zu seinem Ferrari. „Und mein Auto?"

***

Nach einer durchzechten heißen Nacht in seinem Domizil, dem 5-Sterne-Luxushotel „Qualia Resort" in Hamilton, legte sich Ronny Pietsch aufs französische Bett, nachdem er die letzte Prostituierte mit einem Klaps auf den Hintern aus seinem

Hotelzimmer hinausbefördert hatte. Er war schon eingenickt, als es an den Tür klopfte.
Genervt stand er auf und öffnete die Tür. „Wer verdammt nochmal…?"
Ein harter Schlag mit dem Griff einer Pistole traf ihn auf seine Nase. Einer der drei vor der Tür stehenden maskierten Männer schrie nur: „Shut up!"
Das Blut spritzte aus Ronnys gebrochener Nase.
Mit unbändiger Wut schlug Ronny Pietsch blindlings mit der Faust gegen den Schädel einer seiner Angreifer, brach sich aber hierbei bloß noch die Hand.
Das Letzte, was Ronny Pietsch sah, war die Mündung eines Revolvers und einen abgenagten Zeigefingernagel, der den Abzug drückte. Einen Augenblick später schien es fast so, als müsse sein Körper erst registrieren, dass er nun tot war. Der mehrfache Mörder fiel mit einem schwarz geränderten Loch in der Stirn rücklings zu Boden. Ronny Pietsch hatte soeben das Zeitliche gesegnet.

Bei den Männern hatte es sich um die Zuhälter der Prostituierten gehandelt, die von ihren Mädchen erfahren hatten, dass einer ihrer Kunden exzessiv mit seinen Geldbündeln prahlte.
In Windeseile durchsuchten sie das Zimmer und nahmen feixend Bargeld im Wert von rund 100.000 Bermuda-Dollars mit.

***

Über das Deutsche Konsulat in Hamilton erhielt Peggy Pietsch Monate später einen Brief, der besagte, dass sie und ihr Sohn bald um rund eine ¾-Million Euro reicher sein würden. Die schäbige Wohnung in dem Hochhaus würden sie nun endlich verlassen können.

***

Tom Steinhuder wurde aufgrund seiner Berichterstattung und tiefergehenden Recherchen mit dem begehrten DuMont-Journalistenpreis geehrt.

***

Hubert Praxenthaler war wie erhofft eine Stufe auf der Karriereleiter nach oben gestiegen und Oberstaatsanwalt geworden.
Er bekam eine Abteilung zur Bekämpfung der organisierten Kriminalität und musste sich nach einigen Wochen gegen den Vorwurf der Bestechlichkeit wehren. Eine Einbrecherbande aus dem Balkan hatte in den Vernehmungen behauptet, dass der schöne Hubert eine ordentliche Geldsumme fürs Wegsehen bekommen hatte.

***

In seiner Not wandte sich der Oberstaatsanwalt an Egbert Elver, der zwar mittlerweile im wohlverdienten Ruhestand war, aber vor einigen Tagen ein Messingschild mit der Aufschrift „Detektei! Wir finden es raus" am Eingang seines Hauses befestigt hatte. Der ehemalige Kriminalbeamte hatte schon bei seiner Abschiedsfeier in einer ausschweifenden Rede angekündigt, dass seine Kollegen und Kolleginnen auch im Ruhestand noch von ihm hören würden …

ENDE

Danksagung

Mein Dank gilt allen, die mich bei meinem Vorhaben, diesmal einen Kriminalroman zu schreiben, unterstützt haben.
Insbesondere danke ich meiner lieben Kollegin Agnieszka („Angie“) Hauer und meinem geschätzten Autorenkollegen Gereon A. Thelen, die mir während der Schreibphase und Entwicklung der Protagonisten mit Rat und Tat zur Seite standen.
Darüber hinaus danke ich diesmal auch meinen Kolleginnen und Kollegen vom KK 32 und KK 51 für die Anregungen aus dem täglichen Dienst, welche in diesem Krimi abgeändert eingeflossen sind.
Danke an meine Zitatengeber und auch an Tim Stinauer, die sich noch vor dem Lektorat durch die Geschichte „gekämpft“ haben.
Ein großes Dankeschön gilt selbstverständlich meinem Verlag und hier besonders meinem Lektoratsteam Laura Liebeskind-Weiland und Philipp Gierenstein, die es diesmal nicht immer leicht mit mir hatten.
Aber wie immer gilt mein größter Dank meiner Familie, meiner lieben Frau Miriam (msghTuZPfiue) und meinen Kindern Alisa und Simon, die mir an diversen Wochenenden und in einigen Urlauben die nötige Zeit zum Schreiben gelassen haben. Ohne diesen Rückhalt und Freiraum hätte ich überhaupt keine Zeit für mein Hobby, geschweige denn dafür, auch noch Lesungen oder Krimidinner durchzuführen.

Bernhard Hatterscheidt

Weitere Krimis in der Edition Lempertz

Exitus Venusberg

Softcover
Format: 125 x 190 mm
ca. 272 Seiten
ISBN: 978-3-96058-988-4
9,99 €

Endstation Brühler Landstraße

Softcover
Format: 125 x 190 mm
ca. 192 Seiten
ISBN: 978-3-96058-986-0
9,99 €

Aszendent Holzlar

Softcover
Format: 125 x 190 mm
ca. 256 Seiten
ISBN: 978-3-96058-987-7
9,99 €

Alle Krimis auch als E-Books!

Weitere Krimis in der Edition Lempertz

WOLFsMORD
Softcover
Format: 125 x 190 mm
232 Seiten
ISBN: 978-3-945152-36-2
9,99 €

Stille Vergeltung
Softcover
Format: 125 x 190 mm
216 Seiten
ISBN: 978-3-945152-35-5
9,99 €

Der Glücksbringer von Porz
Softcover
Format: 125 x 190 mm
200 Seiten
ISBN: 978-3-945152-34-8
9,99 €

Alle Krimis auch als E-Books!